文脉流变与文化创新

20世纪初期中国文学史编纂研究
（1900～1910）

Discuss on the History of Chinese Literature Research in the Early 20th Century (1900-1910)

温庆新 著

社会科学文献出版社
SOCIAL SCIENCES ACADEMIC PRESS (CHINA)

扬州大学十三五重点学科创新建设项目
"文脉流变与文化创新"阶段性成果

2017年江苏省高等教育教改研究课题（重中之重）
"人类命运共同体视野下汉语言文学品牌专业
建设路径研究"（2017JSJG008）阶段性成果

2019年江苏省第十六批"六大人才高峰"
高层次人才项目（JY-088）阶段性成果

中国博士后科学基金第11批特别资助项目
"20世纪初期的中国文学史编纂研究"
（2018T110558）最终成果

扬州大学"高端人才支持计划"资助项目

2018年扬州市"绿扬金凤计划"资助项目

扬州大学出版基金资助项目

总 序

文脉是息息相通的文化血脉，是以人的生命和灵性打造的文化命脉。在文脉流变中，只有认真总结文脉流变的规律，不断推进知识创新、理论创新、方法创新，才能引导我们全面深入研究关系国计民生的重大课题，积极探索关系人类前途命运的重大问题，准确判断中国特色社会主义发展趋势，创新继承中华优秀传统文化精华。

中国优秀传统文化的丰富哲学思想、人文精神、教化思想、道德理念等，可以为人们认识和改造世界提供有益启迪，可以为治国理政提供有益启示，也可以为道德建设提供有益启发。通过文脉流变和文化创新研究，对传统文化中适合于建构和谐社会关系、鼓励人们向上向善的内容，需要结合时代条件地加以继承和发扬，赋予其新的涵义。

当代中国正经历着我国历史上最为广泛而深刻的社会变革，也正在进行着人类历史上最为宏大而独特的实践创新。这种前无古人的伟大实践，必将给理论创造、学术繁荣提供强大动力和广阔空间。这是一个需要理论而且一定能够产生理论的时代，这是一个需要思想而且一定能够产生思想的时代。通过文脉流变与文化创新研究，立时代之潮头、通古今之变化、发思想之先声，为哲学社会科学繁荣、为学科发展述学立论和建言献策，以担负起历史赋予的光荣使命。

正是立足于这一历史和现实语境，扬州大学于2017年启动"十三五"重点学科建设工程，设立"文脉流变与文化创新"（交叉学科）建设项目，希望通过对传统文化的挖掘和再发现，将其有价值和现实针对性的精神资源予以传承和创新。

"十二五"以来，扬州大学文科学科建设栉风沐雨，砥砺前行，取得了显著成效。2011年中国语言文学学科获批江苏省"十二五"重点学科，

2012年中国史学获批江苏省"十二五"重点学科,学科建设展示出新的姿态。2014年,整合中国语言文学、中国史、法学三个一级学科的优势,其"文化传承与区域社会发展"学科被江苏省人民政府批准为"江苏高校优势学科建设工程"二期项目,标志着扬州大学学科建设进入新阶段、驶上快车道。其间,先后承担了参照"211"工程二期项目"扬泰文化与'两个率先'"及三期项目"人文传承与区域社会发展"的建设,分别以"扬泰文库""半塘文库""淮扬文化研究文库"等丛书形式出版了150多种图书。大型丛书的出版,有力推动了扬州大学学科建设的整体水平,优化了扬州大学的学科结构和学科生态,彰显了扬州大学的学科底蕴和学科特色。

新世纪以来,学科建设在国际格局深度调整、国际关系多元变化的新形态下更加迫切,学科建设与专业建设的关系更加融合,学科的发展与科学技术的发展更加密切,学科渗透、学科交叉的价值和意义在社会发展、科技进步、经济繁荣、国计民生的作用进一步凸显,新一轮全球竞争、人才竞争不可能不与学科发生关联。为此,党和国家提出了建设"一流大学""一流学科"的发展战略。扬州大学深感任务艰巨,使命光荣,决定设立"文脉流变与文化传承"交叉学科,进一步强化人文科学的渗透融合,促进人文学者的交流协作,打造人文研究的特色亮点。

作为"文脉流变与文化创新"交叉学科建设的标志性成果,我们精心推出这样一套丛书。丛书确立了这样几个维度:

一是优秀传统文化的维度。建立文化自信,需要对文化传统、文明历史深化理解。只有深入研究中国历史,认真梳理文脉渊源与流变,才能更好地参透经典,认识自己,以宽广的视野真实地与历代经典对话。通过文脉流变与文化创新研究,能够更好地认识过去、把握当下、面向未来,从容自信地在风潮变幻的时代中站稳脚跟,"不为一时之利而动摇,不为一时之誉而急躁"。

二是学科交叉融合的维度。在研究中,不仅运用传统的文史方法来考察这些经典,同时也结合政治学、社会学、艺术学、历史学、民俗学等多个学科背景,并引入前沿的学术视野展开跨学科研究,做到典史互证、艺文相析,开拓新的研究范式。

三是文化比较的维度。文化总是在比较中相互借鉴、在发展中兼容互补的。通过对相互影响的文化系统进行比较，从"文化共同体"视角深入思考文本接受与文化认同的路径、特点和规律。

丛书的出版，凝聚了扬州大学文科人的历史责任，蕴含了作者的学术追求，汇聚了社会科学文献出版社领导和编辑的社会使命及辛勤劳动，在此一并表示真挚的感谢。

陈亚平

2019 年 11 月

摘　要

　　以黄人《中国文学史》、林传甲《中国文学史》、来裕恂《中国文学史稿》为代表的 20 世纪初期国人所编纂的中国文学史著述，不仅受到近代学制变革、新式学堂创建的影响，亦受近代学术变迁的左右。彼时时局提出的新时代需求，最终决定 20 世纪初期的中国文学史编纂不可能完全恪守传统，亦非舍本求末地简单照搬"西学"。实用意图最终决定什么样的思想及方式可以顺应时势需求，它们就将最终被推上历史舞台，由此促使中西学术的交通与杂糅成为 20 世纪初期中国文学史编纂的最显著特征。同时，黄人、林传甲、来裕恂等文学史编纂者因对传统"固有之学"的认同，主张"恢复人伦道德"，从而与张之洞、章太炎等近代有志之士在中西学术交通中普遍存在的寻求儒经复归的精神诉求相契合。近代有志之士心中的呼声，使得他们在个人素养、知识结构及目的诉求等多重作用下，对中西学术的交通之势往往采取以传统学术为主导，从而与近代学制变革的精神相契合。在这种情形下，黄人、林传甲等人将"音韵学""文字学"的"小学"内容作为"中国文学史"的重要书写主体，试图践行"依自不依他"的文化传统，成为彼时治文学史者共通的价值观及学术自律行为。故而，"开民智"、维系人伦道德的编纂意图成为 20 世纪初期中国文学史编纂的最主要精神诉求。20 世纪初期的中国文学史编纂不仅受到诸如"进化论"、民主自由等西方各种理论思潮的影响，以《四库全书总目》为代表的传统学术思想及方法体系亦有着不容忽视的影响。可以说，20 世纪初期的中国文学史编纂在近代学制变革的影响下，对传统学术的承继与改良，往往通过对《四库全书总目》的批评方法、批判理念、材料选择及具体论断的吸纳与扬弃中加以体现的。黄人、林传甲、来裕恂等人通过传统目录之学以"辨章学术，考镜源流"，试图借此把握中国文学发展之大势，不仅深受近代"经世致用"思想的影响，而且深受传统学术批评思路与认知视角的左右。当然，这种中西学术交通的情形，是在教育致用与政治致用等实用意图的作用下进行的，并以"中"为主、以"西"辅"中"。这就促使20世纪初期的中国文学史编纂者基于个人经历、时代需求与编纂文学史意图等融合而成的价值观念，甚至对未来的"中国"形象所设想与期望等主观愿望的多方影响，最终建立起一种包含文学史编纂者个人经验、历代文学作品所呈现出来的"中国"形象、历史上部分真实的"中国"形象等多重主体与多元层次的"中国"形象。

不过，20世纪初期的中国文学史编纂面临的最大难题在于无大量可供借鉴的同类著述，缺乏可供参考的编纂范式。编纂者虽然可以借助传统"学问"以"辨章学术，考镜源流"与把握中国文学衍变之大势，但如何有效地切入对中国文学衍变的书写，同时寻求可供参考的评价体系与方法，则随编纂者的个性旨趣而各显神通，精彩缤纷。如黄人《中国文学史》具有文学史兼具"传记体"色彩的"文学家代表"、兼具目录学意义的作品考辨及资料汇编、兼具选本学意义的"作品选"等旨趣选择。林传甲《中国文学史》则采用"专题形式"将"诸科关系文学者"与文学史之间有效融合起来，通过"附以鄙意"与"文典"式以身传教来授课从而形成自己的个性旨趣。来裕恂《中国文学史稿》则因个人承继风雅诗统而钞录汉魏诗歌，成书方式系钞录其另一著作《汉文典》，并以文字学及文章学作为其编纂两大指导思想，这种旨趣亦有别于黄人与林传甲的编纂选择。对此类个性旨趣的分析，有助于进一步客观评判20世纪初期中国文学史编纂的共性选择。

要之，20世纪初期的中国文学史编纂在传统与现代的抉择中最终导向传统学术的现代改良之一面，以适应彼时形势之所需。外来的"中国文学史"如何与传统学术进行接轨，如何成为编纂者践行其目的意图的工具，编纂者又在哪些方面对西方的文学史理论进行取舍。本书对这些问题的探讨不仅可以深入把握近代中国学术的"现代"转型，而且有助于还原20世纪初期中国文学史编纂的诸多实情，以见彼时有志之士编纂中国文学史的艰辛过程。

关键词：《中国文学史》　黄人　林传甲　来裕恂　"中西交通"　编纂

目 录
Contents

绪　论 …………………………………………………………………… 001

第一章　近代学术之变迁与20世纪初期的中国文学史编纂………… 019
　第一节　近代学制变革、学术变迁与"中国文学门"的课程
　　　　　设置 …………………………………………………………… 020
　第二节　"人伦道德""依自不依他"与20世纪初期中国文学史
　　　　　编纂者的学术自律行为 …………………………………… 032
　第三节　文学史视域下的"小学"编纂 ………………………… 040

第二章　古典目录学与20世纪初期的中国文学史编纂……………… 058
　第一节　《四库全书总目》与黄人《中国文学史》之编纂 ……… 059
　第二节　《四库全书总目》与林传甲《中国文学史》之编纂 …… 073
　第三节　《四库全书总目》对20世纪初期中国文学史编纂的
　　　　　影响 …………………………………………………………… 094

**第三章　"外来经验"、古典目录学的杂糅与20世纪初期的中国文学史
　　　　编纂** …………………………………………………………… 098
　第一节　"外来经验"、古典目录学与林传甲《中国文学史》之
　　　　　编纂 …………………………………………………………… 099
　第二节　古典目录学、"外来经验"与来裕恂《中国文学史稿》之
　　　　　编纂 …………………………………………………………… 113

第三节　中西学术之消融与 20 世纪初期的中国文学史编纂概观…… 133

第四章　"中国"想象与 20 世纪初期的中国文学史编纂……………… 136
 第一节　20 世纪初期中国文学史想象"中国"的意图与方式……… 136
 第二节　20 世纪初期中国文学史想象"中国"的影响因素与呈现
    面孔 ……………………………………………………………… 144
 第三节　20 世纪初期中国文学史建构"中国"的意义及局限……… 149

第五章　个性旨趣与 20 世纪初期的中国文学史编纂…………………… 152
 第一节　黄人《中国文学史》的个性旨趣……………………………… 152
 第二节　林传甲《中国文学史》的个性旨趣…………………………… 164
 第三节　来裕恂《中国文学史稿》的个性旨趣………………………… 179

结　语 ……………………………………………………………………… 203

主要参考文献 ……………………………………………………………… 211

后　记 ……………………………………………………………………… 220

绪 论

20世纪初期的中国文学史编纂作为"中国文学史"的发轫期,[①] 此时国人所进行的中国文学史编纂不仅受启于近代"幡然思革"之潮,亦有"中西交通"的特殊背景;既与近代学制变革等有紧密关系,又是"西学东渐"下的产物。故而,对20世纪初期的中国文学史编纂进行深入研究,不仅有助于探讨"中国文学史"作为一种"舶来品"被引入之初所进行的"本土化"情形,亦可深入分析20世纪初期的社会转型、学术变迁、制度变革、价值转变乃至教育改革对彼时中国文学史编纂的影响,以见及20世

[①] 案:本书所言20世纪初期特指1900年至1910年。之所以将讨论对象的时限设定在1900年至1910年,是因为:其时"中国文学史"作为一种舶来品,刚被引入中国;从中国文学史的演进情形看,此时期的中国文学史编纂完全有别于1910年以降大量运用西方文艺理论编纂中国文学史的思路。此时期治文学史者的个人经历、学术素养、为学思想及其诉求,往往靠向传统之一面。其时编纂者们大多具有科举考试的经历,对传统文化及治学路径的认识与运用有独特的偏爱。虽然他们大多曾努力学习"外来经验",具有中西交通的情形,但他们编纂中国文学史主要是为恢复"人伦道德"、教育启迪,恪守"依自不依他"的传统。这些与1910年以降的编纂者们从文学史内部的学科经验来编纂文学史之目的诉求是不一样的。此时期的中国文学史编纂更多偏向传统学术的近代改良一面,他们所使用的"文学"观念大多属于传统的"四部之学"(即今人所谓的"杂文学观")而非西方文艺理论视域下的"文学"概念。而且编纂中国文学史之初,首要目的大多是为课程教材服务,而不以学术专著彰显。何况1910年前后的社会背景、政治主导、价值观念是完全不同。以1910年之前为时间限制,主要是为说明"中国文学史"引入国内之初所进行的"本土化"情形,试图说明彼时的社会转型、学术变迁、制度变革、价值转变乃至教育改革对编纂中国文学史的影响。此类编纂背景与1910年以降采用西方的"民主""科学"等思想来质疑儒家传统所奠定的人伦道德秩序与价值展现方式,完全有别。因此,本书更多侧向于思想史与学术史方面的描述与还原,而非基于总结文学史内部的理论设定而言。

纪初期中国文学史编纂如何在纷繁复杂的"中西交通"中进行艰难抉择与建构选择。

一 20世纪80年代以来的研究现状

20世纪80年代以来,学界逐渐对20世纪的中国文学史编纂展开反思,取得了丰硕的研究成果,有助于深入认识20世纪初期中国文学史编纂的兴起过程、缘由及时代意义。相关研究有以下两大突出特点。

第一,对黄人《中国文学史》、林传甲《中国文学史》等20世纪初期中国文学史草创期著述,进行个案研究。比如,黄霖《中国文学史学史上的里程碑——略论黄人的〈中国文学史〉》一文,认为在"西方资产阶级的史学观点、治史方法和编史体例的影响下,一批新型的中国文学史著作纷纷面世,使中国文学的历史批评进入了一个新阶段。在这样的时势下,黄人的《中国文学史》应运而生"。[1] 此类研究思路主要从中国文学史学史的角度,以后出的文学史编纂理论与经验来反思20世纪初期中国文学史草创期的成就与得失。同时,学界集中于关注黄人《中国文学史》的成书过程、"文学观"与"文学史观";[2] 甚至,认为从"精神上之文学史""实际上之文学史""文学史研究自然不妨破成格而广取"及"世界之观念,大同之思想"等方面看,黄人《中国文学史》的撰写"具有鲜明的中国特色和极高的学术价值"[3]。并且肯定黄人《中国文学史》所熟练运用的"辩证方法"与"比较方法",对后世文学史的书写产生了影响。[4] 同时,亦关注黄人《中国文学史》中的戏曲书写及其意义、小说史书写的特点及其时代特色,认为黄人《中国文学史》蕴含着极高的"小说分类学、小说

---

[1] 黄霖:《中国文学史学史上的里程碑——略论黄人的〈中国文学史〉》,《复旦学报》(社会科学版)1990年第6期,第78~84页。
[2] 徐斯年:《黄摩西的〈中国文学史〉》,《鲁迅研究月刊》2005年第12期,第23~32页。
[3] 参见王永健《先驱者的启示——纪念黄人〈中国文学史〉撰著百周年》(《闽江学院学报》2005年第4期,第1~6页)、《"苏州奇人"黄摩西评传》(苏州大学出版社,2000)等文。
[4] 曹培根:《黄人及其〈中国文学史〉》,《常熟理工学院学报》2007年第1期,第115~120页。

目录学"等文献价值。①

　　学界亦深入探讨了林传甲《中国文学史》的编纂过程、纂修特色及其时代意义。比如，栗永清《知识生产与学科规训：晚清以来的中国文学学科史探微》一书，主要探讨近代"'新旧'知识体系的冲突"对林传甲《中国文学史》编纂的影响，分析了"缺少'专业兴趣'"的林传甲如何展开中国文学史的撰述。② 与此同时，学界往往将黄人《中国文学史》与林传甲《中国文学史》进行比较研究，不仅掀起了持续时间颇长的"首部文学史之争"③，而且认为清末民初之际"文学"概念的转换对两部《中国文学史》的书写均产生了深远影响。④ 大体而言，学界的比较研究，往往从史学观念、文学思想、著述精神、编写体例、"文学史的知识谱系"等角度加以展开的⑤，认为两部《中国文学史》各有特色，亦多有所开创。甚至，学界往往存在对"林传甲在京师大学堂教学时的观念没有得到整体把握，因此人们对他的文学史观念也有误解"⑥ 等过度诠解的研究现象；故而，有学者呼吁应基于20世纪初期的时政背景，客观探讨林传甲《中国文学史》编纂的时代意义。⑦ 尤其是，探讨20世纪初期中国文学史编纂

---

① 相关情形，参见秦军荣《论黄人〈中国文学史〉对明代戏曲的撰写》（《湖北广播电视大学学报》2016年第1期）、任荣《20世纪初"中国文学史"讲义中的戏曲书写与戏曲学之发生》[《淮北师范大学学报》（哲学社会科学版）2018年第1期]、刘精瑛《中国文学史中的古代戏曲研究（1904-1949）》（中国艺术研究院博士学位论文，2009）、温庆新《近代"苏州奇人"黄人的〈红楼梦〉研究——兼及"小说界革命"视野下的〈红楼梦〉接受》（《红楼梦学刊》2015年第5期）、龚敏《黄人〈中国文学史·明人章回小说〉考论》（《巢湖学院学报》2005年第4期）等相关文章。
② 栗永清：《知识生产与学科规训：晚清以来的中国文学学科史探微》，中国社会科学出版社，2012，第84~130页。
③ 参见孙景尧《首部〈中国文学史〉中的比较研究》[《复旦学报》（社会科学版）1990年第6期]、苗怀明《国内第一部中国文学史著作究竟何属》（《古典文学知识》2003年第3期）等文的相关论述。
④ 余来明：《清民之际"文学"概念的转换与中国文学史书写——以林传甲、黄人两部〈中国文学史〉为例》，《井冈山大学学报》（社会科学版）2010年第5期，第99~104页。
⑤ 具体参见周兴陆《窦、林、黄三部早期中国文学史比较》（《社会科学辑刊》2003年第5期）、冯汝常《中国文学史内容和体例建构百年回眸》[《福建师范大学学报》（哲学社会科学版）2003年第1期]、方丽萍《博综、高瞻与情怀——20世纪上半叶〈中国古代文学史〉的启示》（《中国大学教学》2013年第8期）等文。
⑥ 火源：《学文与文学：林传甲大学堂教学观念论》，《陕西理工大学学报》（社会科学版）2018年第2期，第6~15页。
⑦ 戴燕：《文学·文学史·中国文学史——论本世纪初"中国文学史"学的发轫》，《文学遗产》1996年第6期，第4~15页。

如何基于"西学东渐"与"坚持中国文学本位立场"① 双重背景展开文学史的书写，显然更有助于细致分析此时中国文学史编纂的艰难抉择。当然，客观对待黄人《中国文学史》与林传甲《中国文学史》的"课堂讲义"身份，对于正面评价两部中国文学史编纂之初所存在的若干体例、思想及撰写内容的不足之处，或将不无益处。

当然，学界对20世纪初期的中国文学史进行个案研究的同时，亦对黄人、林传甲、来裕恂等编纂者的其他著作及相关成就，展开了深入研究。比如，学者对黄人的小说批评理论及其时代特色、《小说小话》所涉及小说作品的文献价值、黄人与《小说林》等晚期小说期刊之间的关系，均进行了深入探讨。② 再如，学界详细探讨了林传甲的字号、家世、卒年等生平经历，及其教育思想、对近代地理学与方志研究的贡献。③ 又，来裕恂的诗学思想、《汉文典》所体现的文章学理论，亦渐自进入学界的研究视野中。④ 上述诸多研究，将有助于深入了解黄人、林传甲、来裕恂等人的生平经历与

---

① 方铭：《西学东渐与坚持中国文学本位立场——兼论如何编写中国古代文学史》，《山西大学学报》（哲学社会科学版）2014年第6期，第16~29页。

② 学界有关黄人小说批评理论的研究，可参看陈洪《中国小说理论史》（安徽文艺出版社，1992）、黄霖《近代文学批评史》（上海古籍出版社，1993）、刘良明等《近代小说理论批评流派研究》（武汉大学出版社，2003）、蔡景康《略论黄摩西的小说理论》[《古代文学理论研究（第五辑）》，上海古籍出版社，1981]、李晓丽《黄人小说理论批评价值论》[《苏州大学学报》（哲学社会科学版）2017年第6期]等著述的相关论述。有关黄人《小说小话》的研究，可参考陈少松《〈小说小话〉作者真实姓名小辨》（《学术月刊》1982年第10期）、龚敏《黄人及其〈小说小话〉之研究》（齐鲁书社，2006）等著述。有关黄人与晚清报刊界的关系，可参看郭浩帆《〈小说林〉创办刊行历史回溯》[《贵州大学学报》（社会科学版）2005年第2期]、栾伟平《小说林社研究》（北京大学博士学位论文，2009年）等研究成果。有关黄人所编《普通百科新大词典》的研究，可参看周振鹤《黄人所著之〈普通百科新大词典〉》（《书城》1995年第6期）、陈平原《晚清辞书视野中的"文学"——以黄人的编纂活动为中心》[《北京大学学报》（哲学社会科学版）2007年第2期]、李智敏等《黄摩西与中国百科全书》（《当代图书馆》2007年第4期）等研究著述。

③ 如房毅等《林传甲与近代黑龙江教育》（《北方文物》1989年第4期）、王桂云《以修志为己任的林传甲》（《黑龙江史志》1994年第2期）、胡博实《林传甲与黑龙江近代教育发展》（哈尔滨师范大学硕士学位论文，2010）、杨继伟《20世纪初北京地区的社会变迁——从林传甲〈大中华京兆地理志〉来看》（《新疆社科论坛》2018年第1期）等著述。

④ 详见吴云《乐道安贫传诗礼 秃笔淡墨写春秋——来裕恂与〈匏园诗集续编〉》（《萧山记忆（第一辑）》，2008）、李无未《〈汉文典〉：清末中日文言语法谱系》[《浙江大学学报》（人文社会科学版）2014年第6期]、张爱荣《来裕恂〈汉文典·文章典〉之文章学理论研究》（内蒙古师范大学硕士学位论文，2015）等著述。

思想认知，从而为探讨各家的中国文学史著述奠定牢靠基础。

第二，从中国文学史学史的衍变角度，全面反思20世纪初期中国文学史编纂的理论、方法及其历史意义。典型代表者，如陶东风《文学史哲学》一书，从"传统文化与治史模式"与"文学史的他律论模式"等角度，探讨了20世纪初期中国文学史编纂过程中的传统学术与外来文化等各种资源。① 陈平原《文学史的形成与建构》一书，从"'文学史'作为一门学科的建立"与"四代学者的文学史图像"等角度，分析了晚清西方教育体制的引进对于彼时中国文学史编纂的影响；② 同时，陈平原主编的《中国文学研究现代化进程二编》一书，③ 主要探讨20世纪20年代以降的中国文学史研究，对分析20世纪初期的中国文学史编纂，具有一定的参考意义。任天石主编的《中国现代文学史学发展史》一书，将黄人《中国文学史》纳入"漫长的孕育"一节中，从"文学观念的嬗变"等角度，指出黄人《中国文学史》"所收范围十分芜杂，包括制、诰、策、谕、诗、词、曲、赋，以及小说、传奇和骈散、制艺乃至金石碑帖、音韵文字，可谓一本古代文化知识的史料汇编。全书引文较多，自述较少，且结构较杂，缺少较清晰的历史叙述"④。其书所论则从中国文学史现代编纂的角度展开评判与鄙薄，代表了至今仍在延续的学界对于黄人《中国文学史》的基本定位。

而后，戴燕《文学史的权力》一书，从"新知识秩序中的中国文学史"与"作为教学的'中国文学史'"等角度，详细分析了林传甲《中国文学史》、黄人《中国文学史》的编纂过程与历史意义⑤。董乃斌、陈伯海、刘扬忠主编《中国文学史学史》一书，从"中国文学史的产生与定型"探讨了20世纪初期中国文学史编纂的兴起过程。⑥ 尤其是，陈国球《文学史书写形态与文化政治》一书，从近代"文学学科"的建立探讨"大学堂设文学专科"对编纂中国文学史的影响，并分析作为"国文讲义"的林传甲《中国文学史》如何形成"文学史意识"以展开中国文学史编纂

---

① 陶东风：《文学史哲学》，河南人民出版社，1994年。
② 陈平原：《文学史的形成与建构》，广西教育出版社，1999，第1~14页。
③ 陈平原主编《中国文学研究现代化进程二编》，北京大学出版社，2002。
④ 任天石主编《中国现代文学史学发展史》，江苏文艺出版社，2002，第5页。
⑤ 戴燕：《文学史的权力》，北京大学出版社，2002，第171~199页。
⑥ 董乃斌、陈伯海、刘扬忠主编《中国文学史学史》，河北人民出版社，2003。

的，所言多有发人所未见之论。① 而陈平原《作为学科的文学史》一书，从"学术史的视野"分析了"作为文学教育的中心"这一视角对于20世纪初期中国文学史编纂的影响，从而综合教育史、文学史及学术史等多种学科进行交叉研究。② 陈广宏《中国文学史之成立》一书，首先分析了斋藤木《"支那"文学史》、泰纳《英国文学史》等"外来"学术资源对中国文学史叙述模式的影响，其次探讨晚清"官学体制"对于林传甲撰写《中国文学史》的立场选择与研究范式的影响，再次探讨19世纪英国文学批评资源对黄人文学史观的影响，从而综合"中西交通"的背景进行深入研究，颇能引人深思与持续深入。③ 在上述研究成果中，以戴燕、陈国球、陈平原、陈广宏等人的研究较为细致而深入。尤其是，将林传甲《中国文学史》的探讨与近代中国的学制变革、文学教育等时事背景相联系，从中国文学学科史的建立视角切入，对进一步理解黄人《中国文学史》与林传甲《中国文学史》的编纂初衷及其存在情形，均有不少启示。

可以说，20世纪80年代以来学界对20世纪的中国文学史编纂研究，其评判范围之广、程度之深均甚于以往，且形成了某些共识。总的看来，这场反思有以下两个显著特点。

第一，引进西方文艺理论的"系统"方法，以西方文艺理论为基石构建文学史体系。随着实证主义、现代主义、浪漫主义、后现代主义、新历史主义、结构主义、解构主义等理论的大量入传，学界以此类理论为基点，从文学史观、叙事视角、文类划分、文学史之形式与结构及内容与意义、时代变迁及政治主旋律变化等方面对编纂文学史的影响进行了诸多探讨，对文学史的结构、方法、理论模式及学科定位作了诸多界定，以此反观中国文学史的发展过程，并作为"翻新"或"重建"中国文学史的指导思想。甚至，以个性解放及人道主义为标杆的思想倾向（侧重文学的心灵发展史方面），成为近年来个别中国文学史编纂的主要标准。这是西方的"科学"精神及其价值观、世界观等思想体系持续输入与发酵的结果。可以说，这场反思已显露"全盘西化"的端倪，而对中国固有之学的把握，包括小学、经学、诸子学乃至史学，却渐行渐远；对中国文学史的书写与

---

① 陈国球：《文学史书写形态与文化政治》，北京大学出版社，2004。
② 陈平原：《作为学科的文学史》，北京大学出版社，2011，第1~22页。
③ 陈广宏：《中国文学史之成立》，上海古籍出版社，2016，第139~194页。

中国文学史学史的探讨，慢慢衍变成借用各种西方理论对中国文学进行编排，逐渐丧失中国文学发展的固有思想性与价值体系，取而代之的则是西方各种思想及价值体系之建构与解构的反复。

第二，参与这场反思的学者大多是研究中国现当代文学的专家，他们对20世纪中国文学史的梳理大多以20世纪初期或"五四"为起点，集中讨论"新文化运动"以来中国文学史的编纂与发展情形。偶有治古典文学或文艺理论者，反思的侧重点则集中于对近代以降治文学史者如何寻求利用不同的西方理论来组织中国文学发展；同时，考虑如何将20世纪初期的中国文学编纂情形纳入各式各样文学理论框架的文学史或学术史中考察，以便进行新的"中国文学史"编纂；而较少涉及20世纪初期的中国文学史编纂在中国现代学术体系与传统学术脉络之间的过渡情形及其形成的影响。可以说，以新的"西学体系"解构旧的"西学体系"，是这场反思的最大弊端。

二 对20世纪80年代以来研究现状的反思

反观中国文学史的演进历程，随着时间的推移，文学史书写越发展到后来，其间的"西化"程度越发严重，丧失中国文学固有的历史特性及实情的情况也愈发严重。这就产生了诸如如何综合历史发展过程中所存在的具有"实情"意义的文学观与西方文学理论视域下所要求的合格的文学观，如何全盘考虑历史发展过程中的其他学问（如经、史、子部等诸学）与文学史的融合等问题。虽说"一代有一代之学术"，现代的社会、政治乃至国际环境越发显现出"全球化"，当今学者也早已习惯"全球化视域"的思维及理论视角，每每云"向国际接轨，以争夺话语权"。这种动向在没有中国固有的历史实情及理论特色的支持下，不但无法向国际接轨，最终恐会完全丧失中国文化的自我特色。因此，这场反思的总体思路，依旧不脱近代以来弥漫于学界的"中学"与"西学"以何为"体"、以何为"用"之藩篱。只是，学界近年来的反思越发靠向"西体中用"，强调以西方文艺理论为评价的绝对主导，完全忽略了历史的实情。历史的文学发展实情成为一堆可以被任意套用的散物，学者往往以不同的文艺理论及不同的实用目的，批判先前文学史的诸多缺陷，并以此重修中国文学史。不过，近年来的文学史批判思路与高校的学科建设多有关系，反思的过程及意图的功利目的使得这场反思逐渐变味，已不再是单纯的学术体系内部的自我矫正。

新旧学术之争，归根结底在于如何保持民族文化的自我特色，以达到批判式继承的目的。而这场反思大有以新的文学史思想取代旧有理论之势头。西方文艺理论的多样化便于从多视角解读文学内容、理论的系统化便宜梳理历史发展过程中的零碎的文学片段，这些因素便于学术推陈出新；加之反思者受单线进化论思维的禁锢，导致出现上述情形的原因，也就不难理解。由于时代背景的巨大变化，现代学术体系与旧有体系有着本质不同，现今治文学史者并无治小学、经学、史学的功底及经历，甚或不谙诸多之学对中国历史发展，包括思想、政治、文化、社会、人心变迁的影响，致使他们无法从宏观的、全局的角度对中国历史的发展予以全面梳理。因此，治文学史者单从文学史的视角书写文学，必然无法完全且深入地注意到中国文学发展的方方面面。在反思者看来，对文学（主要是西方文艺理论视野下的"纯文学"）与诸多之学关系的梳理，似非文学史所该担当者。而现今治文学史者所特有的优势是对西方文艺理论的熟稔。这几方面的利弊权衡，必然导致近今治文学者偏向对文学史内部的学科体系的强化。我们知道，西方文艺理论强调学科体系的细致性、严谨性及系统性，而这恰恰是中国学术及历史发展所缺乏的。即使是在近代"西学东渐"的高峰期，彼时治文学史者亦大多不曾具有如此众多的学理体系的知识储备。而对学科体系的强化，更多是20世纪中叶以来才渐渐揄扬起来的，20世纪80年代以来多有强化。在这之前，治文学史大多为集体合作的结果；偶有学者的个人著述，亦不加张扬。20世纪80年代以降，学界遂出现将治文学史当作张扬作者才气等情况，治文学史才逐渐被当作个人学问之一途。因此，反思者往往批评早期文学史或是"错位的文学史"[1]，甚至有研究者直言"将文学史研究等同于撰写教科书，则是天大笑话"[2]。这种意见并非个案，出现这种批评意见的原因在于上文所强调的"西体中用"的思想，及以"五四"作为建构现代意义的中国文学史起点之做法，这两方面因素综合而致。

---

[1] 陈国球：《"错体"文学史——林传甲的"京师大学堂国文讲义"》，载《文学史书写形态与文化政治》，北京大学出版社，2004，第45~66页。

[2] 陈平原：《文学史的形成与建构》，广西教育出版社，1999，第5~6页。

从某种角度讲，这场反思所采用的思维模式及视角是：以反思者所处时代的目的意图及理论素养看待中国文学史的早期发展，采用单线"进化论"思想的批判视角，而不是以中国文学史早期发展的过程实情加以客观对待，更不曾注意到1910年前治文学史者的诸多时代局限，从而对中国文学史的演进过程采取断层处理的错误方式。而"五四"之前，乃至1910年之前，学者治文学史并非有意为之，而恰恰是彼时学士基于教育或其他目的额外为之的产物。虽说文学史研究的确有别于编写教科书，但中国文学史的早期发展实情恰恰与编纂教科书密切相关。因此，我们有必要重新反思这场文学史反思。我们认为，探讨中国文学史撰写过程的建构特性，当注重还原视角；且反思的出发点及目的在于，寻求历史的发展过程中具有"存在即合理"的一面。[①] 学者关注中国文学史发展的社会环境，或关注文学发展本身，反映了不同时期的"文治"背景对学术变迁的影响。但从历史的实情看，中国没有西方文艺理论意义的"纯文学"，关注中国文学发展的社会环境等方面远比单纯探讨文学史内部特征，更适合分析彼时中国文学史早期发展的历史实情。探讨这种存在的实情及其产生的深层次原因，比简单冠以进步或落后的批判思路来得有意义。

以现在眼光看来，或许历史的发展存有缺陷之一面，但在当时未必就如此。比如，史学界过去一提到近代的"革命"思想就认为是好的，提到"改良"就认为是不好的。事实证明，历史发展由"改良"向"革命"转化前，"改良"思想对缓解近代人的困顿思绪、麻木意识及焦虑心态，曾起到过积极作用。基于因维持当时人伦道德以稳定社会之出发点考虑，"改良"思想无疑是顺应时代需要的一种合理的思想选择。由"改良"的目的倾向向"革命"转变，与当时社会主要矛盾的转化、维持社会稳定与保持道德伦理之需求的转变有很大关系。它反映出历史发展的一种渐进选择。我们不能因为近代"改良"时期出现的某些阻碍思想成分，就一概加以否定。恰恰相反，由于经历"改良"思想的实践阶段，近代中国的政治及思想选择才有可能向"革命"转变，所谓"实践是检验真理的唯一标准"就道出"改良"与"革命"互存的真谛。何况"革命"思想并非尽

[①] 温庆新：《对近百年来黄人〈中国文学史〉研究的反思》，《汉学研究通讯（台湾）》2010年第4期，第27~38页。

善尽美,极端激进的"革命"思想对社会所造成的破坏无疑十分巨大,过于强调对文化、思想,乃至制度的"破",却无"立"之考虑,对当时思想界及士人的精神意识所造成的困顿程度,甚于"改良"思想盛行之时。同时,"改良"与"革命"思想应分政治视域与思想主张视域,分而待之,不能笼统杂观。

早期的中国文学史发展实情,恰恰与思想主张视域下的"改良"及"革命"的衍变关系有很大相似性,并与这对思想嬗变情形紧密相关。正是经过1900年至1910年这代治文学史者的努力——编纂中国文学史所面临的问题及可取之路,才有可能使后来治文学史者规避编纂过程中的某些问题。比如,林传甲《中国文学史》1904年首刊,后于1910年由武林谋新室翻印,随即于学界广为流通。后来治文学史者,多有提及,或加以批判,以此相承继或另谋新途①。如果欲划分治文学史者于1910年前后的指导思想,以"改良"与"革命"大略作为一种区分参照,亦未尝不可。1910年前治文学史者尚处于摸索阶段,关注最多的是如何将零散、无规律可言的文学发展实情加以系统化及理论化,这大致可概括为对传统学术进行"改良"之阶段。而1910年以降,治文学史者具备了较为丰富的文学史理论,其时的背景与1910年前有极大的不同,致使他们对文学史的探讨进入大力讨伐传统学术体系的阶段,进而批判此前治文学史者的诸多保守之处。尤其是"五四"以来,当时思想界掀起的"打倒孔家店"运动,对传统的思想、政治及学术体系一概批判,所采取的极端激进行为,对治文学史所带来的影响完全可以用"革命"加以形容。1923年5月,胡适于《申报》发表《五十年来中国之文学》云:"倘使科举制度至今还存在,白话文学的运动决不会有这样容易的胜利。"② 一针见血地指出制度变革及由"改良"到"革命"思想的转变过程,对治文学及文学史的学者所带来的巨大影响。此中深意,颇值得深究。因此,我们现在的反思重点,当是对

---

① 如胡适《中国五十年来之文学》、胡怀琛《中国文学史概要》、郑振铎《我的一个要求》、《插图本中国文学史》等,多有评述。尤其是郑振铎《我的一个要求》云:林传甲《中国文学史》"名目虽是'中国文学史'内容却不知道是什么东西!有人说,他都是钞《四库全书总目》上的话,其实,他是最奇怪——连文学史是什么体裁,他也不曾懂得呢!"(载《郑振铎古典文学论文集》,上海古籍出版社,1984,第36~37页。)后来治文学史及文学史学史反思者之思维大略遵此道。

② 胡适:《胡适文存》(第二集)(卷2),上海亚东图书馆,1924,第192页。

1910年前治文学史之历史的还原,以期梳理历史发展过程中合理的一面。

在展开进一步讨论之前,我们有必要回顾学界对中国文学史演进过程的分期及其评价。有研究者强调从文学史形态观的变化来看待文学史的发展,以传统文学史形态的史观、反映论文学史形态观、进化论文学史形态观、人本主义文学史形态观等,作为区分不同文学史发展的不同阶段①。但这种分法的最大障碍在于一种文学史观可能肇始于某期,兴盛于另一时期,并可能一直延续下去,与其他形态的文学史观相掺杂、相融合;如进化论文学史观,直至今日,学界对文学史的书写亦不离此道。有鉴于此,有学者提出一种有别于此、不同于平时以"时期"或"世代"为中心的区分法,而是以"代"为基点。云:"之所以选择'代'而不是更常用的'时期',很大程度是考虑到特殊的政治变故——如抗日战争、反右斗争、'文化大革命'等——使得许多学者无法正常发挥其才华,学术成果的面世大大滞后,若按时期划分,很可能学界面目模糊。几代人在同一瞬间呈现,而且缺乏必要的呼应与联系,造成这种互相争夺舞台、因而谁也无法得到充分表演的局面,并非学者的主观意愿或学术发展的必然需要,而是严酷的政治斗争的结果。如果按'时期'分,容易见出意识形态对'文学史'图像的严重制约;而谈论学术史上的'代',则可以透视学术发展的内在理路。实际上,正是这种'内在理路',使得近百年的文学史研究,具备某种弹性与活力,没有完全屈从于政治权威。社会学意义上的'代',指的是在大致相同的政治环境与道德氛围中成长起来,具备类似的习惯和理想、欲望和观念的一大批人。这种有独立历史品格的'代'的形成,不完全依赖生理的年龄组合以及生物的自然演进,更注重知识结构与表演舞台,因而,有提前崛起的,也有延迟退休的。大致而言,社会变革及转型期,'代'的更迭比社会稳态期快,'代'的成熟也比社会稳态期早。另外,同样注重共同经历与体验,由于专业训练时间的长短,以及登台表演的迟早,决定了不同领域形成'代'所需的时间不一样。"② 显然,这种区分的缺陷亦十分明显。

应该说,上述论述思维仅仅着眼于1910年,乃至"五四"以降之治

---

① 葛红兵:《文学史形态学》,上海大学出版社,2001,第29~65页。
② 陈平原:《文学史的形成与建构》,广西教育出版社,1999,第8~9页。

文学史者的思想，以所谓"现代学术体系"为建立视角，忽略了中国文学史早期发展往往以教科书之形式存在的事实。其次，以"代"为轴，强调以"在大致相同的政治环境与道德氛围中成长起来，具备类似的习惯和理想、欲望和观念的一大批人"作为"代"之分期标准，忽略近代以降的历史发展，意识形态化色彩过于浓烈。这对社会、思想变迁的影响是十分显著的。若是治文学史者跨越不同意识形态之期，我们又当如何评价该学者在不同意识形态时期的思想状态及其所治文学史的可靠性？认为"几代人在同一瞬间呈现"与"并非学者的主观意愿或学术发展的必然需要"，恰恰忽略了1930年前治文学史者往往属于一种学者自发的行为。尽管鲁迅撰写《中国小说史略》、刘师培编写《中国中古文学史讲义》属于讲义性质，但这时候的教材编写虽有讲课压力，却由学者自行处置与自由撰写。这种编纂情形又往往是学者自身对中国文学发展之看法的主观表达意愿。如鲁迅晚年再三感叹"久想作文学史"，想"编成一部较好的文学史""说出一点别人没有见到的话来"。[①] 从这个意义讲，它当以学者自发行为看待。陈平原对治文学史者作"四代"观，以"学者之成长并活跃期"为划分标准，始以1910年至1940年为第一代，次以1930年至1960年为第二代，再分1950年至1980年为第三代，再以1980年以降为第四代，这种分法忽略治文学史者有关文学史的思考并非一蹴而就的实情。比如，刘师培1907年于《国粹学报》第二十六期发表《论近世文学之变迁》等，实已开始以进化论史观来处理文学变迁的情形，这种变迁思想加以系统化处理实为突出文学史的表达。这种情形实为该标准所不能容纳。这种标准以单线进化论思想为主，人为割裂历史发展的延续，忽略发展过程之间的缓冲期，以是否进步作为评价标准，严重脱离近代以来的社会、思想乃至文化发展的客观历史实在，显然遗落了1900年至1910年学界对以"史"书"史"之思想所做的实践努力。

三 本书的研究意图与还原思路

加强对1900年至1910年治文学史者的努力的探讨，回归中国文学史的原始酝酿及尝试期，对我们深刻反思中国文学史的编纂，意义重大。

---

① 鲁迅：《两地书》，载《鲁迅全集》（第11卷），人民文学出版社，1981，第117、184页。

1910年前国人所编纂的名以中国文学史的著作主要有：窦警凡《历朝文学史》、黄人《中国文学史》、林传甲《中国文学史》、来裕恂《中国文学史稿》、张德瀛《中国文学史稿》等。此时期国人所编纂的中国文学史著述，风格多元、体例不一、篇幅各异、思想复杂及价值多元，呈现面貌亦多有差异，并不具有十分严密的编纂指导；却皆是接受了外来的"文学史"框架，并广泛受到近代学制变革、"中西交通"的背景及教育启智的时代需求等方面的影响。这些文学史大多是彼时大学堂、中学堂甚至教会学校所编的教材讲义。它们在借用"文学史"的框架进行中国文学史编纂的同时，并未将主要的编纂思路放在文学史内部规律的探讨与实践上。

其中，学界对林传甲《中国文学史》探讨最多，其次是黄人《中国文学史》，余则几无涉及。总的来看，学界对这几部中国文学史的探讨集中于以下几方面。首先，学界已注意近代教育改革对编纂中国文学史的影响，尤其是教学需要所带动的讲义编纂的热潮。不过，学界这方面的讨论主要针对林传甲《中国文学史》而言，对黄人《中国文学史》与近代学制变革的关系未加涉及。我们认为黄人《中国文学史》与近代学制变革之间亦有颇深关系。学界对林传甲《中国文学史》讨论，既将其当教材看待，却也以"个人独立的撰述"相待[1]；或言其为"错体"的文学史，深陷于讲义之用而无创新可言[2]。由于学界将20世纪头十年的文学史编纂排除于"现代性"特征之外，对文学史理论框架肇始期的探讨多数采取批评态势。陈平原曾于《新教育与新文学——从京师大学堂到北京大学》一文指出，从《奏定大学堂章程》到《钦定京师大学堂章程》的巨大差别"不只在于突出文学课程的设置，更在于以西式的'文学史'取代传统的'文章流别'"[3]。这话说得有些模棱两可。《奏定大学堂章程》云："历代文章流别（日本有《中国文学史》，可仿其意自行编纂讲授）"[4]，仅强调以日本文学史的思路来梳理历史文章流别的发展脉络，未言取代之意；因《章

---

[1] 夏晓虹：《作为教科书的文学史——读林传甲〈中国文学史〉》，载《旧年人物》，中国广播电视出版社，1996，第173页。

[2] 陈国球：《"错体"文学史——林传甲的"京师大学堂国文讲义"》，载《文学史书写形态与文化政治》，北京大学出版社，2004，第45~66页。

[3] 陈平原：《中国大学十讲》，复旦大学出版社，2002，第112页。

[4] 璩鑫圭、唐良炎编《中国近代教育史料汇编·学制演变》，上海教育出版社，1991，第356页。

程》云:"历代名家论文要言(如《文心雕龙》之类,凡散见子史集部者,由教员搜集编为讲义)"①,故此处所强调当是言借助日本《中国文学史》之组织系统。陈平原这种认识思想依旧是上文所强调的两种思维因素惯性作用的结果。不过,近年来,随着学界研究的不断深入,对林传甲《中国文学史》的评价逐渐带有"同情"之态势②,对林传甲《中国文学史》的诸多缺陷,如借鉴中史书的编纂体例:"每篇自具首尾,用纪事本末之体也;每章必列题目,用通鉴纲目之体也"、文学史观主要杂糅《奏定大学堂章程》而缺乏西方文艺理论视域下的"纯文学"等问题,皆宽容以待,并注意到这种情形的产生与近代政治背景关系紧密。但问题的关键恰恰在于,学界对这种背景的突出以求还原事实之努力,尚未达到精确"理解"的程度,故而,无法以"理解之同情"深刻对待。诸如对《奏定大学堂章程》将"人伦道德""经学大义"置于经学科、文学科、工科、农科、预备入医科等大学所开设科目首列的意图,对近代学制变革的时代背景对于变革本身所造成的影响,对"中国文学门"将"说文学""音韵学""周秦传记杂史周秦诸子""群经文体""各种纪事本末"列为必修课的缘由,对"中国文学门"不以西学理论为主而直至"新文化运动"才对"纯文学"理论推崇备至的原因,对这十年治文学史者之意志、精神状态及所受教育经历对编纂文学史所带来的影响,对这十年史学界、思想界之变迁及社会矛盾转移对治文学史者思想的影响,等等,研究均有待深入与细化。

要知道,自 1840 年至 1910 年,随着时间的推移,西学输入中国的态势呈剧增趋势。尤其是 1900 年至 1910 年西学输入的数量与科目,均达空前;人文社会科学比例上升,1902 年至 1904 年共译文学、史学、经济、哲学、法律等书目就达 327 种,占这时期译著总数的 61%,译著关注逐渐转向思想、学术精神与文化等方面。③ 参考著作如此众多,且彼时对西学认识已由"公器"转向"公理",治文学史者完全有可能以西学知识重新

---

① 璩鑫圭、唐良炎编《中国近代教育史料汇编·学制演变》,上海教育出版社,1991,第 356 页。
② 如夏晓红《作为教科书的文学史——读林传甲〈中国文学史〉》,戴燕《文科教学与"中国文学史"》(《文学遗产》2000 年第 2 期)、陈国球《林传甲〈中国文学史〉考论》(《江海学刊》2005 年第 4 期)等文。
③ 熊月之:《西学东渐与晚清社会》,上海人民出版社,1995,第 7~15 页。

熔铸中国学术体系。但事实却非如此，彼时学界仅将西学当作一种徘徊于"体"与"用"之间的手段而已，这种处理思想及方式对"中国文学门"的规定、对治文学史者处理中国文学体系脉络所造成的影响，难道就不应该引起我们的重视？

事实上，学界反思中国文学史的早期发展时，更多是从20世纪20年代以后开始，尤其是"五四"新文学革命以后。因为20年代至30年代大体奠定了中国文学史的叙事格局。但是，这种叙事范式的确认并非一朝一夕，它有个酝酿期。任天石主编《中国现代文学史学发展史》虽然将20世纪头十年的文学史探索当作中国文学史发展的准备期，但依然将头十年的探索排斥在"现代视野"之外。不可否认，晚清民初的社会、文化的发展，在很大程度上受到自西方传入的"现代性"的左右，"现代性"成为那个时代文化的主流；但是，彼时存在的"复古思潮"表明"现代性"的主导并非一帆风顺。因此，仅仅关注"现代性"的影响，忽略当时全部的客观实际，则无法客观勾勒彼时文化的全部内涵。反观20世纪头十年文学史的艰难探索，不得不承认它们为后来中国文学史的发展扫清了观念上的某些障碍，如林传甲《中国文学史》大胆仿日本笹川种郎《中国文学史》就是对复古派的有力反驳。又如，黄人《中国文学史》虽然在中国文学史编纂的早期影响较小，但黄人《中国文学史》从编纂体例、编纂思想及与当时的西方思想高调保持的事实，正是20年代以后中国文学史发展的方向，这种带有必然性的偶然事件、超前的意识观念，无疑需要纳入我们的研究视野。

窃以为，采用还原视角梳理中国文学史发展的历程，以还原历史为切入点，结合实证主义方法去关注历史的客观存在及其背景，以梳理文学史的精神及文化价值为主，无疑是消除研究中存在偏见的一种可取方式。可喜的是，已有学者注意以此视角讨论黄人《中国文学史》所体现相关观念的源流，对采用此视角研究黄人《中国文学史》作了有益的探索，便于我们发现此研究视角的利与弊。陈广宏《黄人的文学观念与19世纪英国文学批评资源》一文无疑是这方面研究的拓荒之作。该文分四部分论述：一是"黄人《中国文学史》有关文学的定义与太田善男《文学概论》之关系"；二是"太田善男与明治以来日本的西方文学论研究"；三是"太田氏《文学概论》于十九世纪英国文学批评的取资与立场"；四是"黄人《中国文学史》所体现的近代英国文学批评影响及其意义"。① 其中，第一、四部分尤为精湛。第一部分指出黄人《中国文学史》对文学定义及本质的认识大多是袭用太田善男《文学概论》，对我们讨论黄人《中国文学史》所含有西方文论的成分，并借此讨论黄人《中国文学史》表现出来的时代气息以及自身存在状态，均有启发意义。第四部分论述，则破除我们观念中有关中国文学史的书写大多借鉴于日本的惯见，指明黄人《中国文学史》与近代英国等西方文学批评思想之间的关系，亦十分紧密；认为我们可以从"西方、明治日本与同期中国的空间关系上来观照新知识体系的传播，探悉所谓'思想链'的构成"，② 这对厘清黄人《中国文学史》思想的多方来源，颇具启示性。陈广宏主要从文学研究的角度梳理黄人《中国文学史》的可能来源。但我们通读黄人《中国文学史》，发现黄人不仅仅在文学观念一点借用西方思想。黄人《中国文学史》体现出来的诸多思想资源，与当时的自然科学与社会科学思潮亦存有紧密联系，如进化论思想、辩证思想、实证主义思想，这些思想贯穿于《中国文学史》始终；有关这些思想的可能来源以及黄人如何吸收借用，及其对《中国文学史》编纂的影响，甚至黄人所借用的科学思潮与人文思潮是如何共处于《中国文学史》中；与同期著作的表达相比，这些思想资源是否有超前或滞后之处。这些薄弱的研究环节，尚待我们深入。③ 若欲深入梳理的较为有效的方式是采用还原视角。对于采用此视角的有效性与具体操作方式，上文已稍加说明；但采用此视角的最大问题在于：历史事实与历史文本并非完全等同，使得还原对象有很大的不确定性，我们进行历史还原的同时亦是对历史进行洗牌与重组，这必然削弱还原的可靠性，因此最大限度地依据历史文本，并以当时人的实际观念及可能的观念为主，方能避免先入为主的谬误。

虽然20世纪80年代以来，随着文学史编纂热潮及文学史反思行动的深入展开，学界对20世纪初期的中国文学史编纂有了较为深入的关注，尤其是对林传甲《中国文学史》的研究更是深入，对理解林传甲《中国文学

---

① 陈广宏：《黄人的文学观念与19世纪英国文学批评资源》，《文学评论》2008年第6期，第49~60页。
② 陈广宏：《黄人的文学观念与19世纪英国文学批评资源》，《文学评论》2008年第6期，第49页。
③ 温庆新：《近代科学思潮与黄人〈中国文学史〉之编纂》，《中国语文学论集（韩国）》2011年4月第67号。

史》的编纂初衷及此时兴起的中国文学史编纂的时势背景，不无益处。不过，学界的研究主要关注此时中国文学史编纂的"外来因素"，并借西方文艺理论的视角以讨论20世纪初期草创中国文学史时所存在的诸多不足；尤其是"重写文学史"的目的，更是制约学界评判时的公正与客观。虽然戴燕、陈国球、陈平原等已在一定程度上涉及20世纪初期中国文学史编纂的若干时势背景，试图指出此时中国文学史编纂的某些实情；但诸氏的研究一方面缺乏将黄人、林传甲、来裕恂等所著中国文学史予以整体观照；另一方面则将相关研究置于"重写文学史"之目的或建构"中国文学史学史"的框架中，相关探讨则侧重于现代意义的中国文学史编纂及其开创性，乃至所存在的局限。[①] 这些研究对20世纪编纂中国文学史者的个人经历、学术素养、为学思想及其诉求，乃至编纂文学史的最终意图之探讨，相对匮乏。因而，将黄人、林传甲、来裕恂等的个人经历、学术素养、思想诉求及编纂文学史的目的意图综合考虑，结合20世纪初期的时政背景、学术变迁大势及学制改革情形，以及此时的文人学士对中西学术冲突及交融的对待情形，从黄人、林传甲、来裕恂编纂中国文学史时的实情入手，以分析诸氏所纂中国文学史的个性旨趣，与近代学制变革、近代学术变迁的关系，尤其是与因新式学堂教育改造而出现的《高等学堂章程》（钦定、奏定）等学制变革的关系，与以古典目录学著述（如《汉书·艺文志》《四库全书总目》等）为代表的传统学术之关系等，采用还原的视角，全面且综合地分析20世纪初期中国文学史编纂的情形，则是厘正此时的中国文学史编纂细节及其意义指向的较为有效的研究手段。

也就是说，20世纪初期治文学史者之个人经历、学术素养、为学思想及诉求，不同于1910年以降的文学史编纂者们。20世纪初期治文学史者编纂中国文学史主要是为恢复"人伦道德"、教育启迪，恪守"依自不依

[①] 如陈国球等编《书写文学的过去——文学史的思考》（台湾麦田出版有限公司，1997），林继中《文学史新视野》（北京大学出版社，2000），钱理群《返观与重构——文学史的研究与写作》（上海教育出版社，2000），葛红兵、梁艳萍《文学史学》（北岳文艺出版社，2000），葛红兵《文学史形态学》（上海大学出版社，2001），朱德发、贾振勇《评判与建构：现代中国文学史学》（山东大学出版社，2002），任天石主编《中国现代文学史学发展史》（江苏文艺出版社，2002），罗云锋《现代中国文学史书写的历史建构》（法律出版社，2009），谢泳《中国现代文学史研究法》（广西师范大学出版社，2010）等。

他"的传统。从中国文学史的演进历程看,此时的中国文学史编纂与1910年以降从文学史内部的学科经验来编纂文学史之目的诉求等做法,亦有本质之别。从中西交通的背景看,20世纪初期的中国文学史编纂更多偏向传统学术的近代改良之一面,其所使用的"文学"观念大多属于传统的"四部之学"而非西方文艺理论视域下的"文学"概念,此亦有别于1910年以降的中国文学史编纂。故而,基于20世纪初期的社会变迁、政治环境、价值观念等背景,对此时的中国文学史编纂进行思想史与学术史的探讨,不仅可以深入把握近代中国学术的"现代"转型,亦有助于还原此时中国文学史编纂的诸多实情。比如,外来的"中国文学史"如何与中国传统学术进行接轨,如何成为编纂者践行其目的意图的工具,此时的中国文学史编纂又在哪些方面对"中国文学史"这门课程进行取舍,以见彼时有志之士编纂中国文学史的艰辛过程。

要言之,本书将以近代教会学校东吴大学的中国教员在彼时学制改革与教会办学双重要求下而编纂的黄人《中国文学史》,以贴紧近代学制变革、作为彼时高等学堂创办思想重要体现且影响深远的林传甲《中国文学史》,以如何在近代中学堂变革中培养彼时统治所需的人才,以及如何展开中学堂"文学史"教育教学较为典型的来裕恂《中国文学史稿》[①] 等三部著述为研究对象。这三部文学史著述分别代表20世纪初期教会所办大学的中国文学教学选择、朝廷官方意志重要体现的大学堂中国文学教学选择、中学堂一线教学人员的中国文学教学选择等三大不同类型,对彼时社会转型、学术变迁、学制改革及"中西交通"背景的不同回应,以便尝试就上述所言彼时治文学史的编纂选择等问题而展开申说。需要说明的是,为从思想史与学术史的角度专题描述编纂者们如何通过编纂中国文学史的具体选择来呼应近代社会变迁之大势,本书将不再纠结于20世纪初期国人所纂中国文学史的日本"经验"与"资源"等问题。何况此类探讨,学界已有诸多研究成果可参看。识者正之。

[①] 案:来裕恂《中国文学史稿》原名《中国文学史》,系来氏受聘浙江海宁中学堂而编的授课讲义稿,约脱稿于1905年至1909年。原稿本藏于广东中山图书馆,世所罕见。直至王振良由来氏后裔来新夏处获得原件之影印本而得以整理,于2008年8月由岳麓书社出版。但岳麓书社版整理本改为《中国文学史稿》,不知何据。因本书援引主要据岳麓书社版,故仍以《中国文学史稿》一名,特此注明。

第一章
近代学术之变迁与 20 世纪初期的中国文学史编纂

近代学制变革极大地影响着彼时新式学堂的教育改造，尤其是《高等学堂章程》等"章程"的设置与颁布，更是影响到近代学术的变迁。"中国文学史"的编纂作为近代学术变迁的重要一环，不可避免受此影响。由于"人伦道德"与"经学大义"被置于近代大学堂的经学科、文学科、工科、农科、预备入医科等各科目之首。在这种思想的主导下，近代大学的"中国文学门"将"说文学""音韵学""周秦传记杂史周秦诸子""群经文体""各种纪事本末"列为必修课，成为彼时编纂中国文学史必须遵循的方向标。尤其是，黄人、林传甲等编纂者对中国固有之学有着强烈的认同感，主张恢复人伦道德，因而，他们在参考《高等学堂章程》等"章程"编撰中国文学史之时[1]，往往将"音韵学""文字学"等"小学"内容编入其中，从而主动践行"依自不依他"的文化传统。这些对 20 世纪初期的中国文学史编纂均有着本质的影响。同时，黄人、林传甲等编纂者突出"小学"治学的传统，强调以音韵为根、重视方言研究，主张承继"小学"的同时应与"今之各国文字等"相通以顺应时代需要，进行自我改造。故而，从黄人、林传甲等编纂者的经历、思想、价值观及学术自律行为看，上述认识亦深深影响了 20 世纪初期中国文学史编纂者的世界观、价值观及方法论，进而促使 20 世纪初期的中国文学史著述关注文学的地域性差别以及学术的自我改良等方面，最终主导彼时中国文学史的书写选择。

---

[1] 温庆新：《黄人〈中国文学史〉与〈京师大学堂章程〉、〈高等学堂章程〉之关系发微》，《中国现代文学研究丛刊》2011 年第 4 期，第 139~149 页。

第一节　近代学制变革、学术变迁与"中国文学门"的课程设置

近代学制变革，对新式学堂教育产生了巨大影响。自 1898 年至 1910 年，近代中国处于急剧变革的动荡时期："甲午"战败，"戊戌变法"亦以失败告终，义和团之乱，八国联军入侵，内忧外患之种种终致人心惶惶的程度前所未有。彼时有志之士或心存畏惧、或思穷变通，莫衷一是。不过，以"图强"为旨的维新变法，客观上促使了近代学制的变革；即使变法以失败而告终，但变法所议创办新式学堂却是唯一仍坚持实施的内容。由此可见，基于"变法图强"之思，这场变法对创办新式大学堂的最显著作用则是对教育"致用"的张扬。

一　"致用"意图下近代学制变革与"中国文学门"的课程设置

1901 年 9 月，山东巡抚袁世凯上《奏办山东大学堂折》，云：

> 臣伏维（惟）国势之强弱，视乎人才，人才之盛衰，原于学校。诚以人才者，立国之本，而学校者，又人才所从出之途也。以今日世变之殷，时艰之亟，将欲得人以佐治，必须兴学以培才。顾学校不难于大兴，而规制实难于妥拟。盖各国学校之制，大都因时以损益，历久而观成。中国则古制就湮，事同创始，既不可徇俗以安于简陋，亦未可骇俗而病其繁难，使等级不至相陵，规模于焉大备，庶几人易从学，学易收效，而才彦乃可期蔚兴矣。臣识暗才庸，奚足以知大体？第念学校一事，人才所系，而治道因之，有不容置为后图者。①

所谓"治道因之，有不容置为后图"云云，深刻道出以"办学兴才"维护清廷正统，方是教育"致用"的关键。1902 年 2 月 13 日，管学大臣

---

① 璩鑫圭、唐良炎编《中国近代教育史料汇编·学制演变》，上海教育出版社，1991，第 41 页。

张百熙《奏筹办大学堂大概情形折》更是强调教育变革势在必行，但认为应在不"伤国体"的情形下进行。① 也就是说，变革教育实为"革政"思想的具体化。张百熙《进呈学堂章程折》（1902年8月15日）亦云：

> 古今中外，学术不同，其所以致用之途则一。值智力并争之世，为富强致治之规，朝廷以更新之故而求之人才，以求才之故而本之学校，则不能不节取欧、美、日本诸邦之成法，以佐我中国二千余年旧制，固时势使然；第考其现行制度，亦颇与我中国古昔盛时良法，大概相同。……大抵中国自周以前选举、学校合为一，自汉以后，专重选举，及隋设进士科以来，士皆殚精神于诗赋策论，所谓学校者，名存而已。故今日而议振兴教育，必以真能复学校之旧为第一要图。虽中外政教风气原本不同，然其秩序条目之至赜而不可乱者，固不必尽泥其迹，亦不能不兼取其长，以期变通而尽利。②

由此可见，于学堂求人才以沟通"中国古昔盛时良法"、致"富强致治"，大概是主张新式学堂创建不可废的最根本原因。不过，变革者虽认为"学校不难于大兴"，对如何妥拟规制等问题，却大犯困惑。由于强调教育致用，必然强调新旧思想的过渡，故而，袁世凯主张兴办大学堂应"治道因之"，并于"办法"条中强调：

> 因一时无所取材，故虽有大学堂之名，暂不立专斋之课，而先从备斋、正斋入手，俟正斋诸生毕业有期，再续订专斋课程，以资精进。其备、正各斋教法，以"四书""五经"为体，以历代史鉴及中外政治、艺学为用。……必须另设蒙养学堂，挑选幼童，自七岁起至十四岁止，此八年内专令讲读经史，并授以简易天文、地舆、算术，毕业后选入备斋。除随时温习经史外，再令讲求浅近政治，加习各种初级艺学，俟入正斋，再加深焉。庶先明其体，后达其用，功程递

---

① 璩鑫圭、唐良炎编《中国近代教育史料汇编·学制演变》，上海教育出版社，1991，第64页。
② 璩鑫圭、唐良炎编《中国近代教育史料汇编·学制演变》，上海教育出版社，1991，第233~234页。

进，本末秩然。现当创办伊始，所有中学、小学以及蒙学，均尚在议而未设之列，只可先用经义史论考选学生，挑入备斋肄业。①

又，"条规"条云：

> 课士之道，礼法为先，而宗圣尊王，尤为要义。堂内应恭祀至圣先师孔子暨本省诸先儒，每月朔望，由教习率领诸生行礼，并宣讲《圣谕广训》，以束身心。若恭逢万寿圣节，暨至圣先师孔子诞日，均齐班行礼，以志虔恭。②

又，"课程"条云：

> 备斋以两年为毕业之限，温习中国经史掌故，并授以外国语言文字、史志、地舆、算术各种浅近之学。正斋以四年为毕业之限，授普通学，分政、艺两门。政学一门，分为三科：一、中国经学；二、中外史学；三、中外治法学。艺学一门，分为八科：一、算学；二、天文学；三、地质学；四、测量学；五、格物学；六、化学；七、生物学；八、译学。专斋则以两年至四年为毕业之限，共分十门：一、中国经学；二、中外史学；三、中外政治学；四、方言学；五、商学；六、工学；七、矿学；八、农学；九、测绘学；十、医学。学者各专一门。各斋学生，每日均须将功课分数填注日记，功课余暇，均须练习体操，每月均须作中西文字，每年春秋季考两次。此课程之大略也。③

据此，所授课程则以中国固有之学为主，兼及西学；经学依旧排首位，突出中国经史掌故，强调方言学即注重小学传统。且正斋、备斋、专

---

① 璩鑫圭、唐良炎编《中国近代教育史料汇编·学制演变》，上海教育出版社，1991，第42页。
② 璩鑫圭、唐良炎编《中国近代教育史料汇编·学制演变》，上海教育出版社，1991，第42页。
③ 璩鑫圭、唐良炎编《中国近代教育史料汇编·学制演变》，上海教育出版社，1991，第43页。

斋每年的课程安排，着重突出"四书""五经"、经义（性理附）、古文等内容。以上一切，均强调教改应维护"国朝正统"之意。① 而后，江苏巡抚聂缉椝（1902年1月）、浙江巡抚任道镕（1902年2月）所奏《遵旨改设学堂疏》大意亦如此。河南巡抚林开謩《遵旨设立学堂谨陈筹备情形疏》直言："章程则仿照山东学堂规制，由备斋、正斋而入专斋，次第毕业。"变革者在对学堂教育进行上述诸多探索后，最终体现在《京师大学堂章程》《高等学堂章程》的设置上必然围绕致用的意图。② 钦定《京师大学堂章程》"全学纲领"第一节规定，指出："京师大学堂之设，所以激发忠爱，开通智慧，振兴实业；谨遵此次谕旨，端正趋向，造就通才，为全学之纲领。"所谓以"激发忠爱，开通智慧"为根，即重视德育；"振兴实业"则是最终目的，实是对"俾全国之人咸趋实学，以备任使"③ 的最佳诠释。这两个《章程》在具体课程设置上，总体上是依循张百熙、袁世凯等奏折之意而加以细化的。

二　近代学术的变迁与"中国文学门"的课程设置

既然近代政治的变迁如此急剧与紧迫，那么，近代学术思想的变迁与此又有怎样的关系呢？梁启超认为，思想的形成往往要借助政权，以"历史的无上权威无形中支配现代人，以形成所谓国民意识"，又说："制度不植基于国民意识之上，譬犹掇邻圃之繁花，施吾家之老干，其不能荣育宜也。"故而，梁启超认为制度变革成功与否，往往与是否符合"民众积极的要求或消极的承诺"有着很大的关联。④ 据此视角反观近代的学制变革，可以发现学制变革者显然已意识到张变应以满足人心、实现社会稳定为本；在未形成新的足餍人心的思想之前，当以"社会遗传共业上为自然的浚发"，并据"合理的箴砭洗练"为主⑤，而非照搬外来思想，以实现新旧

---

① 璩鑫圭、唐良炎编《中国近代教育史料汇编·学制演变》，上海教育出版社，1991，第41~61页。
② 有关《京师大学堂章程》《高等学堂章程》如何践行"教育致用"之图，详见温庆新《黄人〈中国文学史〉与〈京师大学堂章程〉、〈高等学堂章程〉之关系发微》（《中国现代文学研究丛刊》2011年第4期，第139~149页）一文。
③ 璩鑫圭、唐良炎编《中国近代教育史料汇编·学制演变》，上海教育出版社，1991，第533页。
④ 梁启超：《先秦政治思想史》，天津古籍出版社，2004，第9页。
⑤ 梁启超：《先秦政治思想史》，天津古籍出版社，2004，第9页。

思想的交接，以避免社会陷入无限怀疑与历史虚无的局面。从这个意义讲，近代学制变革者主张保持人伦道德、激发忠爱的做法，是符合彼时的时代大势，必然会左右彼时时代的主流思想。总的来说，这种政治变迁对学术的影响，诚如梁启超《论中国学术思想变迁之大势·儒学统一时代》所说："泰西之政治，常随学术思想为转移；中国之学术思想，常随政治为转移。此不可谓非学界之一缺点也。是故政界各国并立，则学界亦各派并立。政界共主一统，则学界亦宗师一统。"[①] 这种思想切合了中西学术与政治之间关系的差异性。当奏定、钦定《章程》被用于学制改革时，它是"政界"思想的体现；当它被用于指导学者编纂中国文学史时，则属于"学界一统"的范畴。因此，对各《章程》的解读当本着其两种身份的特殊情况，分别加以梳理。

首先，我们将对近代学制变革者于《章程》中设"人伦道德""经学大义"，并置于经学科、文学科、工科、农科、预备入医科等大学堂所开设各科目首列的意图，略以申述。光绪二十四年四月二十三日，光绪帝于"着开办大学堂之上谕"中，强调学堂办学须以"圣贤义理之学，植其根本"，又说"须博采西学之切于时务者，实力讲求"。[②] 这里的"圣贤义理之学"就是侧重强调儒家的人伦道德，是致用意图在思想层面的最重要表现。对以"圣贤义理之学"为教育"根本"的原因，孙家鼐《奏大学堂开办情形折》（1898年12月3日）曾指出："先课之以经史义理，使晓然于尊亲之义，名教之防，为儒生立身之本；而后博之兵、农、工、商之学，以及格致、测算、语言、文字各门，务使学堂所成就者，皆明体达用，以仰副我国家振兴人才之至意。"[③] 彼时官方意识对这种思想的强调，一直延续至科举废除之后。袁世凯、张之洞《奏请递减科举折》（1903年3月）就主张以"改试策论经义"缓解"废去八股试帖"所带来的种种不利影响，认为"以科场递减之额，酌量移作学堂取中之额，俾天下士子，舍学堂一途，别无进身之阶，则学堂指顾而可以普兴，人才接踵而不可胜

---

① 梁启超：《饮冰室合集》（文集七），中华书局，1988，第38页。
② 《光绪二十四年四月二十三日上谕》，载《大清德宗景皇帝实录》（卷四一八），台湾新文丰出版社，1978。
③ 孙家鼐：《奏大学堂开办情形折》，载《京师大学堂资料汇编》，北京大学出版社，2001，第71~72页。

用。胶庠所讲求者，无非实学；国家所登进者，悉是真才。政教因之昌明，百度从而振举"①，以此寻求必要的过渡方式。而对欲行废除科举，时人竞相谈"西学"而不谈"中学"，以致出现学术与思想断层明显，使得学人士子无所适从等情况，张百熙、荣庆、张之洞《奏请递减科举注重学堂片》（1904年1月），曾指出："议者或虑停罢科举，专重学堂，则士人竞谈西学，中学将无人肯讲。兹臣等现拟各学堂课程，于中学尤为注重，凡中国向有之经学、史学、文学、理学，无不包举靡遗，凡科举之所讲习者，学堂无不优为；学堂之所兼通者，科举皆所未备，是则取材于科举，不如取材于学堂彰彰明矣。"②试图以"中体"为主导而进行课程设置的指导思想。为此，袁世凯、赵尔巽、张之洞等《会奏立停科举推广学校折暨上谕立停科举以广学校》（1905年9月2日）提出办法数端，以学堂替代执行科举之功用：一是，不论小、中、大学堂、通儒院皆当推崇经学，以消解"科举一停，将至荒经"及旧学后继无人的情况；二是，推崇"品行"，使"人人可期达材成德，自不至越矩偭规"，推行的具体措施是试图突出"人伦道德"；三是，"师范宜速造就"；四是，"未毕业之学生暂勿率取"；五是，"旧学应举之寒儒宜筹出路"。③后三条措施所欲施行必须以前两条为本，其最终目的是保持科举废除后的社会稳定与安顿人心。彼时变革者既然强调人伦道德与注重"中学"，则《京师大学堂章程》《高等学堂章程》等开宗明义强调"人伦道德""经学大义"，其所设各科课程均必开经学、小学诸学等内容，就是不得已的必然选择。——袁世凯、赵尔巽、张之洞等人一再强调："今学堂奏定章程，首以经学根柢为重"④。故而，钦定《京师大学堂章程》"全学纲领"第一、二节规定：

　　京师大学堂之设，所以激发忠爱，开通智慧，振兴实业；谨遵此

---

① 璩鑫圭、唐良炎编《中国近代教育史料汇编·学制演变》，上海教育出版社，1991，第526页。
② 璩鑫圭、唐良炎编《中国近代教育史料汇编·学制演变》，上海教育出版社，1991，第527页。
③ 璩鑫圭、唐良炎编《中国近代教育史料汇编·学制演变》，上海教育出版社，1991，第530~533页。
④ 璩鑫圭、唐良炎编《中国近代教育史料汇编·学制演变》，上海教育出版社，1991，第531页。

次谕旨,端正趋向,造就通才,为全学之纲领。

中国圣经垂训,以伦常道德为先;外国学堂于知育体育之外,尤重德育,中外立教本有相同之理。今无论京外大小学堂,于修身伦理一门视他学科更宜注意,为培植人材之始基。①

可知近代学制变革者的主体思路与根本意图,虽在细节上略有差异,但在维护社会安定的主导思路上却是一脉相承的。可见,以"中学"为体、维护以"人伦道德"为本及注重传统学术的近代改良、教学等近代学制变革的重要内容,对近代学术的变化、中国文学史的编纂,其间的影响必然十分深远。

其次,有鉴于此,有必要对《高等学堂章程》将"说文学""音韵学""周秦传记杂史周秦诸子""群经文体"及"各种纪事本末"等课程列为"中国文学门"必修课的原因,作进一步以说明。自1900年至1910年,当时社会上的主流思想是"改良"与"革命"思想的混杂与论争。不过,学界对这两种思想何种蔚为主流的争论,尚无定论②。这两种思想即是近代社会发展过程中对"破"与"立"两种行为倾向不同看法的代表,是对这两种行为倾向于维护当时社会稳定方面到底是起积极作用还是消极作用等看法的争论。我们很难加以决然分辨,更无法冠以对与错之分。尽管改良主义与革命主义,代表着不同的政治立场与派别意识,它们在历史观、价值观与方法论等学术思想方面亦有诸多区别,但都与传统的儒家经学主流思想紧密相关。当时基于改良主义立场者,主要是康有为、梁启超等,主要强调以《公羊》"三世"张言进化,以今文经学"三统"张言社会因革,引经据典,寻求历史依托。典型之例,如《新学伪经考》《孔子改制考》等的推行。而张扬革命主义者有章太炎等人,亦以孔子为"史家宗主",云:"孔子,古良史也。""孔子死,名实足以伉者,汉之刘歆。"(《订孔》)③ 章太炎试图寻求传统史籍对彼时革命思想的支撑,以"开浚

---

① 璩鑫圭、唐良炎编《中国近代教育史料汇编·学制演变》,上海教育出版社,1991,第235页。
② 梁景和《中国近代史基本线索的论辩》一书的下篇《革命与改良的论战》(百花洲文艺出版社,2004),对史学界有关近代史上的改良与革命之间的论争有详述,可参看。
③ 章太炎:《訄书》(重订本),载《章太炎全集》(三),上海人民出版社,1982,第135页。

民智"。虽然章太炎尊重东汉古文经学,其《清儒》云:"治经恒以诵法讨论为剂。诵法者,以其义束身而有隆杀;讨论者,以其事观世,有其隆之,无或杀也";而西汉经学"诵法既陿隘,事不周浃而必次之,是故龃龉差失实",而东汉则"博其别记,稽其法度,核其名实,论其社会以观世,而'六艺'复返于史"。由此,章太炎反对以"宗教蔽六艺"与"断之人道,夷六艺于古史",反康有为、梁启超等人的"借经言政"等情形,而主张"六经皆史"。① 不过,这种主张亦有"经世"之意,显然受到章学诚"六经"皆"经世政典""贵在持世而救偏"② 的影响较为明显,"开浚民智、激扬士气"则是章太炎革命主张的最终目的,但这种主张亦以传统经史为主导③。可见,当时学界两股主流思想,其实是对儒家经典中的变易观、传统政治实践中的王霸杂糅作法所做的不同选择而已,相通之处均是回归到儒家"经史之典"中,寻求对其学术研究,进而为其政治抱负服务的意图。基于"引古筹今"及"君子之为学,以明道也,以救世"等意识④,儒学传统的复归成为当时学界两股主流思想共同的努力方向。

这种学术研究方法及功用目的对晚清学制变革者的影响十分深远。张之洞《劝学篇·同心》(内篇),曾说:

> 吾闻欲救今日之世变者,其说有三:一曰保国家,一曰保圣教,一曰保华种,夫三事一贯而已矣。保国、保教、保种合为一心,是谓同心。保种必先保教,保教必先保国。种何以存?有智则存。智者,教之谓也。教何以行?有力则行。力者,兵之谓也。故国不威则教不循,国不盛则种不尊。……我圣教行于中土数千年而无改者,五帝、

---

① 章太炎:《訄书》(重订本),载《章太炎全集》(三),上海人民出版社,1982,第154~160页。
② 章学诚:《文史通义·原学》(下),四部备要本。
③ 如章太炎《致梁启超书》云:"所贵乎通史者,固有二方面:一方以发明社会政治进化衰微之原理为主,则于典志见之;一方以鼓舞民气、启导方来为主,则亦必于纪传见之",强调"通史"对"进化"及"鼓舞民气、启导方来"的特殊作用。(载《章太炎政论选集》上册,中华书局,1977,第167~168页。)
④ 此语出自顾炎武《顾亭林诗文集》之《与人书(八)》《与人书(二十五)》,言清初为学之意,尽管清中叶以降,因政统之变化,学者为学逐渐转向"为治学而治",但晚清特殊的时局,有志之士为学逐渐回归"明道""救世"之图,1900年以降尤甚。二者在精神实质上是相通的,故此借用以概晚清之学术。

三王明道垂法，以君兼师，汉、唐及明，宗尚儒术，以教为政。我朝列圣，尤尊孔、孟、程、朱，屏黜异端，纂述经义，以躬行实践者教天下。故凡有血气，咸知尊亲。盖政教相维者，古今之常经、中西之通义。我朝邦基深固，天之所祐，必有与立。假使果如西人瓜分之妄说，圣道虽高虽美，彼安用之？五经、四子弃之若土苴，儒冠、儒服无望于仕进，巧黠者充牧师，充刚巴度，充大写，西人用华人为记室，名"大写"。椎鲁者谨纳身税，供兵匠隶役之用而已。愈贱愈愚，愚贱之久，则贫苦死亡奄然澌灭。圣教将如印度之婆罗门窜伏深山，抱守残缺。华民将如南洋之黑昆仑，毕生人奴，求免笞骂而不可得矣。今日时局，惟以激发忠爱、讲求富强、尊朝廷、卫社稷为第一义，执政以启沃上心、集思广益为事，言官以直言极谏为事，疆吏以足食、足兵为事，将帅以明耻教战为事，军民以亲上死长为事，士林以通达时务为事，君臣同心，四民同力，则洙泗之传、神明之胄，其有赖乎？且夫管仲相桓公，匡天下，保国也，而孔子以为民到于今受其赐；孟子守王道、待后学，保教也，而汲汲焉忧梁国之危，望齐宣之王，谋齐民之安。然则舍保国之外，安有所谓保教、保种之术哉？今日颇有忧时之士，或仅以尊崇孔学为保教计，或仅以合群动众为保种计，而于国、教、种安危与共之义忽焉。《传》曰："皮之不存，毛将焉傅？"《孟子》曰："能治其国家，谁敢侮之？"此之谓也。①

张之洞虽然反对康有为、梁启超等人提出的"合群"以"保种"的思路，却认为固有伦理纲常不能变，以"儒家经义"自古不变为由否定了一切革变行为，这与张百熙坚持学制变革当以不"伤国体"为本的思想相同。因此，张之洞《劝学篇·变法》（外篇）又说："伦纪""圣道""心术"是"道本"，又说"若并此弃之，法未行而大乱作矣。若守此不失，虽孔、孟复生，岂有议变法之非者哉！"② 可见，儒家经义是变革者与反对变革者、改良主义与革命主义（如何变革）之间争论的焦点。——变革者

---

① 张之洞：《劝学篇》，载《张之洞全集》（第十二册），河北人民出版社，1998，第 9708~9709 页。
② 张之洞：《劝学篇》，载《张之洞全集》（第十二册），河北人民出版社，1998，第 9748~9749 页。

利用儒经倡言变革,反对者则利用经学训义禁锢学士。正是基于"保种必先保教,保教必先保国"等思想,借助儒家经义维护"圣教"、巩固清廷统治,就成为彼时学制变革者的共同意识。学制变革者变革的目的则以"国不威则教不循,国不威则种不尊"为先导,进而设立"经学科大学";且所有科类大学、各种学堂(大、中、小)均须授受经学,以维持"人伦道德",倡国之威尊。

不过,因彼时各家思想均以"儒经"为用,对今古文经学之争则颇为严重,故而,彼时的学制变革者无法于《高等学堂章程》中具体规定如何治经、教经,而是含混而言:

> 通经所以致用,故经学贵乎有用;求经学之有用,贵乎通,不可墨守一家之说,尤不可专务考古。研究经学者,务宜将经义推之于实用,此乃群经总义。[1]

所谓"不可墨守一家之说",深刻道出学制变革者对彼时借经学致用之各家目的及治学方式的无奈,故而,又强调治诸经"务当于今日实在事理有关系处加意考究"[2]。因此《高等学堂章程》尤其突出经学的重要意义,这种突出必然强调"说文学""音韵学""周秦传记杂史周秦诸子""群经文体"诸学。而欲治经学,必先治小学,这是清季经学家、朴学家的治学传统。"说文学""音韵学""周秦传记杂史周秦诸子"则是治小学的入门。

然而,经学诸科颇多、范围广杂,各《章程》又是如何处理的?在近代学制变革中,传统"四部之学"逐渐衍化成"七科之学"。而"七科之学"实即是将"四部"相关内容拆开合并以系统门类标之而成。比如,在《高等学堂章程》"中国史学门"研究要义中,所谓"礼乐仪文丧服之改变""古今历法之变迁""历代典祀私祀盛衰与政俗之关系""每一朝政事

---

[1] 璩鑫圭、唐良炎编《中国近代教育史料汇编·学制演变》,上海教育出版社,1991,第342页。

[2] 璩鑫圭、唐良炎编《中国近代教育史料汇编·学制演变》,上海教育出版社,1991,第342页。

风俗偏重之处"等内容,① 均属于传统经学研究的范围及学者发明的重点。尤其是"三礼之学",更是如此;它们与"名物"下的"宫室""饮食"之类,"制度"下的"井田""军制""赋役"之类,"礼节"下的"冠婚""丧祭"之类,均存有很大关系。梁启超《中国近三百年学术史》曾指出:"我们不把他(新案,指上文所说各类)当做经学,而把他当做史学,那么,都是中国法制史、风俗史、××史、××史的第一期重要资料了。"② 由此可见,以上各类本属传统经学的重要目次。据此,欲治"中国史学门",了解传统经学的发展则是相当关键,"中国文学门"亦不例外。总之,各个《章程》将"经学大义"置于各科大学之首,则是一种根求于中国社会、学术发展实情的选择。近代制度变革者往往代表统治阶级的利益,故而,往往利用其维护统治之精神基石的传统经学,以禁锢学士思想,进而实现不伤"国体"的意图。也就是说,近代制度变革者每每强调"经学大义",无疑含有上述的政教考虑。

当然,近代学制变革者将"说文学""音韵学"等内容纳入"中国文学门"中,还有另一层考虑——实现因废除科举而致学子无所适从之情形,向维持社会稳定过渡的一种安抚性措施。上文已述及,袁世凯、张之洞等上奏光绪皇帝时,已意识到"科举一停,将至荒经",旧学将后继无人的严重情况;故而,他们提出以"改试策论经义"替代"八股试帖",凡"中国向有之经学、史学、文学、理学,无不包举靡遗,凡科举之所讲习者,学堂无不优为;学堂之所兼通者,科举皆所未备,是则取材于科举,不如取材于学堂彰彰明矣"③ 等举措。张之洞《劝学篇·变科举》云:科举废制后"学堂虽立",学士"无进身之阶",而"人不乐为也";学士往往以"吾所习者,孔孟之精理、尧舜之治法"相抵牾,鄙夷排击"时务经济"。④ 故而,彼时学者变革者保留固有之学的过渡举措,实属无奈为之。因此,此处"中国文学门"的分类虽然是仿制西学而设,然所设必根

---

① 璩鑫圭、唐良炎编《中国近代教育史料汇编·学制演变》,上海教育出版社,1991,第350~351页。
② 梁启超:《中国近三百年学术史》,天津古籍出版社,2003,第217页。
③ 璩鑫圭、唐良炎编《中国近代教育史料汇编·学制演变》,上海教育出版社,1991,第527页。
④ 张之洞:《劝学篇》,载《张之洞全集》(第十二册),河北人民出版社,1998,第9749~9751页。

植于文治教化之意，而并未依完全意义的"纯文学"视域下的"文学门"而设。

因近代学制变革者强调教育改革或改良不能伤"国体"，故各《章程》对西学的借鉴，仅仅停留在借"器"致用的程度或阶段，远未达及思想界对西学"公理"强调的程度。因此，各《章程》云："历代文章流别（日本有《中国文学史》，可仿其意自行编纂讲授）"，颇值得玩味。从科举考试情形看，"科举但取词章"[1]，文人多有重视；所言"教员编纂讲授"，实为化解文士因废除科举所带来的困顿意识；何况《章程》要求编纂讲义、研究文学者"务当于有关今日实用之文学加意考求"[2]，而将"文章险怪者、纤佻者、虚诞者、狂放者、驳杂者"剔除，系因此类文章"皆有妨世运人心之故"，而"必致人才不振之害"。[3] 既然如此，那为何还强调"中国文辞"一类呢？对此，张百熙、荣庆、张之洞《奏定学务纲要》（1904年1月13日）云：

> 中国各体文辞，各有所用。古文所以阐理纪事，述德达情，最为可贵。骈文则遇国家典礼制诰，需用之处甚多，亦不可废。古今体诗辞赋，所以涵养性情，发抒怀抱。中国乐学久微，借此亦可稍存古人乐教遗意。中国各种文体，历代相承，实为五大洲文化之精华。且必能为中国各体文辞，然后能通解经史古书，传述圣贤精理。文学既废，则经籍无人能读矣。外国学堂最重保存国粹，此即保存国粹之一大端。假使学堂中人全不能操笔为文，则将来入官以后，所有奏议、公牍、书札、记事、将令何人为之乎？行文既不能通畅，焉能畀以要职重任乎？惟近代文人，往往专习文藻，不讲实学，以致辞章之外，于时势经济，茫无所知。宋儒所谓一为文人，便无足观，诚痛乎其言之也！盖黜华崇实则可，因噎废食则不可。今拟除大学堂设有文学专科，听好此者研究外，至各学堂中国文学一科，则明定日课时刻，并

---

[1] 璩鑫圭、唐良炎编《中国近代教育史料汇编·学制演变》，上海教育出版社，1991，第527页。

[2] 璩鑫圭、唐良炎编《中国近代教育史料汇编·学制演变》，上海教育出版社，1991，第356页。

[3] 璩鑫圭、唐良炎编《中国近代教育史料汇编·学制演变》，上海教育出版社，1991，第356页。

不妨碍他项科学；兼令诵读有益德性风化之古诗歌，以代外国学堂之唱歌音乐。各省学堂均不得抛荒此事。凡教员科学讲义，学生科学问答，于文辞之间不得涉于鄙俚粗率。其中国文学一科，并宜随时试课论说文字，及教以浅显书信、记事、文法，以资官私实用。但取理明词达而止，以能多引经史为贵，不以雕琢藻丽为工，篇幅亦不取繁冗。教法宜由浅入深，由短而长，勿令学生苦其艰难。中小学堂于中国文辞，止贵明通。高等学堂以上于中国文辞，渐求敷畅，然仍以清真雅正为宗，不可过求奇古，尤不可徒尚浮华。[①]

可知其所设目的，在于涵养学子性情，存"古人乐教遗意"，以益"德性风化"，向"时务经济"过渡。显然，这里对"中国各体文辞"的强调，非着眼于现代学科体系本身的创建，而是强调"道德文章"及其所带来的安抚性意义。可见，各《章程》对"中国文学门"的划分，不离中国固有学术体系，仅以西学为形体，"借尸还魂"。这与当时社会背景、学术思想及学制改革者的根本意图紧密相关。它与1910年以降以现代西方理论为体系而建构的"中国文学史"，亦有着本质之别。

第二节 "人伦道德""依自不依他"与 20世纪初期中国文学史 编纂者的学术自律行为

既然各《章程》的学科设置极具功利色彩，那么各《章程》的设置意图是如何成为"学界一统"的呢？对这个问题的回答，除了上述各《章程》学科设置背景及目的等原因外，还应该注意到20世纪初期依各《章程》旨意而编纂的林传甲《中国文学史》，或者参考过各《章程》的黄人《中国文学史》是否完全忠于此意？如何予以维护？抑或仅仅因彼时国内尚无"文学史"专著可参考而不得已为之？彼时治中国文学史者完全有可能参考到外来的文学史著作，甚至，林传甲《中国文学史》、黄人《中国

[①] 璩鑫圭、唐良炎编《中国近代教育史料汇编·学制演变》，上海教育出版社，1991，第493~494页。

文学史》在编纂过程中均明言参考过日本的同类著作。——前者参考了笹川种郎《历朝文学史》，后者则参考太田善男的《文学概论》，那么，他们为何均要在一定程度上依各《章程》旨意而编纂呢？

一　"人伦道德""经学大义"与近代有志之士的学术自律行为

现在，我们先看看林传甲《中国文学史》、黄人《中国文学史》是否依《章程》之意，且如何据意而撰？学界对林传甲《中国文学史》与各《章程》之间的关系，讨论得较多，不赘。总的来说，林传甲《中国文学史》几乎全照《章程》旨意而撰。对此，林传甲曾有自剖："传甲学问浅陋，借登大学讲席，与诸君子以中国文学相切磋。今优级师范馆及大学堂预备科章程，于公共课则讲历代源流义法，于分类科则练习各体文字。惟教员之教授法，均未详言。查《大学堂章程》'中国文学专门'科目所列'研究文学众义'，大端毕备，即取以为讲义目次。又采诸科关系文学者为子目。总为四十有一篇，每篇析之为十数章，每篇三千余言，甄择往训，附以鄙意，以资讲席。"[①] 据此，林传甲《中国文学史》的体例编排及讲习内容，完全依据"中国文学门"之"研究要义"。因各《章程》未言及具体讲习之要，故林传甲自言其"篇析"即以"往训"为主，"附以鄙意"。据此，林传甲《中国文学史》冠名"中国文学史"亦指向文治教化，以此方可"甄择往训"；而对笹川种郎《历朝文学史》及"纯文学"视域相关内容，并未加以吸收。个中缘由虽已无法细致察明，但从林传甲对各《章程》如此恪守的情形看，服从各《章程》则是林传甲《中国文学史》编纂的最终选择。而黄人《中国文学史》与林传甲《中国文学史》略有不同。我们认为，黄人《中国文学史》、林传甲《中国文学史》的产生背景、直接目的及编纂者所受教育经历与思想价值观多有差异。这就导致黄人《中国文学史》与《章程》的关系，较林传甲《中国文学史》来得复杂。虽黄人编纂时亦以《章程》为指导原则，但因黄人熟稔西学知识，对诸如平等、自由等西方价值观颇为赞赏，又任教于教会学校东吴大学，故黄人编纂《中国文学史》时的具体处理方式及其对中国文学发展史迹的分期意

---

① 林传甲：《中国文学史》，武林谋新室，1910，第1页。

见，则本于黄人的自身学识及东吴大学教学所需的原则，自我发挥之处俯拾皆是。① 粗略一观，黄人《中国文学史》给人印象颇似是以西学理论体系为主，个人色彩浓烈。故学界一向不曾注意到黄人《中国文学史》与各《章程》之间的精神归旨。简要而言，黄人《中国文学史》与各《章程》的关系，略可概括为：以《章程》为原则指导，以西方价值观为理论引导，所论多系黄人的自我发挥。可以说，自 1900 年至 1910 年为中国文学史编纂的草创期，其间的著述多属讲义编纂，与彼时学制改革关系紧密，学者往往不得已而为之。既然如此，那为何彼时治中国文学史者会一如既往地加以编纂呢？除上文已述及与近代学制变革多有联系外，我们将从彼时治中国文学史者的经历与思想实质、以治中国文学史者的学术自律为视角，进行另一"途径分析"。这方面的论述此前多为学界所忽略，故仍有展开的必要。

上文已述及近代学制改革者将"人伦道德"与"经学大义"作为改革首要目的之前因后果。其实，对"人伦道德"的突出，非独彼时的官方意识与行为实践，它肇始并深刻反映于彼时有志之士的意识中。虽说彼时政治派别众多，相关主张及意图纷繁复杂。但不管是主改良主义者抑或是导革命主义者、不管是固守传统不通时务者抑或是提倡维新变法者，抛开各家的政治目的及推行手段之间的差异性，就其中任何一派而言，政治目的推行背后对社会道德、人心价值的强调，则有着惊人的一致性。如反对维新变法的张之洞，于《抱冰室弟子记》云：

> 自乙未后，外患日亟，而士大夫顽固益深。戊戌春，金壬伺隙，邪说遂张，乃著《劝学篇》上下卷以辟之。大抵会通中西，权衡新旧。②

---

① 案：对黄人《中国文学史》与各《章程》及西方理论的关系，详见温庆新《黄人〈中国文学史〉与〈京师大学堂章程〉、〈高等学堂章程〉之关系发微》（《中国现代文学研究丛刊》2011 年第 4 期）、《近代科学思潮与黄人〈中国文学史〉之编纂》[《中国语文学论集（韩国）》2011 年 4 月第 67 号]、《有关黄人研究的若干意见》（《江苏电视广播大学学报》2010 年第 4 期）、《对近百年来黄人〈中国文学史〉研究的反思》[《汉学研究通讯（台湾）》第 29 卷第 4 期] 等文的相关论述。

② 张之洞：《张之洞全集》（第十二册），河北人民出版社，1998，第 10621 页。

又,《劝学篇序》云:"《内篇》务本,以正人心,《外篇》务通,以开风气",又说"讲西学必先通中学""必以中学固其根底",方可"不忘其祖"。① 张之洞著书立说"崇经"正"学"(按,为宋学),皆以"重纲常,辨义利"(《同心》)②,以"宜今之世道"、并规避学子"挟诈营私、软媚无耻之习"及诸学的"流弊"(《崇经》)。③ 而倡维新变法者如康有为《新学伪经考》亦曾指明为学目的,云:"学也者,由人为之,勉强至逆者也。不独土石不能,草木不能,禽兽之灵者亦不能也。鹦鹉能言,舞马能舞,不能传授扩充,故无师友之相长,无灵思之相触,故安于其愚,而为人贱弱也。犀象至庞大,人能御之;虎豹鸷猛,人能伏之。惟其任智而知学也,顺而率性者愚,逆而强学者智。故学者惟人能之,所以戴天履地而独贵于万物也。"④

倘若此两类著书立说的政治意图过于显露,无法归责于学者为著述倡言而作出的偏重于治学本身的自律行为。那么,诸如治今古文经学者(治"三礼之学"者尤甚)对人伦道德的突出,则大略是自身责任感使然及由此延伸的推崇文治教化之学术自律行为的表现。如治古文经学者邵懿辰撰《仪宋堂记》,强调以奉程、朱之学求"圣人之心",以"发挥圣经,扶翼世教"⑤,企图维护伦理纲常,正学士为学"内不本身心"⑥ 的不正风气。治今文经学者如刘逢禄,云:"《春秋》垂法万世",又说"为世立教"而成为"礼义之大宗",故能"救万世之乱"。⑦ 应该说,这些有志之士主要以践行儒家价值观为主,故而,他们以自身的"良知"入手,寻求对儒家人伦道德秩序的维护或改造,实是学士自身寻求实现"立德""立功""立言"价值观的一种本能反应,是自身的儒家价值观外在化的集中体现。这种反应实如章太炎于《答铁铮》所言:为中国文化固有"依自不依他""自贵其心"之传统的反应,可以"用于艰难危机之时";"民族主义如稼

---

① 张之洞:《张之洞全集》(第十二册),河北人民出版社,1998,第9704页。
② 张之洞:《张之洞全集》(第十二册),河北人民出版社,1998,第9708页。
③ 张之洞:《张之洞全集》(第十二册),河北人民出版社,1998,第9720~9721页。
④ 姚中秋、闫恒选编《现代中国通识教育经典文集》,浙江大学出版社,2013,第26页。
⑤ 丁晏:《邵位西遗文序》,同治四年浙江书局刊本。
⑥ 邵懿辰:《孝子王立斋先生传》,载《邵位西遗文》,同治四年浙江书局刊本,第46页。
⑦ 刘逢禄:《释内事例》,载《刘礼部集》(卷四),光绪十八年延晖承庆堂重刻本。

稽然，要以史籍所载人物、制度、地理、风俗之类为之灌溉，则蔚然兴矣"。① 彼时学士以"复归"与"引古筹今"之举，显然含有此类诉求。因此，张之洞感慨"儒术危矣，以言乎迩，我不可不鉴于日本；以言乎远，我不可不鉴于战国"。② 真切道出遍存于彼时有志之士心中的呼声。林传甲、黄人等20世纪初期的中国文学史编纂者，亦不例外。

二 "人伦道德""依自不依他"与黄人、林传甲的学术自律行为

黄人（1866~1913），早年多次应举而不第，却"于书无所不读，经史之学及小说，今之名学、法律、医药之说，催眠之术，莫不究"，多与彼时名士如曾朴、金天羽等相交往③。尽管黄人因仕途不顺出现短暂的心理恐慌与精神困顿，且对儒家价值观曾一度产生动摇；但黄人最终复归原生态儒家教义，以推行教育、"开民智"为己任。黄人的这种思想变化过程，实则说明其具有相当的社会责任心。可以说，黄人《中国文学史》所体现黄人的学术自律行为，较林传甲《中国文学史》亦来得强烈，故黄人多次强调修中国文学史，实欲俾"学者有所遵守"。如黄人肯定"孔教之真际"与"墨子之真际"，认可"历史起于以伦理治世之尧舜"的合理意义，④ 赞同"三代直道之存"的归属意义⑤。同时，黄人还将"墨子之真际"媲美托尔斯泰⑥，这种潜在意义指向了人类思想的共通之处，即因适应社会需要而得以流传的思想意识。由此，黄人认为人伦道德对社会发展极其重要，云："天演竞争，强弱智愚之优劣界已将过渡而入于大德役小德、大贤役小贤之地位。故虽虎狼之俄王，而亦欲与弭兵会"，若无道德之规范，后果不堪设想；故而，"西方之有远识者，亦颇服膺我国之旧伦

---

① 章太炎：《太炎文录初编》，载《章太炎全集》（第4集），上海人民出版社，1985，第392~395页。
② 张之洞：《张之洞全集》（第十二册），河北人民出版社，1998，第9725页。
③ 详见时萌《黄摩西行年与著作略考》（《文教资料》1992年第2期）、王永健《"苏州奇人"黄摩西评传·黄摩西年表》（苏州大学出版社，2000）、黄钧达《黄人年谱（摘编）》（《南京师范大学文学院学报》2006年第3期）及温庆新《黄人〈年表〉三种订正》（《书品》2012年第5期）等文。
④ 黄人：《中国文学史·分论·上世文学史·文学之胚胎》，国学扶轮社，1911。
⑤ 黄人：《中国文学史·分论·文学之全盛期·六经·〈诗〉之文学》，国学扶轮社，1911。
⑥ 黄人：《中国文学史·分论·墨家·墨子》，国学扶轮社，1911。

理"。从这个意义讲,黄人认为儒、墨两家必有成为"全球宗教、教育、政治之一日",认为原生态儒家、道家教义较于西方的思想,更符合中国实情。[①] 因此,黄人强调"求新法,不如整理旧法",实乃"旧法"包含着黎民百姓共同遵守的"德礼",更适合当时的实情。这些意见归根结底在于,黄人对传统伦理道德之于保持社会稳定、消解世人困顿心理等方面的作用的肯定。

不过,黄人主张恢复的原生态儒、道家教义是在与西学进行比较的视野下进行的。因此,黄人在恢复原生态儒道教义的过程中,已加入某些西学方面的思想意识。这种恢复的具体操作与单纯主张恪守传统、恪守原生态儒家教义的做法,则有所不同。它亦不属于"保守国粹主义者"的作为,——如《中国文学史》针对当时青年学生对待中西之学时出现的"厌家鸡而爱野鹜"等情形,批道:"抱保守国粹主义者往往相对太息,谓吾国青年学生,厌家鸡而爱野鹜之习牢不可破,而未审此所谓家鸡者,其风味果足以供人餍饫否也",知黄人不喜固守,亦恶全盘西化,而主张随时而动、中西之学兼通并重,略含"致用"之意。[②] 导致黄人出现这种思想的重要原因,在于他对中国旧有学术能真正达到"理解之同情"的境界。此中精髓,为林传甲难以望其项背的。试举一例以言说。黄人曾说:

> 今日科学虽已发明,其脑中遗传迷信之性质,终不能尽去;且诚信与迷信之界限,实际上亦不能分析。信宗教者固为迷信,信科学、哲学者,亦未始非迷信也。盖现在之所谓迷信者,在过去时代固为诚信矣;则至未来时代,今岁为诚信者,安见不仍为迷信乎?故挟此术者,正利用此迷信之心力以见功也。[③]

在黄人看来,社会及思想变迁不断"进化",但各种思想与其所存的时代则有合理存在之一面,故其云"现在之所谓迷信者,在过去时代固为诚信矣";即使现今为先进者亦可能变为未来世界的阻碍者,——某某家之"诚信"则可能变为未来世界之"迷信"。正是"诚信"与"迷信"的

---

① 黄人:《中国文学史·分论·墨家·墨子·〈墨子〉大旨》,国学扶轮社,1911。
② 黄人:《中国文学史·分论·文学之起源·文典》,国学扶轮社,1911。
③ 黄人:《中国文学史·分论·文字之起源·书契之说》,国学扶轮社,1911。

界限难以截然分离，黄人才主张予以深刻"理解"，而后方能"同情"其存在的必然。因此，黄人尽管接受西学思想，却肯定中国固有学术之于社会发展的合理一面，此为黄人撰写《中国文学史》的基本思想。①

林传甲（1877～1922），曾于1896年创办湖北时务学堂，后又创办衡州时务学堂、常宁时务学堂，颇受湖广总督张之洞、湖南学政柯劭忞的赏识，并曾赴长沙任教。这期间，因目睹清廷的无能而主张改良，常发阔论抨击时弊。之后，林传甲于光绪二十八年（1902）会福建应试（此年补行庚子、辛丑年并科乡试）；1904年，经严复推荐，被聘为京师大学堂文科教授，编《中国文学史》；1905年拣选广西知县，并赴东京考察政治与教育现状；1906年，调任黑龙江办学，民国四年（1915）南归②。林传甲兴办教育、撰修方志，实为"明匹夫之责日"③，故其自勉联云："万卷图书益人神智，几枝秃笔供我指挥。"林传甲主张改良，尤其是任教京师大学堂前，其主张与张之洞等人较为接近，因此，林传甲必然完全践行《章程》旨意编纂中国文学史。这是其自身责任感使然及由此延伸的推崇文治教化之自律行为的表现。江绍铨于光绪甲辰（1904）作《中国文学史序》时，曾说："林子所为非专家书，而教科书，固将诏之后进，颁之学官，以备海内言教育者讨论焉。其不可以过自珍秘者，体裁则然也。"④此处言"诏之后进，颁之学官"，就道出林传甲编纂《中国文学史》的动机与"后进"及"学官"紧密相关，可见，林传甲编纂《中国文学史》时灌注了其强烈的责任感。"备海内言教育者讨论"，则是林传甲治学严谨的自律行为的体现。

可见，黄人、林传甲恪守各《章程》的精神及其具体的内容设置，实因各《章程》的精神与他们的追求相合拍。不过，这种合拍的重要前提在于林传甲、黄人因生活于科举废制的前后，对科举的利弊有着切身体会。一方面，两人均谙熟科举制艺。1902年，林传甲参加乡试时，该试共计含

---

① 案：参见本书第二章"古典目录学与20世纪初期的中国文学史编纂"、第三章"'外来经验'、古典目录学的杂糅与20世纪初期的中国文学史编纂"及第五章"个性旨趣与20世纪初期的中国文学史编纂"的相关论述。
② 王桂云：《林传甲以修志为己任》，福州市政协文史资料委员会编《福州文史资料》（第二十四辑），福建政协出版社，2007，第237～250页。
③ 林传甲：《大中华吉林省地理志序》，吉林教育厅出版，1921。
④ 林传甲：《中国文学史·序》，武林谋新室，1910，第1页。

论、策、书义、五经义等 13 题，而林传甲高中第一名举人，为解元；是知林传甲谙熟四书五经、诸子文章、词章制艺等。黄人虽多次应举不第，其早年入私塾问学于秦鸿文，习制艺用文，对经史子集之学多有发明。正是二人曾将此道奉为圭臬，故对含有过渡废止科举之用的各《章程》学科设置及其个中精义，领悟深切，以至编纂起文字、音韵、金石、诸子之学等讲义内容时，如此得心应手，信手拈来。① 另一方面，科举废制之后，彼时士人多有所徘徊。而林传甲、黄人显然皆深刻意识到由此而带来的诸多不良社会影响与思想困顿之处。因此，林传甲力主教育、修方志以期缓解时人的人心道德沦丧之局面。而黄人则因落第的切肤之痛，曾出现过短暂的精神困顿期，对废制后果的体认较林传甲来得强烈；而后黄人任教东吴大学，广泛接触西学知识，但最终回归原生态儒家教义以批判弥漫于当时的驳杂的衍生态儒家教义，这种思想转变很大程度归因于彼时科举的废制。可见，林传甲、黄人对科举废制对于彼时士人精神困顿、价值取向，乃至动摇旧学根本的影响，多有思索。执行各《章程》的旨意，从某种意义讲，就是他们熟稔旧学之认同感使然，并由此萌生"保存国粹"的举动。可以说，这两部文学史将"说文学""音韵学""周秦传记杂史周秦诸子""群经文体""各种纪事本末"等课程编入《中国文学门》的最大原因在于，编纂者对维持社会"人伦道德""保存国粹"、教育"致用"等深切认同所产生的责任感使然。这种学术发展实情，远非今人强调的彼时进行"新""旧"学术体系对接时而引发矛盾之表象这般简单。林传甲《中国文学史》引入笹川种郎《历朝文学史》，而干脆不提"文学"定义，直依各《章程》而撰；黄人《中国文学史》虽列太田善男《文学概论》中有关"文学"定义，对"文学"论述却大体依"中国文学门"文治之意②。这种情况一方面表明两人对西方文学理论有一定的了解，另一方面

---

① 案：江绍铨光绪甲辰（1904）作《中国文学史序》云："（林氏）甲辰夏五月以来，京师主大学国文席，与余同舍居。每见其奋笔疾书，日率千数百字，不四阅月，《中国文学史》十六篇已杀青矣。吁亦伟哉。"知林传甲仅用数月时间即草成初稿，若非深谙此道及深切体认各《章程》的精髓者，恐不能为之。黄人《中国文学史》虽动笔于 1904 年，至 1909 年始方完稿（为未定稿），但黄人《中国文学史》体积庞大，弘制规模，百万余字，平均分制，每天撰近千字，编纂速度亦属较为快速。

② 温庆新：《黄人〈中国文学史〉与〈京师大学堂章程〉、〈高等学堂章程〉之关系发微》，《中国现代文学研究丛刊》2011 年第 4 期，第 139~149 页。

表明两人更注重文学史所应担当的教化意义。又如，黄人已意识到东西学术体系之间的差异性，并最终选择部分借用西学框架体系而以中、西之思想体系相融通的做法，则是黄人预先设想编纂《中国文学史》的致用意图所致。虽然林传甲、黄二人的思想经历具有若干相似之处，编纂中国文学史时亦有相似的目的意图，这两部文学史亦体现出若干共性特征，但这两部文学史在具体的编纂策略、体例框架上又有诸多不同，编纂时仍有若干个性旨趣。① 其间同中之异、异中之同的情形还是比较明显的。

　　由此看来，讨论中国文学史草创期的相关情况，更应着手于彼时的背景、编纂者目的及其所可能具备的知识体系而展开。我们反思彼时编纂中国文学史的成绩时，当以彼时的情况为主，而不应将其直接纳入以各种文学史理论体系为主的批评框架中。可以说，1910年前的中国文学史编纂虽然作为中国文学史书写的肇始期，但1910年前治中国文学史所遇到的诸多特殊情况，决定彼时产生的中国文学史著作只能是近代中国学术体系改良过程中所出现的典型个案。它亦不像1910年之后出现的中国文学史著作那样具有如此众多的个性特征（但仍有一定个性旨趣）。此时，"纯文学"体系并未成为编纂中国文学史的绝对主导，它与1910年后的中国文学史著作虽同属于文学史体系，却有着本质差异。——而游离于现代学科体系之外，故应以"理解之同情"相待。

第三节　文学史视域下的"小学"编纂

　　既然黄人《中国文学史》、林传甲《中国文学史》等著述与彼时寻求儒经复归的学制变革及士人精神诉求的大势存在很大关系，那么，它们所体现出来的治学路径与彼时的学术氛围又有着怎样的关系呢？黄人、林传甲是如何践行"依自不依他"的文化传统呢？此类传统又如何影响彼时中国文学史的编纂选择呢？应当说，"小学"编纂之所以成为20世纪初期中国文学史编纂的重中之重，除了近代学制变革提出相应要求之外，更在于20世纪初期中国文学史编纂者已充分意识到"语言"作为时人知识活动与

---

① 案：具体差异，参见本书第五章"个性旨趣与20世纪初期的中国文学史编纂"的相关论述。

交流情感的重要媒介，往往具有一定民族性、国家性的规范价值，能够凝聚本民族的情感表达倾向、规范相应的话语使用习惯，以此增强对国家运行体系的熟悉度与民族认同感。对于近代中国而言，所谓"语言"，不外乎就是以文字、音韵及训诂为主体的"小学"传统。因此，20世纪初期中国文学史编纂者希望通过对"小学"的强调，以便促使时人能够了解"小学"知识与表达习惯，进而知晓"小学"传统及其背后所蕴含的民族主义倾向，借机保持社会的安定、进而以一种平等的心态接受外来文化的挑战，最终赋予"小学"内容具有一种超越时空所限且具有典型民族特性、国家归属感的"中介物"，以此践行维系社会人伦道德的重要手段。黄人就明确指出"文学者，世界文明之一原素也；音韵者，文学之一原素也；人声者，为世界文明之一原素，而又为文学、音韵之一原素也"[①]，试图以音韵及"人声"作为探寻"世界文明"的凭借。兹基于学界非议黄人、林传甲所编纂《中国文学史》文学观的混杂、不符现代学术体系等情形，以及黄人、林传甲思想与精神诉求中的客观"实在性"等情况，兹以黄人《中国文学史》、林传甲《中国文学史》所涉及的"小学"相关部分编纂为例，分两步骤略以申述：一是，讨论清季"小学"传统与文学史视域下的"小学"表达之间的关系；二是，讨论黄人、林传甲治"小学"的思想及路径对各自编纂中国文学史的影响。

一 文学史的"小学"内容如何编纂

对此，我们应先了解黄人《中国文学史》、林传甲《中国文学史》对"小学"的论述。而此处指称"小学"，主要包含文字、音韵、训诂之学等内容，因此，这里讨论的就是文字、音韵及训诂学等"小学"内容在文学史视域中的表达。我们知道，清季"小学"的发展蔚为大观，达到前所未有的高度。尤其是经过顾炎武、江永、段玉裁、戴震等人一脉相承，形成了较为完善的音韵学体系。——他们力求以音韵为根基达以训诂，融通经史，遂使清季"小学"有别于前代，特征鲜明。顾炎武主张通"音"以解"经"云：因"今世之音改之"使得今人不通"三代六经"，又云："读九

[①] 黄人：《中国文学史·分论·文学之起源·音韵》，国学扶轮社，1911。

经自考文始，考文自知音始。以至诸子百家之书，亦莫不然。"① 以之为治学之本。段玉裁则将顾炎武等人的治学传统概括为："治经莫重于得义，得义莫切于得音。"② 因此，清季治"小学"的路径有别于宋明时期，以至于清季学者多批评宋明治学不明"音"与"韵"为小学之"经"与"纬"③。晚清时，经过章太炎、刘师培、黄侃等人的揄扬；④ 至此，以音韵为本以通"小学"、治"经"之风，遂成为学界的主流。而且，晚清学人对过于注重训诂的宋明治学路径，鄙薄愈甚（宋明音韵亦有发展，如《中原音韵》等，却未成为学界主导）。比如，章太炎《国故论衡·小学十篇》云：

> 凡治小学，非专辨章形体，要于推寻故言，得其经脉，不明音韵，不知一字数义所由生。……盖小学者，国故之本，王教之端，上以推校先典，下以宜民便俗，岂专引笔画篆、缴绕文字而已。苟失其原，巧伪斯甚。⑤

刘师培《汉宋小学异同论》亦云：

> 上古之时，未造字形，先造字音及言语，易为文字。⑥

黄侃《〈国故论衡〉赞》亦云："尝闻文字之本，肇于语言，形体保神，声均是则"，力批"采音而遗其形，见彼而隐乎此"等治学情形，⑦

---

① 顾炎武：《答李子德书》，载《顾亭林诗文集》，中华书局，1983，第69~73页。
② 段玉裁：《王怀祖广雅注序》，载《段玉裁遗书》（下册），台北大化书局，1997，第1084页。
③ 戴震：《与是仲明论学书》，载《戴东原先生集》，安徽丛书本。
④ 案：章太炎《致国粹学报社书》（1909）云："近所与学子讨论者，以音韵训诂为基，以周、秦诸子为极，外亦兼讲释典。盖学问以语言为本质，故音韵训诂，其管籥也；以真理为归宿，故周、秦诸子，其堂奥也。"（马勇编《章太炎书信集》，河北人民出版社，2003，第236~137页。）知章太炎对音韵与语言之于治学的重要性，多有宣传。刘师培、黄侃等人无不受到章太炎的影响。
⑤ 章太炎：《国故论衡》，上海古籍出版社，2006，第3页。
⑥ 刘师培撰，朱维铮编《刘师培辛亥革命前文选》，生活·读书·新知三联书店，1998，第425页。
⑦ 黄侃：《〈国故论衡〉赞》，上海古籍出版社，2006，第1页。

等等。

　　基于这种背景，黄人讲授"小学"时，亦首先批判学界治"小学"过于重考据的情形，云："治文字者，文学之性质一变为美术的性质；其稍知考据者，又不审名与字之分别，虽多所发明，而千头万绪，令人眩惑，浸成今日无意识的文字现象，此一变也。"又说："彼所谓韵学家、训诂家者，虽未尝不于音韵上妄加分别，而其所分别者，实与文字及音韵之关系上，绝无价值也。"① 所谓"无意识的文字现象"，即为不重视音韵的形义考释等治学路径。据此，我们大略推知黄人强调以音韵为基而治"小学"的思想。不过，黄人对音韵之学多有独见，非照搬彼时学界主流，而是以"人之声音"为研读音韵的突破口，云："声音者又随时代而变，故居今世而能读古音者盖鲜"，认为"小学之可贵处"在于"不独考核古今之异同"而在于对"人之声音"的复归。又说：

　　　　时代既迁，声音亦渐趋于微异。其声音之属于语言者，既随风气之通塞、人事之繁简而纷歧万态。而在文字上，则重形不重声、徇目而不徇耳，不似他国文字之必始于调音合韵，而后能从事于文法也。故文字发达垂数千年，至梵典西来，始有音韵之学，其初则文字自文字、音韵自音韵，一若绝无关系者。而我国文字，遂成为一种特色。据其点画，则虽极山陬海澨，而通辨其音声，则虽一乡之中、一人之口而绝无定准。彼斤斤于音读者，就一字而妄生分别，谓某字当读某音，某字不当读某音，试叩其所以然之故，及与文字有何关系之故，亦瞠目而不能答也，即强为之解，曰此古今南北之分耳。然古人所留文字，仅可接之以目，而不能接之以耳。彼讲求古音家，所谓文字源流正变者，既无以母摄子，似西文上溯希、罗古音之法，但执几卷死书为证，而欲以今人一时之目，代齐古人数千百年之口耳，抑亦慎矣！南北音异，固也。然必能通今日之方言，始能悉前人声音交通之故。

---

① 案：本节所引黄人的论断，均出自《中国文学史·分论·文学之起源·文字之起源》（国学扶轮社，1911），除有必要，不再一一注明。

此文有几点值得注意。首先，黄人肯定音韵学，并以此作为治学之本。这种肯定的最大原因，在于黄人认为，"文学者，世界文明之一原素也；音韵者，文学之一原素也。人声者，为世界文明之一原素，而又为文学、音韵之一原素也。"而"声之出于感情"，故能表达人之情感及"精神"。因此，黄人的论述主要着眼于音韵达人"感情"的角度，认为历史的变迁使得文字逐渐失却达于人之声音，进而达于"人之精神"的功能：历史变迁及个人的思想亦往往迥异，"思想既种种不同，而其发为声音者，亦自有别"，只有通于人的"声音"才能明白音韵变迁，才能了解文学，乃至文明变迁。这种意见就是对章太炎所谓"治小学者，在乎比次声音，推迹故训，以得语言之本；不在信好异文，广征形体"[①]的最好说明，亦是对清季"小学"治学传统的发扬，进一步融合文字之形音的关系。只不过，随着"西学东渐"的加深，晚清时期音韵学的发展较于雍、乾、道等时期而言，有其特殊之处。晚清学者逐渐引入西方的人体结构学，来讨论人的"发声机"结构以求明了"音韵"之学，利用西方的字母体系来重排汉字音韵表，故而，晚清音韵学体系较先前要来得系统与科学。黄人《中国文学史》就辟专节讨论人体"发生机"的工作模式及对语言的影响，认为"音韵出于自然，本无区别"，关键在于不同地域之人的"发生机"工作模式不同而致。

其次，黄人注意到梵音的输入对清季音韵学的影响，同时结合"希（希腊）、罗语言"的特色，注意在"东西各国相互交通"的情况下，通过比较汉语与其他语言的特点来了解中国音韵学的发展情形。黄人多次强调"吾国音韵之学直接由梵音成立"。并单列"梵音字母"一节，对其中的"元音"及"僕音"系统多有发明。

再次，对方言研究的重视。黄人认为"古今南北之殊，其实音由方域而异，而一方域中且互有参差，若古今之界，更无定点"，并由方言的差异特点推导出古今韵异同的原因，云："世所谓古韵者，盖以韵书所列之韵相较，而强为区别耳。顾韵书之分类，亦人自为说，而无一定，故谈韵者愈多，而其道愈歧"，以至于"随人随地而成声"。因此，考求音韵当于"地理、社会、种族、雅俗、清浊之互殊，而知其流别，而尤当胪举古今

[①] 章太炎：《国故论衡》，上海古籍出版社，2006，第33页。

有韵之辞，一切比较以通其变"。这种着眼于地域差别的思想，从语言发展的地域实际及其独特性入手的求实方法，虽然带有"实证主义"的因子，却无疑较为精确地道出语言发展的实际情况。故而，黄人感叹顾亭林、毛奇龄于音韵学"用力虽勤而终不能尽餍人心"。这种感叹实际上反映出晚清学者对音韵学的认识，已达到了更深层次。可见，黄人对方言影响音韵的强调实属高明之见。

我们知道，方言学是音韵学的重要一环，但清季治"小学"者于此用力者甚少，除刘继庄等少数学者外，直至章太炎著《文始》《新方言》方有所扬起。① 而黄人能对以方言治音韵的价值予以充分考虑，颇有前瞻之明。当然，黄人认识与章太炎的合拍，并非偶然。据金鹤翀《黄慕庵家传》云："尝遇章太炎于苏州，相与讲学数月，慕庵自以为弗如。"② 陈序轮《关于黄人》亦云："摩西少抱种族革命思想，与章太炎先生为莫逆交，太炎曾任东吴讲座半年，即由摩西所聘请，终以苏州巡抚向校长孙乐文勒索章氏，章氏乃不终席而去。"③ 钱仲联《辛亥革命时期的进步文学家黄人》又说："黄人和太炎讲论学术数月，自以为不如太炎。太炎著《訄书》，倡言反清革命。清统治者湖广总督张之洞、两江总督刘坤一等勾结东吴大学当局迫害太炎，解除聘请。太炎离苏走海上，黄人继续留在东吴任教，直到民国以后。太炎主张革命，两人同事，朝夕晤谈，黄人不能不受太炎的影响。但黄人并不像太炎那样，直接写政论性宣传文章鼓吹革命，而是在商讨学术、论述文学两方面有所间接反映。"④ 1901年，章太炎任教于东吴大学，据冯自由所言："章氏在东吴，'掌教将一载，时以种族大义训迪诸生，收效甚巨。有一次所出论文题目为《李自成胡林翼论》，闻者咸以为异。事闻于苏抚恩铭，乃派员谒该校西人校长，谓有乱党章某借该校煽惑学生作乱，要求许予逮捕。章闻警，即再避地日本'。"⑤ 章太炎在东吴大学极力宣传民主与革命思想，"收效甚巨"，又与黄人为莫逆

---

① 案，《新方言》原载《国粹学报》戊申年第1~6号（1908年），是章太炎系统讨论方言价值的扛鼎之作。
② 黄人著，江庆柏、曹培根整理《黄人集》，上海文化出版社，2001，第365页。
③ 时萌：《曾朴及虞山作家群》，上海文艺出版社，2001，第275页。
④ 钱仲联：《梦苕庵清代文学论集》，齐鲁书社，1983，第106页。
⑤ 冯自由：《中华民国开国前革命史》，载汤志钧编《章太炎年谱长编》，中华书局，1979，第121~122页。

交；故而，黄人思想受启于章太炎，亦不无可能。将黄人思想与章太炎思想进行比较，二人的思想主张的确有诸多相似之处：均徘徊于改良思想与革命行动之中，都意识到解决社会的现实危机与精神危机的重要性，皆认为保存"国粹"有利于维持人伦道德与社会稳定，并孜孜以求。这些情况，深刻反映出彼时身处危机的有志之士，试图寻求救国图强的不懈努力。可以说，黄人、章太炎对"小学"的强调，尤其是对"音韵"学的推崇，并保持相当一致的步调，正是基于"文字训诂，必当普教国人"① 的共同认识，亦是二人具有共通的精神追求的表现。

最后，基于上述认识，黄人强调"小学"应顺应时代需要进行自我改造，与"今之通各国文字等"。学者"于土音之外，必当通所谓文言及各国文字者"，对"文字"诸弊力求"改良纠正"。这种改良最终目的是要求通过求于梵音、希腊、罗马语言及方言，最终达到以文字通"人之声音"，进而通"人之精神"的意图。但黄人反对如"沈氏之《盛世元音》、王氏之造简字"等"思改良"者"从欧文、东文中豪夺巧偷，改头换面而为之"的行为，主张改良应该在对"国语语言文字、古今远近迁流变化之故"予以深入研究的基础上进行。

相较而言，林传甲《中国文学史》对"小学"传统的书写要简陋得多。林传甲《中国文学史》与此相关章节分布于前三篇，为："古文籀文小篆八分草书隶书北朝书唐以后正书之变迁""古今音韵之变迁""古今名义训诂之变迁"。它们几乎按照《奏定高等学堂章程》之"说文学""音韵学"的有关规定而略以描述，使得我们很难明确判断林传甲具体的"小学"主张。不过，这三篇分立于整部文学史之首，本身就足以说明林传甲强烈推崇治文学（林传甲《中国文学史》主要着眼于文治之学）"未有能外小学文字者"的思路。林传甲对当时治"小学"的不正风气进行了猛烈批评，言：

> 今日学有根柢之士，于音韵罔不涉猎，其未习古音者，又力疲于欧罗巴之音而不暇及此。故讲义从略焉。先正专书具在，入大学堂经

---

① 章太炎：《国故论衡》，上海古籍出版社，2006，第33页。

学、文学专科者,庶能深究其旨焉!①

据此,我们略可推知林传甲治"小学"时,当与彼时学术界的主流思想保持着一致性。林传甲又于《古今音韵之变迁·群经音韵》中说道:

> 生民之初,必先有声音而后有语言,有语言而后有文字。诗歌之作,应在书契以前。但求其音之叶,不求其文之工也。《尚书》非有韵之文也。"夔之典乐",依永和声,其音韵之始乎!《皋陶》《赓歌》《明良康》《喜起熙》之词,皆韵文也。②

这就是对清季小学家之"上古但有语言,未有文字,语言每多于文字,亦先于文字。事物之变换迁移谓之易,此一名也;蜥易之为物,以双声名之,此又一名也。未立蜥易字之前,不可谓无变易之语"③等观点的肯定。又,"东西各国字母"一节的论述,最可深见林传甲的"小学"功力及其与彼时学术界主流思想的关系。云:

> 今日东西各国,皆以字母为文。第一字母,东人作ア,西人作A,则东西之音皆同。读之如阿。中国清文十二字头,第一字亦作阿。畴昔阿字,为陵阿之义,收入歌韵。今则《钦定音韵述微》,收入麻韵矣。古音麻韵之字,皆与鱼、虞相从。字母出而中国始有麻韵也。阿字其天然之元音乎。日本落合直文著《言海》,凡外来语言,皆表而异之。中国地大人繁,梵词蛮语,古时流传至今者,文人学士且习焉而不察也。今日东、西新名词,侵入中国。不但文字变,言语亦变。上海有洋泾浜语,不中不西。即西人学华语而未成、华人学西语而未成者所组织也。此亦文字大同之始基也。日本字母,出于中华。泰西字母,皆源于罗马。中国一字,日本并合数字母而始成。英、法、德、俄用罗马字母,而并法各异。且英、美同文,而言语微歧。

---

① 林传甲:《中国文学史》,武林谋新室,1910,第26页。
② 林传甲:《中国文学史》,武林谋新室,1910,第13~14页。案:林传甲《古今音韵之变迁·群经音韵》的相关内容与钱基博《经学通志》"小学志第七"几乎完全相同。
③ 戴震:《易象象三字皆六书之假借》,载《戴东原先生集》,安徽丛书本。

法比同文，而言语微歧。德意志各联邦，文字同而言语微歧。他日世界大同，欧洲列邦必同用罗马古文，亚洲列邦必同用中国汉文。或名词皆定为汉字，而以字母绾合其间，东西人皆可读。而交通之机，庶无阻滞也。①

需要注意的是，林传甲亦认为中西语言具有互通的可能。林传甲强调汉字可成为国际通行之语言的原因，除开政治意图等影响因素外，这种意见已深刻反映出林传甲对汉字音韵及言语系统的认可，同时，其亦注意到汉字系统自我改造与改良的不可避免。又如，《修辞当知颠倒成文法》云："与其习西人辨学、东人论理学，何若取《论语》二十篇，实力研究之，以折衷万国之公理乎。又有颠倒成文而意不变者，如我不欲人之加诸我也。吾亦欲无加诸人，推之《大学》之致知在格物，物格而后知至，皆颠倒而意不变也。初学此意，宜仿之云。文学者，开通民智者也，又颠倒其辞云：开通民智者文学也。如此解法，初学当有无数触发矣。此类论辨，东、西人皆作圈，留心辨学者，自能会通。"② 据此可知，林传甲所谓"会通者"，颇有留心东（指日本）、西（指欧美）之学而保留传统精髓之意，亦即会通东、西与恪守传统精髓并重之意。

由此看来，黄人、林传甲均强调音韵为"小学"根基，注重"小学"对研读文学的重要性。同时，皆认为研治"小学"应当与时俱进，强调应对中国旧有学术体系的自我改造。出现这种思想的原因，大致有数端：一是，近代学制变革即为适应政治、社会的发展需求，各《章程》明确要求对学者可以参考日本《中国文学史》《中国法制史》、西方译本等同类教材，"斟酌采用"，③ 这就向彼时学者释放了向西方学术靠拢或借鉴的信息。二是，尽管黄人、林传甲对中国固有之学多有研究，主张巩固旧时人伦道德，但他们同时具有丰富的西学知识，对西学的了解已达到较深程度。因此，他们亦主张与时俱进，改造中国固有之学。只不过这里存在"体"与"用"的区别而已。三是，晚清"小学"领域自我调节的情形颇为突出，

---

① 林传甲：《中国文学史》，武林谋新室，1910，第23~24页。
② 林传甲：《中国文学史》，武林谋新室，1910，第63页。
③ 详见《高等学堂章程》，载《中国近代教育史料汇编·学制演变》，上海教育出版社，1991，第346页。

黄人、林传甲的主张仅仅是中国学术"穷则思变"的自我调节体系在编纂中国文学史领域中的具体表现罢了。

二 "小学"内容对黄人、林传甲编纂中国文学史的影响

基于上述认识，我们将对上述"小学"内容及其实践路径如何对编纂中国文学史产生影响等问题，略以述说。

首先，简述"小学"内容对编纂中国文学史之思路所产生的影响。清季"小学"家往往强调语言"多于文字，亦先于文字"，也重于文字（戴震）；"上古之时，未造字形，先造字音及言语，易为文字"（刘师培），学界遂奉为圭臬。具有"小学"功底的黄人、林传甲等人充分接受这种思想，并以此作为组织中国文学史源头书写的指导。黄人《中国文学史》曾说：

> 文学以文字为成分，则必谓有文字而后有文学矣。殊不知文学之名目，虽立于有文字之后，而文学之性质，早具于无文字之先。何则？文学之位置最高者，莫如哲言；文学之部分最广者，莫如诗歌。此二者，在未有书契以前，久已潜行社会。即文字界已经开辟，而刍荛所采，辀轩所陈，皆由不知文字之人而来，以文字表之，固谓之文学。然文字不过为其模型，安有模型为文学，而真象反非为文学者？故欲知文学之真际，当求之未有文字以前。且拘牵于文字，反易涣文学之真精神。……质言之，则文学为主，而文字为役；文学为形，而文字为影；文学为灵魂，而文字为躯壳。离绝文字，固不能见文学；瞻徇文字，亦不足为文学。[①]

这里的"文学"不是"纯文学"的概念内涵与价值指向所能包容的，亦非指代文治，而是人类文明的代名词。而求"文学之真际"于文字发生之前，即包括探寻人类之历史、思想等方面的变迁。这也是黄人所强调的达"人之精神"的最本质要求，并以之为潜行于社会的"真际"。在这种思想作用下，黄人《中国文学史》在《上世文学史》中辟

[①] 黄人：《中国文学史·略论·文学之起源》，国学扶轮社，1911年。

《文学之胚胎》专节，着重讨论"诗歌""神话"及"格言"等文字发生之前的文学。尽管后两种文学体裁分类借鉴了西方文艺理论，但黄人对这两种分类的认同与引用，显然是基于上述思想而展开的。故而，《文字之母》一节又说：

> 歌谣为文学之初祖，为言语发达之一种，所以表绝对的感情者也，而文字中之有声音而无意义者，大半出于歌谣，通常如"兮""乎""耶""只""猗"之类，特别者如"妃""呼""豨"之类。①

可见，黄人对歌谣的认可，就是对"诗歌""神话"及"格言"于文字产生之前达"人之精神"的表达。应当说，这里的歌谣指代的是与"神话""格言"并列的"诗歌"，故而，《文学之胚胎》又说："古之文学大约分为四类：一为诗歌（出于谣谚）；一为神话（为历史所本）；一为格言（箴铭所本）；而研究自然之学，发达甚早，其撰述亦颇可观，且深含哲理（吾国自然学所以不进步者，以偏于哲理而缺乏科学性质）。"② 据此文及"文学之胚胎"的相关论述，知黄人对"六经"形成前的历史文化的探索，系根植于文字产生以前的文学"真际"，与"纯文学"理论无关。大略而言，上述"小学"思想对黄人《中国文学史》的影响，不仅表现在对文学之起源、文学探讨的内涵乃至文学史观等方面，更是影响黄人对中国文学发展过程与文学史意义的评价尺度。

而林传甲《中国文学史》亦将文学肇始延伸到"书契发生之前"，云："凡后世民生日用之器，皆古人艰难缔造以成之"，并认为书契的缔造与"八卦"及《易经》紧密相关，"作八卦以通神明之德，以类万物之情"。③ 尽管林传甲未曾详细展开，但这种思想蕴含的"小学"因子，足见颇浓。无独有偶，刘师培曾于《经学教科书》（下篇）讨论《易经》与中国学术的关系时，其中一项就是论述《易经》与文字的关系，认为："《易经》一书，上古之时，以之代字典之用"，认为象形文字起于"八卦"；又说"卦名之字仅有右旁之声，为字母之鼻祖"；而"字义寓于卦名，即以卦名

---

① 黄人：《中国文学史·分论·文学之起源·文字之起源·文字之母》，国学扶轮社，1911。
② 黄人：《中国文学史·分论·上世文学史·文学之胚胎》，国学扶轮社，1911。
③ 林传甲：《中国文学史》，武林谋新室，1910，第2页。

代字义，为后世训诂学之鼻祖"。① 可见，"小学"治学思路与范式对时人的世界观、价值观及方法论均产生过不可估量的影响，它对编纂中国文学史的影响亦显而易见。

其次，突出治学当重音韵、进而强调文字达"人之情感"之路径应当成为中国文学史的书写重点。这种影响的最大表现是，强调文学对"人之情感"与"人之精神"的反映。上文已述及，黄人等人推崇通过音韵治小学，进而注重达"人之声音"。而因"声之出于情感"而关注"人之声音"与"人之情感"的关系，最后强调对"人之精神"的表达。在这种认识的主导下，黄人下结论说："人声音者，为世界文明之一原素，而又为文学、音韵之一原素。"因而，黄人《中国文学史》论述的重点之一，即强调文学如何从"政治权、宗教权、教育权"的压制中一步步实现对"人之精神"的表达。不过，这里对"人之精神"的强调是以原生态儒家教义为根，同时吸纳了西方平等、自由等思想熔铸而成的，带有某些西方文艺理论的影子；但"小学"思想带来的影响，亦不可忽视。由于林传甲《中国文学史》与黄人《中国文学史》产生的原因及目的略有不同，故而，林传甲《中国文学史》对这方面的表达较少，仅于第五篇"修辞立诚辞达而已二语为文章之本"中略有涉及；且阐述得模棱两可，无法进行深入分析。

同时，由重视"小学"内容而延伸的，促使黄人《中国文学史》、林传甲《中国文学史》必然会对韵文文学即词章之学，多有关注。如黄人《中国文学史》在《音韵》一节中，即用大量篇幅讨论"词韵""诗韵""曲韵"及它们之间的异同，侧重点大略为词章之学与"人之情感""人之精神"的关系；其所展开的具体论述亦如此，如《文学全盛中期》对屈原的评价："熔天文、地理、人文"以"成一代之才"，以"灵均为开辟穷愁著作世界之元祖"；又说"内则有上官、子兰、郑袖之徒，迫至于憔悴忧伤之境；外则有奇鬼游魅种种灵怪，相逢于萧间寂寞之中，故能破天荒，而别成一家（《三百篇》系总集，韵语之有专集，自屈始），遂开禹甸词章之派"。② 需要指出的，这里对"情"的表达与古代文论所强调的

---

① 刘师培：《经学教科书》，广陵书社，2013，第 91~92 页。
② 黄人：《中国文学史·分论·上世文学史·文学全盛中期·南方文学》，国学扶轮社，1911。

"情"紧密相关,均是对儒家中庸之义的强调;同时又加入许多新成分,比如认可西方平等、自由的思想所体现出来的自然而纯真的本能之情、本根之情及本真之情等。这时候,黄人对"人之情感"的追逐已不再局限于价值观视域,更多是一种思维方式延续的反应。——其源头就是"小学"思想。这与刘师培《文说·析字篇》所说:"自古词章,导源小学。盖文章之体,奇偶相参,则侔色揣称,研句练词,使非析字之精,奚得立言之旨?故训诂名物,乃文字之始基也"[1]颇有异曲同工之妙。可以说,"小学"思想对黄、林二氏的影响已深入他们的思想深处,不知不觉地影响他们对文学史的编纂。

再次,重视文学的地域性差别及书写重点。晚清时期学界注意研究方言,实与彼时地理学的兴盛关系颇为紧密。中国地理学本为历史附庸,这种情况直至晚清时期才有所好转。晚清地理学兴盛于"西学东渐"激荡的背景下,伴随西方地理学著作大量入传而形成了诸多新的学术方法与理论体系,更主要的是晚清时期治地理者大多"以考古的精神推及于边徼,浸假更推及于域外,则初期致用之精神渐次复活"[2]。因此,尽管推动晚清地理学发展的原因错综复杂,地理学所带来的影响亦无法三言两语说清,但它对当时学者某些观念的触动及带来的影响,如宇宙观、时局观等,是十分深远的。这已成为当时学界的共识。在这种情况下,彼时掀起了一股撰修"方志"热潮,对方言的研究亦与此有关。这些背景对治文史者的最大触动在于,促使他们关注学术的地域差别。彼时学界关注学术地域性特征者,亦不在少数。典型者,莫若刘师培。刘师培于《国粹学报》(1905年)第二、六、七、九期连载《南北学派不同论》,明确指出"三代之时,学术于北方,而大江以南无学。魏晋以后,南方之地学术日昌,致北方学者,反瞠乎其后",之后刘师培分析造成上述现象的原因大略有二:北方战乱,生民南迁,"流风所被,文化日滋"。又说:"古代之时,北方之地,水利普兴,殷富之区,多沿河水,故交通日启,文学易输。后世以降,北方水道,淤为民田。而荆、吴、楚、蜀之间,得长江之灌输,人文蔚起,迄于南海而不衰。"故而,刘师培总结古今南北学术异同时,指出:"就近

---

[1] 刘师培:《文说》,载《刘申叔遗书》,江苏古籍出版社影印南氏校印本,1997,第701页。
[2] 梁启超:《中国近三百年学术史》,天津古籍出版社,2003,第352页。

代之学术观之,则北逊于南,而就古代之学术观之,则南逊于北。盖北方之地乃学术发源之区也。"刘师培又从诸子学、经学、理学、考证学、文学诸类学分而言之,如评南北考据学差异为:"南人简约,得其菁英;北人深芜,穷其支叶。"① 而后,刘师培更是开辟专文《论研究文学不可为地理及时代之见所囿》再次申述,批判彼时学界认为南北学术的不同"只六朝时代为然"②等观点。检视刘师培的观点,我们知道晚清学者的地理空间观逐渐带有全局性,即注意到学术于不同时期的发展动态存有地域差异之一面,将地域观念融入"进化论"思想而导出地域差异自古而然的认识。如刘师培认为南北环境的变迁一直衍变进行,不同时期的南北学术差异并不尽相同。

在这种背景下,既已重视方言研究、对"进化论"有较深认识的黄人,必然会重视对文学地域差异的探讨。黄人在《分论·文学全盛中期》中,曾设"南方文学"与"秦之文学"专节讨论汉代之前文学发展的地域差异。③ 此举足以说明黄人对地域文学的观照态度。因为黄人的此类认识非苟同将魏晋南北朝学术之南北差异作为差异源头的通常做法,而是将之推溯到文明发生的早期,对地域文学的认识已达到较深程度。比如,《中国文学史·分论·文学全盛中期·南方文学》云:

> 战国以前,风流博雅之彦,多产于北方,其号为能读典坟丘索者,仅有倚相耳。西方诸国,荆楚为雄长,自鬻熊立国,以至荜蓝开基,实未臣服于周。姬氏册府,虽列之五等,楚未尝受地(大约与《明史》所记封丰城秀吉为王相似),观诗传所记,惩荆舒尽诸姬,及首称王号,其雄略可见。……至战国则奄有吴、楚,北及齐、鲁,几占领中国本部之半,又不幸而忽亡于嬴氏。然三户讴思,江东一旅,卒踏秦鹿。其开国之规模宏远,立国之根基巩固。政界之

---

① 刘师培撰,朱维铮编《刘师培辛亥革命前文选》,生活·读书·新知三联书店,1998,第369~408页。
② 刘师培著,罗常培述《汉魏六朝专家文》,上海古籍出版社,2003,第153~154页。
③ 黄人在《中国文学史·略论·文学华离期》中,曾指出:"文治之进化,非直线性,而为不规则之螺旋形。盖一线之进行,遇有阻力,或退而下移,或折而旁出,或仍循原轨。故历史之所演,有似前往者,有似后却者,又中止者,又循环者,及细审之,其范围必扩大一层,其为进化一也。"即是明证。

元公，学界、文界之孔子，皆不得系属之。故国民之思想，亦高出于北方。若吴、若越，当其盛时，兵革之众，虽与楚势均力敌，而文学之坛坫，则无敢登者（虽有子游以文学名，然系北学派）。且北方学者，虽高如儒、墨，其立说必曲附先王，其陈义必隐于世主。南风独竞，前有老氏之学，上法自然，举尧、舜、三王之糠秕尘垢，簸扬一空；后则有屈、景之徒，寄神思于九天、九渊，吹嘘数百年，拘挛枯腐之心花意蕊，而活动其自由。故楚辞一体，在周、秦诸子中为创的，而非因的；为主观的，而非客观的。其与道家言，正如西方鄂谟名篇、犹太圣典，为宇宙中对峙之大文。而词章一门，由此始成阀阅。①

这种从地域差异来论述南北文学异同的思路与刘师培相通。——虽与晚清地理学的兴盛有关，但黄人对这种地域差异性的认同当是在继承中国固有学术传统的基础上形成的，属于批判式吸收的范畴。这与重视"小学"传统，乃至重视中国固有之学的思想相一致。

而林传甲《中国文学史·古今音韵之变迁·三合音》亦云：

中国文字，应习者凡五种文字。中原志士，仅知其一，不知其二焉。《大学堂章程》"中国文学门"未尝及此。今因论三合音类及之。他日大学成，增设满、蒙、回、藏文字，造成边帅之才。传甲愿为建议之人焉。②

又，《古今名义训诂之变迁·方言之训诂名义变迁最繁》亦云：

《方言》之三卷，"荞"字、"斟"字，采及朝鲜。今虽同文已自立而见屈于强邻矣。然中国旧属琉球、越南读汉文而生异义、造新字者，尚无专书可考也。③

---

① 黄人：《中国文学史·分论·文学全盛中期·南方文学·〈楚辞〉》，国学扶轮社，1911。
② 林传甲：《中国文学史》，武林谋新室，1910，第23页。
③ 林传甲：《中国文学史》，武林谋新室，1910，第30页。

尽管林传甲的本意在于强调中国文学发展的"文体变迁"及其所体现出来的"致用"意图,但此处所言亦可说明林传甲对各地方言之搜罗整理、民族语言等情况的关注,从而重视各种"文体"的地域性差别。

最后,因强调"小学"应自我改造之思路延伸而来,强调文学发展应随时代需要而不断进行自我改造。可以说,林传甲《中国文学史》、黄人《中国文学史》均强调文学的衍变及其体系建构应进行自我改造,且以黄人《中国文学史》尤为突出。黄人《中国文学史》在提出"小学"应进行"改良"时,就明确反对"豪夺巧偷、改头换面"等生搬硬套的做法,主张应在深入研究"国语语言文字、古今远近迁流变化之故"的基础上进行。在黄人看来,"有一代之政教风尚,则有一代之学术思想"[1],因"文学史之与兴衰治乱因缘",故而,中国文学史的编纂应与历代文治保持一致。晚清动荡的时局,使得当时文治不堪之状况胜过往常,这就导致黄人产生紧迫的现实危机感。故而,黄人于《中国文学史·总论·文学史之效用》中感叹道:

> 夷人之国灭人之种者,必先夷灭其言语文字。夫国而有语言文字,此其国必不劣,而国亦有待之而立者,故夷灭之恐不及也。[2]

据此,黄人认为适应时局、借鉴"西学"以改良中国学术,已无法避免。由于黄人本人掌握诸如世界史学、哲学、心理学、社会学、音乐、教育学、伦理学、外国文学等众多人文社会科学知识及包括算学、几何、代数、热学、声学、力学、天文学、地文学、地震学、地质学、矿物学、动物学、植物学、人类学在内的众多自然科学知识,对"西学"的认识达到较高层次。在这个基础上,黄人将这种认识与要求恢复儒家人伦道德、改良固有学术的意图相融合后,使得其编纂中国文学史时,就大量引入如生物学(进化论)、数学(几何主义)及力学(牛顿主义)等近代科学思潮及平等、自由等人文社会科学的知识,以此尝试对中国传统学术进行改良。[3]

---

[1] 黄人:《国朝文汇·序》,载《黄人集》,上海文化出版社,2001,第290页。
[2] 黄人:《中国文学史·总论·文学之效用》,国学扶轮社,1911。
[3] 温庆新:《近代科学思潮与黄人〈中国文学史〉之编纂》,《中国语文学论集(韩国)》2011年4月第67号。

虽然最终结果略微偏向西化——"西学"思想不仅深深影响黄人《中国文学史》的文学史观、认识论及方法论的形成，而且成为黄人《中国文学史》体例安排、材料组织的重要原则之一，但这仅是对"中体"与"西用"的把握尺度出现偏差而已。总的来说，黄人《中国文学史》大体践行着黄人所主张的学术自我改良的愿望。

要之，近代学制变革对新式学堂教育造成了巨大影响，从而影响近代学术的变迁，进而影响《高等学堂章程》等章程的设置。而各《章程》的设置既含有"致用"意图，亦是实现因废除科举而致学子无所适从的情形向维持社会稳定过渡的一种安抚性措施，故而，强调对中国固有之学进行改良以适应时代发展之需。彼时学士寻求儒经复归的精神诉求之大势，使得他们的追求与各《章程》的意图相合拍。在这种背景下，林传甲、黄人等参考各《章程》旨意而编纂中国文学史，尽管对各《章程》践行的程度略有差别，但二者均表达了对中国固有之学的认同感，并由此萌生了"保存国粹"等举动。因此，林传甲《中国文学史》、黄人《中国文学史》均将"说文学""音韵学""周秦传记杂史周秦诸子""群经文体""各种纪事本末"等传统学术编入文学史中。它们所体现出来的治学路径与当时学术氛围保持着极大的一致性，是践行"依自不依他"文化传统的外在化体现。尤其是，这两部文学史对"小学"治学的突出，强调以音韵为基而治"小学"、重视方言研究、强调"小学"传统应与"今之各国文字等"相通以顺应时代的自我改造等思想，几乎左右着20世纪初期的中国文学史编纂。尤其是，黄人《中国文学史》对"文学者，世界文明之一原素也；音韵者，文学之一原素也。人声者为世界文明之一原素，而又为文学音韵之一原素"，"声之出于感情"能表达人之"精神"等思想的书写，表现得尤为强烈。这种思想对中国文学史编纂的影响主要体现在"小学"思想深刻影响20世纪初期中国文学史的历史观、价值观及方法论。同时，强调治学重音韵进而对文字达"人之情感"之路径的设置，成为彼时中国文学史书写的重点；而重视对文学的地域性差别、强调学术发展应随时代需要不断进行自我改造等内容，均是彼时重视"小学"传统的外在化表现。

基于上文所述，检视20世纪初期中国文学史的编纂过程，我们更应从彼时社会、历史发展的背景中，予以合理观照。同时，还应辩证地看待中国文学史撰写的早期过程，矫正我们论述的出发点与立足点。对此加以梳理的最大意义在于，文学史的书写不管采用何种视角、以何种文艺理论为主导，其与中国传统学术之间的紧密关系都是文学史书写的重中之重，亦是书写的难点。20世纪初期治文学史学者的这种努力，深刻影响着近代中国学术变迁的趋势，无疑应引起当下反思文学史、重编文学史的学者的重视，以便扬长避短。

第二章
古典目录学与20世纪初期的中国文学史编纂

20世纪初期的中国文学史编纂欲图有效地把握文学发展之流脉，其最直接、最有效的选择则是借助能较为精准梳理传统学术变迁大势的传统目录学著述，以便把握中国文学发展之大势。由于此时的中国文学史编纂与近代学制变革及其所要求的科目与课程设置存有很大关系，是近代学制变革的衍生物。而近代学制变革所制定的各《章程》有关各科类之课程设置，均要求20世纪初期的中国文学史编纂者从《四库全书总目》取经，以精确把握古代学术源流。[1] 在这种情形下，20世纪初期的中国文学史编纂者必然会转向传统目录学的视域，以实现其编纂意图。而《四库全书总目》所体现出来的学术思想及成就足以胜任此要求，且《四库全书总目》被认为是彼时学士求"学问门径"之最佳选择，[2] 故而，20世纪初期的中

---

[1] 如《奏定大学堂章程（附通儒院章程）》分大学堂凡八科，其中"经学科大学"之"周易学门科目"所设科目有"钦定四库全书提要经部易类"；该《章程》要求"治经及理学者"开设必要课程后，还应设"各补助科学科目"，其中就有"四库经部提要（看《四库全书总目·经部·本经》一类，能参考他经尤善）"等科目。"文学科大学"之"中国史学门"所设科目有"四库史部提要"，而"中国文学门"所设科目有"四库集部提要"与"汉书艺文志补注、隋书经籍志考证"。（参见璩鑫圭、唐良炎编《中国近代教育史料汇编·学制演变》，上海教育出版社，1991，第349~355页。）

[2] 案：《四库全书总目提要》自问世以来，广受彼时文人学士的重视。乾嘉之时，"诸儒"即使对《四库全书总目》"间有不满"，却"不敢置一词，微文讽刺而已"，因其为官修而被尊为圭臬，"诸儒"未敢越雷池半步；道咸以降，学者对《四库全书总目》之态度则发生重大变化，出现毁誉参半之情形："信之者奉为三尺法，毁之者又颇过当"，从而促使学者逐渐较为客观地对待《四库全书总目》优劣之种种；光宣以降，则出现诸如《禁书目合刻》《四库全书简明目录标注》《邵亭知见传本书目》等研究《四库（转下页注）

国文学史编纂者对传统目录学的吸收主要以《四库全书总目》为核心。虽然已有学者注意到《四库全书总目》对中国文学史的早期编纂产生过影响①，但对《四库全书总目》如何影响 20 世纪初期的中国文学史编纂以及两者之间如何双向互动等问题的探讨，几无深入。有鉴于此，兹以黄人《中国文学史》、林传甲《中国文学史》、来裕恂《中国文学史稿》为中心，对传统目录学，尤其是《四库全书总目》与 20 世纪初期中国文学史编纂之间的关系，略作客观描述。

第一节 《四库全书总目》与黄人《中国文学史》之编纂

黄人《中国文学史》与钦定、奏定《大学堂章程》之间存有紧密关

（接上页注②）全书总目》的专述。民国以降，对《四库全书总目》的研究愈发热忱，学者之众、研究之深均前所未有，进而形成"四库学"研究之盛况。不过，学者对《四库全书总目》的态度及认识，则多有差异。对此，余嘉锡说道："一二通儒心知其谬，而未肯尽言，世人莫能深考，论学著书，无不引以为据。《提要》所者是之，非者非之，并为一谈；牢不可破，鲜有能自出意见者。逮至近代，高明之士，自持其一家之说，与《提要》如冰炭之不相容，遂厌薄其书，漫以空言相诋毁，亦未足以服作者之心也。"（参见余嘉锡《四库全书总目辨证·序录》，中华书局，1980，第 48~52 页。）据此看来，《四库全书总目》被学界奉为圭臬，影响着彼时学术变迁之大势；即使见有他异者，亦以之为辩驳对象。道咸以降之目录著述，如范懋柱《天一阁书目》、张金吾《爱日精庐藏书志》、瞿镛《铁琴铜剑楼藏书目》、陆心源《皕宋楼藏书志》、丁丙《善本书室藏书志》等，其编纂体例，乃至著录标准，悉遵《四库全书总目》。薛福成《天一阁见存书目·凡例》云："著录家分别部居，互有出入。《隋志》而后，门目繁多，今谨遵《文渊阁四库全书》例编次，虽当时馆臣配隶，容有未当之处，亦不敢妄为立异"，代表着彼时目录学家之态度。（薛福成《天一阁见存书目》，清光绪十五年刻本。）又如，张之洞《輶轩语》（1875）曾对彼时四川学子语曰："今为诸生指一良师，将《四库全书总目提要》读一过，即略知学问门径矣。"又说："《四库全书总目》为读群书之门径"。（参见《张文襄公全集》，台北文海出版社，1970，第 14681 页。）可见，从某种意义讲，《四库全书总目》已成为彼时学者著书立说的必备书籍与重要参考。

① 案：董乃斌、陈伯海、刘扬忠主编的《中国文学史学史》曾引用郑振铎《我的一个要求》，并指出："早期的《中国文学史》作者一般对于历代目录，特别像《四库全书总目》这样的目录书的依赖都非常大，最明显的可以举林传甲的例子，他叙述'籀篆音义之变迁，经史子集之文体，泌魏唐宋之家法'，从结论到文字，几乎都没有脱离《四库全书总目提要》，有些地方，如《集韵》《匡谬正俗》的介绍，简直就是原文照搬，所以'有人说，他都是抄《四库提要》上的话'。"[《中国文学史学史（第二卷）》，河北人民出版社，2003，第 29~30 页。] 戴燕《文学史的权利》引用郑振铎之语后，亦略加以引申："但正如郑振铎敏感发现的那样，最早的几部《中国文学史》中，显然都有依据传统学术观念的现象，'这个观念显著地表现在《四库全书总目提要》里'。"（北京大学出版社，2002，第 15 页。）但皆未详细展开论述。

系，其在很大程度上遵循各《章程》的精神旨归而编纂。只是在具体操作上，黄人以自身对中国文学的见解及所接受的西学知识为主①。而近代学制变革所制定的各《章程》，往往与《四库全书总目》保持着极大的关联性。从这个角度讲，各《章程》因重视"经史"传统于俾补人伦道德、践行"教育致用"的重要性，而强调各学堂的课程开设应当能够承继传统的学术。在这种情况下，各《章程》要求"中国文学门"必须开设传统目录学课程，则开启了承继传统学术的入门之径。可见，探讨黄人《中国文学史》的编纂与《四库全书总目》的关系，将有助于深入分析黄人《中国文学史》的编纂过程与编纂思想。

一 黄人《中国文学史》对《四库全书总目》的吸收

黄人《中国文学史》与各《章程》的关系，表明其完全具有吸纳《四库全书总目》批评理念与批评方法的可能性与必要性。甚至，《小说小话》云："中国历史小说，种类颇伙，几与《四库》乙部所藏相颉颃。然非失之猥滥，即出以诬谩，求其稍有特色者，百不得一二。惟感化社会之力则甚大，几成为一种通俗史学。"② 可知黄人对《四库全书总目》当有所涉猎。黄人所著《国朝文汇序》，对乾隆时期"继世列圣，懋学右文，两举词科而骏雄游彀，宏开四库而文献朝宗"③ 之举，颇多嘉许，则黄人或曾举学于"四库"。《中国文学史》也指出："我国旧学，唐宋以下，大率分为性理、考据、词章三派，而最录简册者，又分为经、史、子、集四部，独以词章与集部属诸文学，其余则闭门自贵，不屑就文学之范围。"④ 同时，《中国文学史》"文学之种类"一节，认为文学肇始于《周礼》，尔后言孔子及《论语》，以讨论文学、"文学权""行政权"的统合变迁，认为"尊王法圣"是中国文学发展的特性。⑤ 由此可见，黄人《中国文学史》重视对经史子集四部之学的书写。而这种书写的前提，须对传统"四部之学"有清晰的认识。在这种情形下，黄人《中国文学史》吸纳传统目

---

① 温庆新：《黄人〈中国文学史〉与〈京师大学堂章程〉、〈高等学堂章程〉之关系发微》，《中国现代文学研究丛刊》2011年第4期，第139~149页。
② 黄人著，江庆柏、曹培根整理《黄人集》，上海文艺出版社，2001，第309页。
③ 黄人著，江庆柏、曹培根整理《黄人集》，上海文化出版社，2001，第291页。
④ 黄人：《中国文学史·总论·历史文学与文学史》，国学扶轮社，1911。
⑤ 黄人：《中国文学史·略论·文学之种类》，国学扶轮社，1911。

录学思想与学术批评之集大成的《四库全书总目》，亦显得顺理成章。

（一）黄人《中国文学史》吸纳《四库全书总目》的前提

与 20 世纪初期所编纂的其他"中国文学史"相比，黄人《中国文学史》吸收《四库全书总目》的情形，并未如林传甲《中国文学史》那般直接引录《四库全书总目》甚至直接予以注明。林传甲《中国文学史》第七篇《群经文体·诗序之体》曾说："然韩诗遗说，传于今者，与毛迥异何耶？《四库书目提要》参考诸说，定序首二句为毛苌以前经师所传，以下续申之词，为毛苌以下弟子所附。仍录冠诗部之首，明渊源之有自矣。"这部分的论述就是引自《四库全书总目·经部·诗类·诗序二卷》的相关内容。又如，第八篇《周秦传记杂史文体·国策兼兵家纵横家舆地家诸体》所言："然观刘向所校，序称中书本号，或曰国策、或曰国事、或曰短长、或曰事语、或曰长书、或曰修书，则向本裒合诸国之记，删并排比，以成此书，其文则战国之士所为也。"则钞自《四库全书总目·史部·杂史类·鲍氏战国策注十卷》所言"然向序称：'中书余卷，错乱相糅莒。又有国别者八篇，少不足。'……又称：'中书本号，或曰国策、或曰国事、或曰短长、或曰事语、或曰长书、或曰修书'云云，则向编此书，本裒合诸国之记，删并重复，排比成帙。"[①] 等等。可以说，林传甲《中国文学史》多次明确提到《四库全书总目》，并频繁引用《汉书·艺文志》《隋唐·艺文志》《南皮书目》《宋史·艺文志》等目录学著述有关"辨章学术"的内容。

而黄人《中国文学史》对《四库全书总目》的吸纳，主要是宏观层面的参考。这种层次的吸纳则基于以下两个前提：认可传统文化的心理与"经世致用"的目的。尽管黄人曾广泛学习西学知识，但因其曾受过严格私塾训练，对经史子集"四部之学"均有很深的造诣。据金鹤翀《黄慕庵家传》所言："（黄人）为教习十余年，所得不下万贯，卒之日家无余资，独有书数千卷。于书无所不读，经史之学及小说，今之名学、法律、医药之说，催眠之术，莫不究。喜言佛氏，以为圣人之至。读《易经》《庄子》，前后数年，见解屡变，闻者惊叹，以为今之哲学家不能过也。"[②] 这

[①] 永瑢等：《四库全书总目》，中华书局，1965，第 462 页。本节所引《四库全书总目》，皆据此版，除有必要，不再一一注明。

[②] 黄人著，江庆柏、曹培根整理《黄人集》，上海文化出版社，2001，第 365 页。

种经历及喜好，足以促使黄人认真对待中西学术的优劣，并做出切合晚清时势及其思想意图的选择。纵观黄人所撰之文，其所体现的思想意图，的确导向认同传统精髓文化之一面。如《小说小话》认为小说"感应社会之效果"独具特性，可与社会风尚"互为因果"。[1] 又，《国朝文汇》所选者，亦多为可资以启"政教风尚"与"学术思想"者；此书的编汇原因，系为据传统文化的精髓以"俾后人若听睹其际，得以识世运消长、人才纯驳之故，非仅恣泛览，供粉饰焉"，以便最终得观政教风尚与学术思想之"大概"。[2]《中国文学史·总论·文学史之效用》虽对古文学"不诚"现象予以批判，但认为文学既为载道垂训之具，在剔除"不诚"成分之后，仍可垂"人事之鉴"、明"兴衰治乱因缘"。[3] 以上所列事例与思想，大略可说明黄人认可传统文化的心理与思想倾向。

可见，《四库全书总目》对中国数千年以来文治教化思想与学术变迁之大势的梳理，便于黄人据此汲取其所需。从前文的论述可知，黄人《中国文学史》参考钦定、奏定《章程》有关"中国文学门"的设置，将"经学""小学"传统纳入文学史视域[4]，其基本立足点亦是"经世致用"。《中国文学史·总论·文学之目的》所言"文以载道"与"修辞立诚"，《文学史之效用》言及文学史编纂有利于"谋世界文明之进步""求将来、知远因、明近果"等论断。[5] 这些足以说明"经世致用"是黄人《中国文学史》编纂的重心之一。因为此类思想有助于实现黄人借编纂《中国文学史》来维系人伦道德、启智图强等意图。而《四库全书总目》对"古之圣贤，学期实用"的经世思潮，予以诸多观照，对荀子、叶适、黄宗羲、王夫之等力主"外在事功"以"明道救世"的经世观，及孟子、朱子、王阳明等力主"正心诚意"为经世之本的心性派，分别予以揭示，力主"切于人事"以继往开来，通过励"实行"以激"人心"。这种精神层次的诉求，正是黄人《中国文学史》，乃至20世纪初期中国文学史编纂的主要任务之一。黄人对传统文化（精髓）的认同与"经世致用"思想的融合，必

---

[1] 黄人著，江庆柏、曹培根整理《黄人集》，上海文化出版社，2001，第318~319页。
[2] 黄人著，江庆柏、曹培根整理《黄人集》，上海文化出版社，2001，第290~292页。
[3] 黄人：《中国文学史·总论·文学史之效用》，国学扶轮社，1911。
[4] 温庆新：《20世纪初期文学史编撰的几个问题漫议》，《中国学论丛（韩国）》2010年5月第28辑。
[5] 黄人：《中国文学史·总论》，国学扶轮社，1911。

然促使其寻求传统文化中可以"致用"的成分，以践行其编纂《中国文学史》的目的。

因此，《四库全书总目》所体现出来的"经世致用"思想、晚清所面临的动荡局势、黄人对传统文化的认同心理及其编纂文学史的目的，这些因素的综合促使黄人《中国文学史》对《四库全书总目》的批评理念与批评方法，必然有所吸收。

（二）黄人《中国文学史》对《四库全书总目》批评理念的吸纳

黄人《中国文学史》对《四库全书总目》批评理念的吸收，主要体现在以下两方面。其一，从宏观角度把握历史、文化及学术变迁的大势，寻求变迁过程中的文治教化、人伦道德等传统以"经世致用"。《四库全书总目》在"变通"观的指导下探讨学术变迁的大势，认为历史总是"推陈致新""造化新新不停之义"（《景岳全书》），并以是否合乎文治教化为评判学术流派与各家学说的标准。同时，《四库全书总目》又认为"圣人之道，与时偕行"（《逊志斋集》），虽"三代以前，文皆载道；三代以后，流派渐分"（《斯文正统》），但总以"切于人事""明道救世"为最，故而，《四库全书总目·凡例》云：

> 圣贤之学主于明体以达用。凡不可见诸实事者，皆属卮言。儒生著书，务为高论；阴阳太极，累牍连篇，斯已不切人事矣。至于论九河则欲修禹迹，考六典则欲复《周官》；封建井田，动称三代，而不揆时势之不可行。至黄谏之流，欲使天下笔札皆改篆体，顾炎武之流，欲使天下言语皆作古音，迂谬抑更甚焉。又如明之曲士，人喜言兵。《二麓正议》欲掘坑藏锥以刺敌，《武备新书》欲雕木为虎以临阵，陈禹谟至欲使九边将士人人皆读《左传》。凡斯之类，并辟其异说，黜彼空言，庶读者知致远经方，务求为有用之学。

黄人《中国文学史》既然认同"经世致用"思想，认可传统文化的精髓，那么，其对古代学术变迁的探讨，亦着眼于文学史载道垂训之图，认为"三古以上，政治权、宗教权、教育权，皆兼握于君主"（《略论·文学之起源》），而后文学权与"行政权"逐渐分离（《总论·文学之种类》），致使"文以载道"多所华离。尽管黄人《中国文学史》以"文学之自由"为评判的标准之一,但其对文学自由权的肯定,并未偏离文治教化及"启民智"等意图。甚至,《总论》《略论》等章节则在这种思想的指导下,分"文学全胜期""文学华离期""(文学)暧昧期""(文学)第二暧昧期"等不同阶段,对中国文学发展的总体脉络,予以宏观把握。之后,第三篇《文学之种类》、第四篇《分论》在此宏观把握的基础上,展开详细的论述,从而使黄人《中国文学史》的宏观概况与微观分析,得以有效相互协调。

黄人《中国文学史》吸收《四库全书总目》批评理念的另一表现,则是对"辨章学术,考镜源流"批评观的承继。这是包括《四库全书总目》在内的古典目录学著述所遵循的原则之一,它有助于把握"文章流别,历代增新""儒者著书,往往各明一义,或相反而适相成,或相攻而实相救,所谓言岂一端,各有当也"(《凡例》)等复杂情况。这种观念传至《四库全书总目》时,因"四库馆臣"与纂修官大多为通儒达硕、见识广博,故而乾隆时倾一国之力为之,而使《四库全书总目》成为古典目录学思想与学术批评的集大成者。余嘉锡《四库全书总目辩证·序》称之"剖析条流,斟酌古今,辨章学术,高挹群言,尤非王尧臣、晁公武之所能望其项背。故曰自《别录》以来才有此书,非过论也。故衣被天下,沾溉靡穷,嘉道以后,通儒辈出,莫不资其津逮,奉作指南。功既钜矣,用亦弘矣"。① 黄人《中国文学史》亦以之为"指南",承继着此种批评观念。关于"辨章学术",《中国文学史·总论》之"文学之种类""文学全胜期""文学华离期""(文学)暧昧期""(文学)第二暧昧期"等章节已有体现。只是这里所辨的"学术",则侧重于强调文学发展如何突破"专制"以达"自由"的过程②。而"考镜源流"的思想,集中体现于第四篇《分论》之中。

《分论》凡四章,分别为"文学之起源""上世文学史""中世文学史""近世文学史"。除了第一章外,其他各章均先论述上世、中世、近世各时期的文学发展梗概,以考辨各个时期的学术源流。如"中世文学史"论及"魏晋文学"时,云:

---

① 余嘉锡:《余嘉锡文史论集》,岳麓书社,1997,第551页。
② 温庆新:《有关黄人〈中国文学史〉的编纂体例与分期问题——兼论以章节体编纂文学史之利弊》,《中国学论丛(韩国)》2010年第27辑,第350~364页。

历周、秦、两汉，而文学之所谓真且善者，盖几乎造其极际而蔑以加矣。顾非真造极也，上制于统一之政，下笃于尊古之习，虽有进乎此之真之善，固不敢出示诸世。久之，且并其特别真善之思想，而亦渐至铲除。然人心与世运进化同途，宁有社会之万事皆进，而文学独衰退者？故真善之思想，虽困于外界种种阻力，而尚有美之一部分，可以从容展布于其间，而辟无数之新境界，此中亦有天然之力为之斡旋，即当局者亦不自觉也。论政谈道之文，备于三古，而屈、宋前喝，扬、马后呼，词赋之盛，几与六籍百家抗衡。魏晋六朝，清词丽句，俪藻骈蹄，又使两京有污尊土铏之愧。推之三唐之杂体、散文诗文，两宋之理学、诗馀，金元之小说、乐府，明之传奇、制艺，皆絙幽凿隐，为前人屐齿所未经。故就一方面言，则古浑厚而今浮薄，古雄健而今孱弱，古正大而今烦琐；而别就一方面观，则古拙而今巧，古朴而今华，古疏而今密。两两相衡，不必谓黼黻之华，必绌于卉服；琴瑟之制，尽乖于让音。药石膏粱，各适其用；桑麻桃李，共有其天。当合美，而不可偏置也。夫明道德、言政治，则诚不可雅、郑同律，泾、渭合流。若文学则大部偏于情感，固无庸挟性法以毛求。而文学史研究自然尤不妨破成格而广取。凡中世以下文学史之内容，皆本此宗旨。盖精神上之文学史，而非形式上之文学史；实际上之文学史，而非理想上之文学史也。[①]

其所论文学的源流，颇切中肯綮。尤其是，在论述过程中，能够对"魏晋文学"的表现形式与内在精神，作出准确概述与内涵概括；甚至，从中总结出古代文学衍变过程中所存在"精神上之文学史"与"形式上之文学史"，乃至"实际上之文学史"与"理想上之文学史"之间的分合态势。

据此，"辨章学术"与"考镜源流"，二者紧密融合在以"致用"意图为主导的黄人《中国文学史》的编纂过程中，成为黄人《中国文学史》进行中西融通的重要表现。可见，黄人《中国文学史》对《四库全书总目》，甚或对传统学术（如"经学"）批评理念，多有承继。而这种承继

---

① 黄人：《中国文学史·分论·中世文学史·魏晋文学》，国学扶轮社，1911。

则是在认可传统文化（精髓）与"经世致用"目的相融合的基础上，予以展开的。因而，此间的承继点，主要表现在精神层次与价值层面的观念之间的相似性。当晚清时势极具变动与黄人目的意图进一步被强化后，则黄人《中国文学史》承继这种批评理念的同时，必然会导向扬弃之一面。

（三）黄人《中国文学史》对《四库全书总目》批评方法的吸纳

不过，在吸纳《四库全书总目》批评理念的基础上，黄人《中国文学史》对《四库全书总目》具体的批评方法，亦有所吸收。传统目录体制含篇目、叙录、小序、版本序跋等，目录之书又分"部类之后有小序，书名之下有解题者""有小序而无解题者"及"小序解题并无，只著书名者"三类①。《四库全书总目》则属既有小序又有解题之类。《四库全书总目·凡例》就曾说："四部之首，各冠以总序，撮述其源流正变，以挈纲领。四十三类之首，亦各冠以小序，详述其分并改隶，以析条目。如其义有未尽，例有未该，则或于子目之末、或于本条之下附注案语，以明通变之由。"虽然，黄人《中国文学史》的编纂体例采用的是章节体模式，但在具体论述过程中，亦不乏含吸纳《四库全书总目》体例的情形。黄人《中国文学史》第一篇《总论》、第二篇《略论》的安排，大略等同于"总序"；其目的亦是概述文学史的"源流正变"。第三篇《文学之种类》相当于《四库全书总目》的分部目类，以申明文学史编纂的书写对象。至于上文以提到的《分论》及其二、三级章节的设置，则相当于"小序"；此篇论述各朝各代的文学或文类之前，大多有引论、末附结语（甚或有明标"绪论""正义"者，然亦非所有章节均如此），其功用不仅含"析条目"，亦有"考镜源流"之用。至于"附注案语"之例，黄人《中国文学史》亦有所体现，如《分论·中世文学史·魏晋文学》论述"两晋诗赋"，附"晋窈渺文（清谈、神仙家言）"，以便聚类相从而"明通变之由"。可见，黄人《中国文学史》采用章节体模式的同时，又据传统目录体制予以改良，使得其编纂模式更适宜探讨中国文学的流变。此论可与拙稿《有关黄人〈中国文学史〉的编纂体例与分期问题——兼论以章节体编纂文学史之利弊》一文的有关论述相发明。②

---

① 余嘉锡：《目录学发微》，巴蜀书社，1991，第2页。
② 温庆新：《有关黄人〈中国文学史〉的编纂体例与分期问题——兼论以章节体编纂文学史之利弊》，《中国学论丛（韩国）》2010年第27辑，第350~364页。

上述事实是黄人《中国文学史》从宏观层面承继《四库全书总目》批评方法的实例。现从微观的操作层面的事例，略以言说。《四库全书总目》运用最广泛的批评方法，有诸如"知人论世"、重视分源别派的学脉辨识，等等。这些法则亦是黄人《中国文学史》所擅长的。如评判屈原的著述时，先论述屈原与楚王"相劳苦困乏"、遭奸臣欺诈之境遇，致使其陷入"憔悴忧伤"的痛苦心理；而后评其著述，如称《离骚》："此自述也，即可作其小传读。其情如《关雎》，其气如《逍遥游》，名之曰经，多乎哉！此篇为老、庄滥觞。"① 又如，申述明代文学的梗概时，就注重其中的派别学脉特性。云：

> 明初文学，各标一帜，不相沿袭，亦不相菲薄，雍容揖让于坛坫之上，盖有冠裳玉帛之风焉。西涯虽为殿阁所宗，而绝不高自位置，欲笼罩一时。至朝局一变，士大夫各立党派，而影响于文学界。于是北地、信阳，首以呆论奔走天下之士；而弇州、沧溟继之，势力益张。至其末流，而操槃挟卷者，见高名之易居，习俗之易欺，遂人人有领袖风骚之想。公安之俳优而成一派，竟陵之幽躁而成一派，世变日亟，文运亦日衰。幸有云间、虞山起而振之，以收四、五朝纷纭之局。不然，则打油、铰钉之俦，皆欲出而执文坛之牛耳矣！然其间若震川、临川、天池之伦，则砥柱洪流，抱琴太古，如鹏扬扶摇之上，而坐视离鹦之争粒，则豪杰之才，诚不绝于世。而牢笼之术，亦如叔季政界，但能制驽骀下材，而兰筋天骨，非易入闲也。②

这段文字对明代文士的遭遇与文学走向，乃至诗学流派及其特征的概括，就属于精确而简短的论断。尤其是，所谓"其间若震川、临川、天池之伦，则砥柱洪流，抱琴太古，如鹏扬扶摇之上，而坐视离鹦之争粒，则豪杰之才，诚不绝于世"云云，对于明代诗学各派的起伏与交织情形的概况，就很是到位。从"而牢笼之术，亦如叔季政界，但能制驽骀下材，而

---

① 黄人：《中国文学史·分论·上世文学史·文学全盛中期·南方文学》，国学扶轮社，1911。
② 黄人：《中国文学史·分论·近世文学史·文学暧昧期·明初文士受祸略记》，国学扶轮社，1911。

兰筋天骨，非易入闲也"等论述看，黄人明确看到了明代文治教化对文学走向的影响。这种"牢笼之术"虽说是明代统治阶级的政教意图在文学界的回响，但其中的"专制"思想，显然不利于明代文学从文学内部的演进规律加以推进。故而，《中国文学史》"明人章回小说"又说"不平等专制之毒，未有剧于明者也。君主威福过于上帝，诸臣虽身登三事，列清要，而以奴隶蓄之，盗贼待之，夷戮髡钳，惟意所施，故明之士夫，未有不受刑辱者，而受刑辱者，君子尤多于小人，非臆说也"。① 这就将明代文学的发展与彼时政教思想的纠合情形，简明扼要地概述出来。堪称的论。此类例子颇多，不再一一列举。可见，黄人在编纂《中国文学史》的具体操作层面，对《四库全书总目》具体批评方法是有所借鉴的。

概言之，黄人《中国文学史》对《四库全书总目》的吸收，不仅表现在二者具有相通的精神内涵与相似的目的性，又体现于对《四库全书总目》批评理念的吸纳中，而且分别从宏观与微观这两种层次予以具体吸收。这种承继与黄人《中国文学史》对"西学"的吸纳相消融，成为20世纪初期特殊的时代风景在中国文学史编纂过程中的集中展现。

二 黄人《中国文学史》对《四库全书总目》的扬弃

黄人《中国文学史》不仅承继《四库全书总目》的批评理念及批评方法，又因黄人的价值观及其编纂中国文学史的诸多影响因素（如因教会学校教学需要而编纂中国文学史），乃至晚清时势变动等方面的杂糅，致使黄人《中国文学史》在承继的同时，必然要对《四库全书总目》进行扬弃，以切合其所编纂的目的意图。粗略概观，黄人《中国文学史》对《四库全书总目》的扬弃，主要表现在以下几方面。

（一）黄人《中国文学史》的论述模式及其书写对象

黄人《中国文学史》在组织中国文学发展时，以各种文体为书写的主导对象，以时间为序而加以展开。这与《四库全书总目》的论述模式有所区别。如黄人《中国文学史》论述"魏晋文学"，分"三国文学代表""三国杂文（作品选读）""魏诗歌""两晋文学代表""晋人矫俗文（作

---

① 黄人：《中国文学史·分论·近世文学史·文学暧昧期·明之新文学·明人章回小说》，国学扶轮社，1911。

品选读)""两晋杂文(作品选读)""两晋诗赋(作品选读)"诸节目;论述"唐代文学"分"唐初、盛文学家代表""唐中、晚文学家代表""唐骈文(作品选读)""唐散文(作品选读)""唐诗(作品选读)""唐新文体(含试律、诗余、小说)"诸节目;论述"两宋文学"分"绪论""北宋文学家代表""北宋散文(作品选读)""两宋诗(作品选读)""两宋诗馀家人名表""南宋文学家代表""南宋散文(作品选读)""两宋新文体(论赋、四六)"诸节目;论述"元代文学"分"元文学代表人名""元文(作品选读)""元诗(作品选读)""元诗馀(作品选读)""金元人乐府目""乐府格势(元一百八十七人)"诸节目;论述"明代文学"时,分"明初文士受祸略记""明前期文学代表""明杂文(洪武至正德,作品选读)""明韵语(洪武至正德,作品选读)""明后期文学代表""明杂文(嘉靖至崇祯,作品选读)""明次期诗录(附诗馀,作品选读)""明之新文学(曲本、明人制艺、明人章回小说)"诸节目。而这种章节模式与论述方法,正是由西人传的各国文学史所特有。比如,林传甲《中国文学史》曾言及:"各国文学史皆录诗人名作讲义,限于体裁,此篇惟举其著者述之,以见诗文分合之渐。"彼时中国可见到的日本人所纂《中国文学史》,如笹川种郎《"支那"文学史》等,均以时间为序,采用分体形式组织文学史的编纂。并且,这种书写以"录诗人名作讲义"的方式加以组织。此即黄人《中国文学史》所采用的典型方式。黄人《中国文学史》第四篇《分论》的相关论述,往往以各朝代的名人、名作为讲课中心,可知黄人《中国文学史》已吸纳上述的编纂方式。这就与《四库全书总目》所体现的批评方法,有着本质之别。

同时,黄人《中国文学史》"录诗人名作讲义"是以文学分体为讨论基础的。检视黄人《中国文学史》所涉及的文学样式,有命、令、制、诏、敕、策、书谕、谕告、玺书、赦文、册、制诰、敕令(附:御札、内批)、教、表章、笺启、奏议、颂赞(附雅、封禅文、评)、赞、箴铭(附规)、檄移(附露布、符)、策对、问对、批判、书札、序引、题跋(附读、案)、注疏(附训诂)、传记、碑铭(附墓志铭、幽宫契)、祝祷(附盟书、祝嘏文、祭文)、哀诔(附哀辞、吊文、挽歌)、述状(附年谱、寿启、哀启)、论说(附辩、解、释、铨、告诫、问对、七、连珠)、经义(附八股、经解)、谱录(附版、档)、谶纬、谣谚(附格言)、骚赋,兼及小说、戏曲等通俗文学样式。可谓古今涵盖，雅俗皆备，兼顾中国历史发展的各种文体样式，且能予以较为合理的评价。尤其是，黄人《中国文学史》对"稗官小说"的重视，打破《四库全书总目》鄙薄稗官小说家言的势态。尽管早在笹川种郎《"支那"文学史》等日本人所纂的文学史中，通俗小说、戏曲已进入文学史的书写视野；但在彼时国人所著的文学史中，黄人《中国文学史》可谓开其先河。

黄人《中国文学史》论述"稗官小说"者，有"文学全盛期"之"古小说（《山海经》寄语、《穆天子传》）""魏晋南北朝小说（作品选读）""唐新文体（诗律、诗馀、小说）"，"文学暧昧期"之"明之新文学（曲本、明人制艺、明人章回小说）"等章节。这些论述不乏以审美意识作为评判标准，学界多有述及。但黄人《中国文学史》又说：

> 若夫社会风俗之变迁，人情之浇漓，舆论之向背，反多见于通俗小说，且言禁方严，独小说之寓言，十九手挥目送，而自由抒写。而内容宏富，动辄百万言，庄谐互行，细大不捐，非特可以刍荛补简册，又可为普通教育科本之资料。虽或托神怪，或堕猥亵，而以意逆志，可为人事之犀鉴。盖胜朝有种种积习，为治乱存亡之原动力者，史多讳而不言，可于小说中仿佛得之。[①]

此处，将小说当作检视社会风俗变迁、人情舆论向导的重要标本，以为"普通教育科本"，更是看到小说"可为人事之犀鉴"的政教意义。这种思想在《小说小话》中，亦随处可见。据此，在黄人看来，上述审美批判，并非以有意削弱教化意图为代价。它是在"致用"思想的指导下，进行书写的。就"致用"意图而言，黄人《中国文学史》与《四库全书总目》并无本质差异。二者的差异，在于"致用"的针对对象与践行手段的不同而已。黄人《中国文学史》将小说、戏曲等通俗文学样式纳入文学史视域下书写，不仅受西传的"各国文学史"的影响，亦与晚清时期将小说、戏曲等"通俗文学样式"作为启民智、救国难之先导的时势背景，紧密相关（即"文学界革

---

① 黄人：《中国文学史·分论·近世文学史·文学暧昧期·明之新文学·明人章回小说》，国学扶轮社，1911。

命""小说界革命")。因此，黄人《中国文学史》的相关书写，在一定程度上体现了顺势而动的思想启蒙、社会变革及政治改良的倾向。

（二）以全新的思想及观念来组织《中国文学史》的编纂

不过，黄人《中国文学史》对《四库全书总目》的最大扬弃，当属黄人《中国文学史》以全新的思想与观念重新审视并组织中国文学的发展。黄人《中国文学史》借用大量外来思想，以全新的指导思想及批评理念来解构古代文学，并加以重新组合。这种特殊性在20世纪初期国人所著的中国文学史中，当属特例。也就是说，黄人《中国文学史》对传统学术的扬弃，已突破简单且机械式的操作，而是据以精神层面的价值观改造。

最明显的例子，莫过于黄人《中国文学史》以"西学"之进化论、自由平等思想来组织中国文学史的编纂。黄人《中国文学史》认为文学发展是不断"进化"的。这是文学发展的"天演公例"。以"进化论"组织中国历史与文学发展的"一代有一代之精神""一代之特色"，从而有效地把握中国文学发展的"形"与"质"，以便考辨学术变迁之宗派流别等衍变过程。[1] 可以说，近代科学思潮对黄人《中国文学史》产生过极大的影响，它成为黄人《中国文学史》观、认识论及方法论的重要来源；尤其是进化论的引入，极大地严谨了黄人《中国文学史》的组织架构与理论深度，成为该文学史的一大特色。同时，黄人将文学发展突破"专制"压迫而达自由平等的过程，当作中国文学"进化"的重中之重，予以特写。[2] 其实，这与黄人《中国文学史》借用由西人传的"章节体"模式来建构中国文学发展的做法有很大关系；它是章节模式论述之"以论带史""以论代史"，所圈禁的思维模式的必然反应[3]。这种思维模式导致黄人《中国文学史》对传统学术的扬弃，并非单纯局限于事实的机械替代或事例的简单罗列，而是着重以论述者的"论"，去解构传统学术及其背后的目的意图。

据此看来，黄人《中国文学史》吸纳《四库全书总目》的意图，在于

---

[1] 温庆新：《对近百年来黄人〈中国文学史〉研究的反思》，《汉学研究通讯（台湾）》第29卷第4期。

[2] 温庆新：《近代科学思潮与黄人〈中国文学史〉之编纂》，《中国语文学论集（韩国）》2011年4月第67号。

[3] 温庆新：《有关黄人〈中国文学史〉的编纂体例与分期问题——兼论以章节体编纂文学史之利弊》，《中国学论丛（韩国）》2010年第27辑，第350~364页。

它在某种程度上符合黄人《中国文学史》所要求的"致用"意图。据《中国文学史·总论·文学史之效用》言及文学史的效用，在于"俾国民有所称述，学者有所遵守""俾后生小子"①。《重集经费启》又言："今日之中国，非闭关垂堂之中国，而兀立于民族竞争世界漩涡中之中国也。竞争机力，人才为重。制造人才，则在教育；教育工场，则在学堂"② 等语，可知黄人《中国文学史》所强调的"致用"意图，首先表现为教育致用。——以"启民智"、维系社会人伦道德而兴国安邦，进而达到黄人所希望实现的国富民强的政治意图③。这种意图性与《四库全书总目》所处时代的"致用"要求，虽均导含人伦道德之一面；但二者的侧重点，则多所不同。正是晚清时代变迁对"致用"意图提出了新要求，致使黄人《中国文学史》在承继《四库全书总目》等传统学术的同时，对其中不合晚清时势变迁的某些批评理念加以扬弃，乃至改造。何况晚清时势变迁对维护人伦道德的要求，比《四库全书总目》所处时代，显得更重要与紧迫。故而，黄人《中国文学史》对其加以扬弃，亦无可厚非。诚如黄人所言"今日之中国，非闭关垂堂之中国"，时势变迁对"致用"意图所提出的新要求，恐怕是黄人《中国文学史》以"致用"意图（至少在很大程度上）寻求承继《四库全书总目》的重要缘由；亦因"致用"针对对象与践行手段的不同，促使黄人《中国文学史》对《四库总目》又进行扬弃。这些因素促使黄人《中国文学史》对《四库总目》的扬弃，当侧重于价值层面的观念变革，从而使得黄人《中国文学史》与《四库总目》的关系，要比林传甲《中国文学史》与《四库总目》的关系，来得隐晦。

综上所述，黄人《中国文学史》对《四库全书总目》的吸纳，主要表现在二者精神层次与价值层面的观念之间的相似性。而这种相似性又因黄人《中国文学史》强调"一代有一代之精神，形式可学，而精神不可学"④ 等价值理念的作用，且因晚清特殊的时势及黄人价值观的多样性，致使黄人《中国文学史》对《四库全书总目》又多所扬弃。从现象的表层统计看，黄人《中国文学史》对《四库全书总目》的扬弃，要比吸纳来得

---

① 黄人：《中国文学史·总论·文学史之效用》，国学扶轮社，1911。
② 黄人著，江庆柏、曹培根整理《黄人集》，上海文化出版社，2001，第294页。
③ 温庆新：《有关黄人研究的若干意见》，《江苏电视广播大学学报》2010年第4期。
④ 黄人：《中国文学史·分论·上世文学史·文学之胚胎》，国学扶轮社，1911。

明显，亦来得深刻。不过，黄人《中国文学史》对《四库全书总目》的吸纳与扬弃并存的事实，一方面表明黄人《中国文学史》存在"中西融通"之一面，另一方面则表明"开民智"、维系人伦道德的意图主导着黄人《中国文学史》的绝对书写。这种现象大致反映出 20 世纪初期中国文学史编纂的意图倾向性，代表着彼时有志之士尝试编纂中国文学史时，所做的艰难抉择与艰辛努力。

第二节　《四库全书总目》与林传甲《中国文学史》之编纂

林传甲《中国文学史》明确提到《四库全书总目》者，凡 3 处。一是，第七篇《群经文体·诗序之体》云："《四库书目提要》参考诸说，定《序》首二句为毛苌以前经师所传，以下续申之词"[1]；二是，第十一篇《诸史文体·隋书文体明备十志尤称精审》云："（《隋书·五行志》）或云褚遂良所作，本《四库提要》"[2]；三是，第十一篇《诸史文体·三通文体之异同》云："三通文体，皆通贯古今，为诸史之纬，政典所在，为从政者所宜读，此史家为己之学……宋郑樵作《通志》，《四库（提要）》列于别史。然纪传皆无足观。惟二十略最为简略。"[3] 由此可知，林传甲《中国文学史》在编纂过程中，在参考《高等学堂章程》《大学堂章程》等各《章程》之科目门类设置的同时，亦参考过历代重要的史志目录，多次引用《汉书·艺文志》《宋史·艺文志》等历代史志私目有关辨章学术的内容[4]。不过，林传甲《中国文学史》引用次数最频繁、所受影响最深者，莫过于《四库全书总目》。可以说，《四库全书总目》对林传甲《中国文学史》的编纂体例、研

---

[1]　林传甲：《中国文学史》，武林谋新室，1910，第 84 页。
[2]　林传甲：《中国文学史》，武林谋新室，1910，第 135 页。
[3]　林传甲：《中国文学史》，武林谋新室，1910，第 142 页。
[4]　案：林传甲《中国文学史》引用《汉书·艺文志》者，如第八篇"周秦传记杂史文体"之"神农本草创植物教科书文体""黄帝素问灵枢创生理学全体学文体""家语与论语文体之异同"等；引用《隋唐·艺文志》者，有第八篇"周秦传记杂史文体"之"逸周书为别时并书""孔丛子创世家之体"等；引用《南皮书目》者，有"周秦诸子文体"之"诸子伪书文体之近于古者"等；引用《宋史·艺文志》者，有第十三篇"南北朝至隋文体"之"刘勰文心雕龙并论文之体"等；又多次引用陈振孙《直斋书录解题》等历代重要的私家藏书目，如"逸周书为别时并书"等篇就颇为典型。

究方法、内容组织与论断下定，均产生了深远的影响。

一　林传甲《中国文学史》援引《四库全书总目》相关内容图示

现将林传甲《中国文学史》钞引《四库全书总目》的篇目及内容，比于《四库全书总目》原文，并见表2-1（不完全比对）。

表2-1　林传甲《中国文学史》与《四库全书总目》之比较

第七篇《群经文体·诗序之体》……然韩诗遗说，传于今者，与毛迥异何耶？《四库书目提要》参考诸说，定《序》首二句为毛苌以前经师所传；以下续申之词，为毛苌以下弟子所附，仍录冠诗部之首，明渊源之有自矣	《四库全书总目·经部·诗类·诗序二卷》申培师浮丘伯，浮丘伯师孙卿，是《鲁诗》距孙卿亦再传。故二家之序大同小异，其为孙卿以来递相授受者可知。其所授受只首二句，而以下出于各家之演说，亦可知也。……而《韩诗遗说》之传于今者，往往与毛迥异，岂非传其学者递有增改之故哉？今参考诸说，定《序》首二语为毛苌以前经师所传，以下续申之词，为毛苌以下弟子所附，仍录冠《诗》部之首，明渊源之有自
第八篇《周秦传记杂史文体·国策兼兵家纵横家舆地家诸体》然观刘向所校，序称中书本号，或曰国策，或曰国事，或曰短长，或曰事语，或曰长书，或曰修书，则向本裒合诸国之记，删并排比，以成此书，其文则战国之士所为也	《四库全书总目·史部·杂史类·鲍氏战国策注十卷》然向序称："中书余卷，错乱相糅莒。又有国别者八篇，少不足。"……又称："中书本号，或曰国策，或曰国事，或曰短长，或曰事语，或曰长书，或曰修书"云云。则向编此书，本裒合诸国之记，删并重复，排比成帙
第九篇《周秦诸子文体·文子之文体冗杂》《汉志·道家·文子九篇》，注曰："老子弟子，与孔子同时。而称周平王间，似依托也"。后人因"范蠡师计然""姓辛，字文子"，遂误两人为一人。《柳子厚文集》有《辨文子》一篇，称："其旨意皆本于老子。然考其书，盖驳书也。其浑而类者少，窃取他书以合之者多。凡孟子辈数家，皆见剽窃；晓（峣）然而出其类，其意绪文词，又互相抵而不合，不知人之增益之欤。或者众为聚敛以成其书欤。今刊去谬恶滥杂者，取其似是者，又颇为发其意藏于家。"是其书不出一手，唐人固已言之也	《四库全书总目·子部·道家类·文子二卷》案：《汉志·道家·文子九篇》，注曰："老子弟子，与孔子并时。而称周平王问（间），似依托也。"……又据裴骃《集解》有"计然姓辛，字文子，其先晋国公子"语，北魏李暹作《文子》注，遂以计然、文子合为一人。文子乃有姓、有名，谓之辛鈃。案，马总《意林》列《文子》十二卷，注曰："周平王时人，师老君。"又列《范子》十三卷，注曰："并是阴阳、历数也"……是截然两人、两书，更无疑义。暹移甲为乙，谬之甚矣。《柳宗元集》有《辨文子》一篇，称："其旨意皆本老子。然考其书，盖驳书也。其浑而类者少，窃取他书以合之者多。凡孟子辈数家，皆见剽窃，峣然而出其类，其意绪文词，又互相抵而不合，不知人之增益之欤。或者众为聚敛以成其书欤。今刊去谬恶滥杂者，取其似是者，又颇为发其意藏于家。"是书不出一手，唐人固已言之

续表

第九篇《周秦诸子文体·公孙龙子并辨学之文体冗杂》 其书大指（新案，当为旨之误）疾名器乖实，乃假《指物》以混是非，借《白马》而齐物我，冀时君有悟而正名实。《淮南子》谓"公孙龙粲于辞而贸名"，杨（新案，当为扬之误）子《法言》亦称"公孙龙诡辞数万"。日本远藤隆吉《中国哲学史》亦列公孙龙于思索派之诡辩家。盖其持论雄赡，实足以与庄、列谈空者抗。陈振孙以"浅陋迂僻"讥之。未允也	《四库全书总目·子部·杂家类·公孙龙子三卷》 其书大旨疾名器乖实，乃假《指物》以混是非，借《白马》而齐物我，冀时君有悟而正名实。故诸史皆列于名家。《淮南鸿烈解》称"公孙龙粲于辞而贸名"，扬子《法言》称"公孙龙诡辞数万"。盖其持论雄赡，实足以耸动天下，故当时与庄、列、荀卿并著其言，为学术之一。……然其书出自先秦，义虽恢诞，而文颇博辨。陈振孙《书录解题》概"以浅陋迂僻"讥之，则又过矣
第九篇《周秦诸子文体·鬼谷子创交涉之文体》 胡应麟《笔丛》谓"东汉人本苏、张之说，会粹而为之，托名鬼谷"。然其文固周秦之文也。高似孙称其"一阖一辟，为《易》之神，一禽一张，为《老子》之术，出于战国诸人之表"，诚为过当。宋濂《潜溪集》诋为"蛇鼠之智""其文浅近"，又抑之太甚。柳宗元《辨鬼谷子》以为"其言益奇，其道益隘"，差为得真。盖其术虽不足道，其文之奇变诡伟，要非后世所能及也	《四库全书总目·子部·杂家类·鬼谷子一卷》 胡应麟《笔丛》则谓《隋志》有《苏秦》三十一篇、《张仪》十篇，必东汉人本二书之言，荟粹为此，而托于鬼谷，若《子虚》《亡是》之属。其言颇为近理，然亦终无确证。……高似孙《子略》称其"一阖一辟，为《易》之神，一禽一张，为老氏之术，出于战国诸人之表"，诚为过当。宋濂《潜溪集》诋为"蛇鼠之智"，又谓"其文浅近，不类战国时人"，又抑之太甚。柳宗元《辨鬼谷子》以为"言益奇而道益隘"，差得得真。盖其术虽不足道，其文之奇变诡伟，要非后世所能为也
第十篇《史汉三国四史文体·司马彪续汉书志之文体》 《隋书·经籍志》载司马彪《续后汉书》八十三卷。《唐书》亦同。《宋》惟载刘昭《补注后汉志》三十卷，而彪书不著录，是宋时仅存其《志》，故移以补《后汉书》之阙，今并入《后汉书·后纪》之后	《四库全书总目·史部·正史类·后汉书一百二十卷》 ……今本八《志》，凡三十卷，别题梁剡令刘昭注。据陈振孙《书录解题》，乃宋乾兴初判国子监孙奭建议校勘，以昭所注司马彪《续汉书志》与范书合为一编。案，《隋志》载司马彪《续汉书》八十三卷。《唐书》亦同。《宋志》惟载刘昭《补注后汉志》三十卷，而彪书不著录，是至宋仅存其《志》，故移以补《后汉书》之阙，其不曰"续汉志"而曰《后汉志》，是已并入《范书》之称矣

续表

第十一篇《诸史文体·晋书文体为史臣奉敕纂辑之始》 《晋书》首列唐太宗修晋书一篇。刘知几亦谓："贞观中，治（新案，当为诏之误）前后《晋史》十八家，未能尽善。勅史官更加纂撰。"自是言《晋史》者，皆弃其旧本，竞从新撰。然唐人所撰类书注释，每称引王隐、虞预、朱凤、何法盛、谢灵运、臧荣绪、沈约之《书》，与夫徐广、千（新案，当为干之误）宝、邓粲、王韶、曹嘉之、刘谦之之《纪》，及孙盛、习凿齿、檀道鸾之著述，则《晋书》虽成，固已不惬众论也。今《晋书》帝纪十卷，志二十卷，列传七十卷，载纪三十卷，总一百三十卷。惟陆机、王羲之两传论皆称"制曰"，盖太宗亲御丹铅之文也	《四库全书总目·史部·正史类·晋书一百三十卷》唐房乔等奉敕撰。刘知几《史通·外篇》谓："贞观中，诏前后《晋史》十八家，未能尽善。勅史官更加纂撰。"自是言《晋史》者皆弃其旧本，竞从新撰。然唐人如李善注《文选》、徐坚编《初学记》、白居易编《六帖》，于王隐、虞预、朱凤、何法盛、谢灵运、臧荣绪、沈约之《书》，与夫徐广、干宝、邓粲、王韶、曹嘉之、刘谦之之《纪》，孙盛之《晋阳秋》，习凿齿之《汉晋阳（春）秋》，檀道鸾之《续晋阳秋》，并见征引。是旧本实未尝弃，毋乃书成之日即有不惬于众论者乎。考书中惟陆机、王羲之两传，其论皆称"制曰"，盖出于太宗之御撰
第十一篇《诸史文体·北齐书文体自成一家规模独隘》 《北齐书》帝纪八、列传四十二，共五十卷。唐李百药奉敕撰。盖承其父德林之业，纂缉成书，犹姚思廉之继姚察也。北齐立国本浅，文宣以后，纲纪废坏，兵事倥偬。既不及后魏之整饬疆圉，又不及后周之修明法制。其倚任为国者，亦鲜始终贞亮之士，均无奇功伟节资史笔之发挥。观《儒林》《文苑》传叙，去其已见《魏书》及见《周书》者，寥寥数人，聊以取盈卷帙而已。是其文章之萎靡，节目之丛脞，固由于史材、史学不及古人，要亦其时为之也。一代兴亡，当有专史。典章沿革，政治得失，人材优劣，于是乎征焉，未始非后来之鉴也	《四库全书总目·史部·正史类·北齐书五十卷》唐李百药奉敕撰。盖承其父德林之业，纂缉成书，犹姚思廉之继姚察也。大致仿《后汉书》之体，卷后各系论赞，然其书自北宋以后渐就散佚，故晁公武《读书志》已称残阙不完。……北齐立国本浅，文宣以后，纲纪废弛，兵事倥偬。既不及后魏之整饬疆圉，复不及后周之修明法制。其倚任为国者，亦鲜始终贞亮之士，均无奇功伟节资史笔之发挥。观《儒林》《文苑》传叙，去其已见《魏书》及见《周书》者，寥寥数人，聊以取盈卷帙。是其文章之萎苶，节目丛脞，固由于史材、史学不及古人，要亦其时为之也。一代兴亡，当有专史。典章之沿革，政事之得失，人材之优劣，于是乎有征焉，未始非后来之鉴也

第二章　古典目录学与 20 世纪初期的中国文学史编纂　◀　077

续表

第十一篇《诸史文体·北周书文体欲复古而未能》 《北周书》本纪八、列传四十二，合五十卷。唐贞观中，令狐德棻建议修梁、陈、周、齐、隋五史。而德棻专领《周书》，与岑文本、崔仁师、陈叔达、唐俭共修之。当周隋时，柳虬、牛宏（新案，当为弘之误）各有撰述，德棻多因循旧说。今本残阙甚多，多取《北史》以补之。刘知几于令狐之书多贬辞，谓"宇文开国之初，事由苏绰，军国词令，皆准尚书。太祖敕朝廷他文，悉准此"，"而令狐不能别求他述，用广异闻。惟冯本书，重加润色，遂使周室一代之史，多非实录"云云。然知几论史，不知文质因时，纪载从实，周代既文章尔雅，仿古制言，自不能易彼古文，改从俪偶	《四库全书总目·史部·正史类·周书五十卷》 唐令狐德棻等奉敕撰。贞观中，修梁、陈、周、齐、隋五史，其议自德棻发之，而德棻专领《周书》，与岑文本、崔仁师、陈叔达、唐俭同修。……北宋重校，尚不云有所散佚。今考其书，则残缺殊甚，多取《北史》以补亡，又多有所窜乱，而皆不标其所移擩者何卷、所削改者何篇，遂与德棻原书混淆莫辨。…… 刘知几《史通》曰："今俗所行《周史》，是令狐德棻所撰，其书文而不实，雅而不检，真迹甚寡，客气尤繁。寻宇文开国之初，事由苏绰，军国词令，皆准尚书。太祖敕朝廷他文，悉准于此。盖史臣所记，皆禀其规。柳虬之徒，从风而靡。案，绰文虽去彼淫丽，存兹典实，而陷于矫枉过正之失，乖乎适俗随时之义。苟记言若是，则其谬愈多。爰及牛宏，弥尚儒雅，即其旧事，因而勒成。务累清言，罕逢佳句，而令狐不能别求他述，用广异闻。惟冯本书，重加润色，遂使周氏一代之史，多非实录。"……其诋諆德棻甚力。然文质因时，纪载从实，周代既文章尔雅，仿古制言，载笔者势不能易彼妍辞，改从俚语
第十一篇《诸史文体·隋书文体明备十志尤称精审》 唐魏征等奉敕撰。志三十卷，介于纪、传之间，皆署长孙无忌等撰。据刘知几《史通》，撰《纪》者为颜师古、孔颖达，撰《志》者为于志宁、李淳风、韦安仁、李延寿、令狐德棻。按，贞观三年诏修《隋史》，十五年又诏修梁、陈、周、齐、隋五代《史志》。故《隋书》十志，皆不以隋代为限。梁、陈、周、齐诸书之无志者。可藉此以为考证焉。其编入《隋书》，以隋居五代之末，非专属隋也。上接《魏书》，条理一贯。《律历志》出于李淳风之手，如南齐祖冲之减闰分、增岁差。其子程暊之复行之于梁代。其后宋景业、李业兴、甄鸾、马显、张宾、张胄元之术，亦附见焉。北齐张子信言日行有人气差，刘焯因以立盈缩躔衰，非淳风不能言其详也。《五行志》不显类淳风之笔，或云储遂良所作。本《四库全书总目》……	《四库全书总目·史部·正史类·隋书八十五卷》 唐魏徵等奉敕撰。贞观三年，诏徵等修《隋史》。十年，成纪传五十五卷。十五年，又诏修梁、陈、周、齐、隋五代史志。显庆元年，长孙无忌上进。据刘知几《史通》所载：撰《纪》《传》者为颜师古、孔颖达，撰《志》者为于志宁、李淳风、韦安仁、李延寿、令狐德棻。……考《史通·古今正史》篇称："……太宗崩后，刊勒始成其篇第，编入《隋书》，其实别行，俗呼为'五代史志'"云云。是当时梁、陈、齐、周、隋五代史本连为一书，十志即为五史而作，故亦通括五代。其编入《隋书》，特以隋为五史居末，非专属隋也。……惟其时《晋书》已成，而《律历志》所载备数、和声、审度、嘉量、衡权五篇，《天文志》所载地中、晷影、漏刻、经星、中宫二十八舍、十煇诸篇，皆上溯魏晋，与《晋志》复出，殊非史体。且同出李淳风一人之手，亦不应自剿己说。殆以《晋书》不在五史之数，故不相避欤？《五行志》体例与《律历》《天文》三志颇殊，不类淳风手作。疑宋时旧本，题储遂良撰者，未必无所受之

续表

第十一篇《诸史文体·南北史仿史记纪传之文体》 今观《南史》本纪中删其连缀诸臣事迹,列传中多删其词赋。盖意存简要,殊胜本书。然宋、齐、梁、陈,九锡之文,符命之说,告天之词,皆沿袭浮夸,仍芟削未尽,且累朝之书,勒成通史。纪传之外,不能撰为表志,亦属阙典。其列传以姓为类,分卷无法。《南史》则王、谢分支,《北史》则崔、卢系派;故家世族,一例连书。览其姓名,则同为父子;稽其朝代,则各有君臣。岂知家传之体,未便施之国史乎?是不得援《史记·世家》为例也	《四库全书总目·史部·正史类·南史八十卷》 顾炎武《日知录》又摘其李安民诸传一事两见,为纪载之疏。以今考之,本纪删其连缀诸臣事迹,列传则多删词赋,意存简要,殊胜本书。然宋、齐、梁、陈四朝九锡之文、符命之说、告天之词,皆沿袭虚言,无关实证,而备书简牍,陈陈相因,是芟削未尽也。且合累朝之书,勒为通史,发凡起例,宜归划一 《四库全书总目·史部·正史类·北史一百卷》 考延寿之叙次列传,先以魏宗室诸王,次以魏臣,又次以齐宗室及齐臣,下逮周、隋,莫不皆然。凡以勒一朝始末,断限分明,乃独于一二高门,自乱其例,深所未安。……又魏收及魏长贤诸人,本非父子兄弟,以其同为魏姓,遂合为一卷,尤为舛迕。观延寿叙例,凡累代相承者皆谓之家传,岂知家传之体,不当施于国史哉
第十一篇《诸史文体·新旧唐书文体之异同》 自宋嘉祐后,欧阳修、宋祁等重修《新书》。刘昫(新案,当为昫之误,下同)《旧书》遂废。然旧本恒传述不绝,学者表昫之长,以攻修、祁之短者亦不绝。刘昫之书,多因仍吴兢、韦述、于休烈、令狐峘之旧,故具有典型。观《顺宗纪》论题史臣韩愈、《宪宗纪》题史臣蒋系,此因仍前史之明证也。长庆以后,史失其官。故多疎舛,昫亦无所因也。《新书》首进表以曾公亮为首,书中本纪十、表十五、志五十,题修名;列传一百五十,题祁名。本以补正刘昫之舛漏。自称"事增于前,文增于旧"。刘安世《元城语录》谓"事增文省,正新书之失,而未明其所以然"	《四库全书总目·史部·正史类·旧唐书二百卷》 自宋嘉祐后,欧阳修、宋祁等重撰《新书》,此书遂废。然其本流传不绝,儒者表昫等之长,以攻修、祁等之短者亦不绝。……是《唐书》旧稿,实出吴兢。虽众手续增,规模未改,昫等用为蓝本,故具有典型。观《顺宗纪》论题史臣韩愈,《宪宗纪》论题史臣蒋系,此因仍前史之明证也。至长庆以后,史失其官,无复善本,昫等自采杂说传记排纂成之,动乖体例,良有由矣 《四库全书总目·史部·正史类·新唐书二百二十五卷》 宋欧阳修、宋祁等奉敕撰。其监修者则曾公亮,故书首进表以公亮为首。……是书本以补正刘昫之舛漏,自称"事增于前,文省于旧"。刘安世《元城语录》则谓"事增文省,正新书之失,而未明其所以然。今即其说而推之,史官记录,具载旧书,今必欲广所未备,势必搜及小说,而至于猥杂。唐代词章,体皆详赡,今必欲减其文句,势必变为涩体,而至于诘屈"。安世之言,所谓中其病原者也

第二章　古典目录学与 20 世纪初期的中国文学史编纂　◀　079

续表

第十一篇《诸史文体·金史文体中交聘表最善》 其文体足法于后世者，则《交聘表》是也。表起于太祖收国元年，以年为经，以宋、夏、高丽三国为纬，迄于金国之亡，凡三卷。当日和战大局，一览可知。要言不烦，多切中事理。今日交涉日多，则此体诚不可少也。近日有钱氏、蔡氏两家所撰交涉表。良史特识，不让迁固矣。至于《历志》则采赵知微之《大明历》，而兼考浑象之存亡。《礼志》则撮韩企先之《大金集礼》，而兼考杂仪之品节。《河渠志》之详于二十五埽（新案，当为埽之误）。《百官》首叙建国诸官，元元本本，具有条理。《食货志》可证宋、金互市，江浙以茶易河南之丝	《四库全书总目·史部·正史类·金史一百三十五卷》 ……其首尾完密，条列整齐，约而不疏，赡而不芜，在三史之中，独为完善。如载《世纪》于卷首，而列景、宣帝、睿宗、显宗于《世纪补》，则酌取《魏书》之例。《历志》则采赵知微之《大明历》，而兼考浑象之存亡。《礼志》则撮韩企先等之《大金集礼》，而兼及杂仪之品节。《河渠志》之详于二十五埽。《百官志》之首叙建国诸官，咸本本元元，具有条理。《食货志》则因力之微，而叹其初法之不慎。《选举志》则因令史之正班，而推言仕进之末弊。《交聘表》则数宋人三失而惜其不知守险，不能自强。皆切中事机，意存殷鉴，卓然有良史之风
第十一篇《诸史文体·编年文体温公通鉴似左氏、朱子纲目似公穀》 温公竭十九年之力，正史之外，采杂史二（新案，当为三之误）百二十二种。其残稿在洛阳者盈两屋。非摭拾删并者所能为也。同馆刘攽、刘恕、范祖禹皆通儒硕学，非空谈心性者。故网罗宏富，体大思精。上起战国，下终五代。凡名物训诂典章制度象纬方舆，皆非凤学所能通	《四库全书总目·史部·编年类·资治通鉴二百九十四卷》 宋司马光撰，元胡三省音注。……其采用之书，正史之外，杂史至三百二十二种。其残稿在洛阳者尚盈两屋，既非摭拾残剩者可比，又助其事者，《史记》、前后《汉书》属刘攽，《三国》《南北朝》属刘恕，《唐》《五代》属范祖禹。又皆通儒硕学，非空谈性命之流，故其书网罗宏富，体大思精，为前古之所未有。而名物训诂，浩博奥衍，亦非浅学所能通
第十三篇《南北朝至隋文体·钟嵘诗品并诗话之文体》 梁钟嵘与兄岏、弟屿，并好学有名。嵘通《周易》，词藻兼长。所品古今五言诗，自汉魏以下一百有三人，论其优劣，分上、中、下三品。每品之首，各冠以序，皆妙达文理，可与《文心雕龙》并称。近时王渔洋，极论其品第之间，多所违失。然梁代迄今，邈踰千祀，遗篇旧制，什九不存，未可以摭拾残文，定当日全集之优劣。惟其论某人源出于某人，若一一亲见其师承者，则不免于附会耳。史称嵘求荣于沈约，约弗为奖借，故嵘怨之，列约中品。案，约之诗不过中人，未为排抑也	《四库全书总目·集部·诗文评类·诗品三卷》 梁钟嵘撰。嵘字仲伟，颍川长社人。与兄岏、弟屿，并好学有名。齐永明中，为国子生。王俭举本州秀才，起家王国侍郎。入梁，仕至晋安王记室，卒于官。嵘学通《周易》，词藻兼长。所品古今五言诗，自汉魏以来一百有三人，论其优劣，分上、中、下三品。每品之首，各冠以序，皆妙达文理，可与《文心雕龙》并称。近时王士禛极论其品第之间，多所违失。然梁代迄今，邈踰千祀，遗篇旧制，什九不存，未可以摭拾残文，定当日全集之优劣。惟其论某人源出某人，若一一亲见其师承者，则不免附会耳。史称嵘尝求誉于沈约，约弗为奖借，故嵘怨之，列约中品。案，约诗列之中品，未为排抑

据上表所列，林传甲《中国文学史》引《四库全书总目》之情况："经部"凡1条，"史部"凡12条，"子部"凡3条，"集部"凡1条。而林传甲《中国文学史》凡十六篇，引《四库全书总目》之篇数约占总数的25%。其中，《群经文体》凡1次，占此类文体总数的0.06%；《周秦传记杂史文体》凡4次，占此类文体总数的22.22%；《诸史文体》凡8次，占此类文体总数的44.44%；《南北朝至隋文体》凡1次，占此类文体总数的0.06%。需要指出的是，在林传甲《中国文学史》援引《四库全书总目》的相关章节中，多为林传甲较少发挥自我意见的部分；而出现"传甲案""窃以为""吾独识""吾论"等字样的章节，往往不引或较少引《四库全书总目》[①]。之所以出现这种情况，是因为林传甲《中国文学史》以"文体"为主要论述对象及归宿点，该书第七篇至第十六篇分别为"群经文体""周秦传记杂史文体""周秦诸子文体""史汉三国四史文体""诸史文体""汉魏文体""南北朝至隋文体""唐宋至今文体""骈散古合今分之渐""骈文又分汉魏六朝唐宋四体之别"，均着眼于"文体"的视角。从某种程度上讲，林传甲《中国文学史》援引《四库全书总目》大体是在讨论古代"文体"发展的基础上，无意为之的额外产物，是林传甲接受儒家价值观及其为学之径的"下意识"选择。不过，林传甲《中国文学史》的文体概念包含经、史、子、集四大部类，书云：

> 查《大学堂章程》"中国文学专门"科目，所列研究文学众义，大端毕备，即取以为讲义目次。又采诸科关系文学者为子目，总为四十有一篇。每篇析之为十数章，每篇三千馀言，甄别往训，附以鄙意，以资讲习。夫籀篆音义之变迁，经史子集之文体，汉魏唐宋之家法，书如烟海，以一人智力所窥，终恐挂一漏万。[②]

[①] 如《史记世家列传文体之辨》云："史列孔子于世家，王安石独非之。其言曰：夫仲尼之才，帝王可也，何特公侯者？仲尼之道，世天下可也，何特世其家哉？处之世家，仲尼之道，不从而大；置之列传，仲尼之道，不从而小。而迁也自乱其例，所谓多所抵牾者也。传甲案：荆公之说，徒为大言而鲜实者也。"（武林谋新室，1910，第119页。）又，《读史勿为四史所限》云："吾论四史文体，吾不甘为四史所囿也。吾见溺于时文者，为二帝、三王所囿。凡战国以后帝王，或不辨先后焉。吾见证经义，考史法，习古文，撷骈雅者，为两汉、三国所囿。"（武林谋新室，1910，第129页。）往往属林氏自我发挥之己，难和《四库全书总目》之言。

[②] 林传甲：《中国文学史》，武林谋新室，1910，第1页。

可知林传甲《中国文学史》的"文体"观念当为"文史"之总称，且系袭用外来的文体观念而指向传统文化的杂糅之体。可见，林传甲《中国文学史》援引《四库全书总目》实本源于认可固有文史传统的基础而得罗列。据此可知，林传甲《中国文学史》与《四库全书总目》具有相通的本质内涵，具有某种相一致的功用目的（详见下文）。

二 林传甲《中国文学史》对《四库全书总目》之承继

在林传甲《中国文学史》所引条目中，其实包含着对《四库全书总目》众多批评模式及其价值观、学术观的承继。可以说，林传甲《中国文学史》大略承继着《四库全书总目》"辨章学术，考镜源流"的批评传统。具体而言，包含以下几方面。

其一，从宏观层面把握学术的流变过程。如第九篇《周秦诸子文体》第九章"文子之文体冗杂"，在征引《柳子厚文集》语："其旨意皆本于老子。然考其书，盖驳书也。其浑而类者少，窃取他书以合之者多。凡孟子辈数家，皆见剽窃，晓然而出其类，其意绪文词，又互相抵而不合，不知人之增益之欤，或者众为聚敛以成其书欤"[1]；第十一篇《诸史文体》第十四章"金史文体中交聘表最善"，考"表"之起源及"文体足法于后世"等情况之后，云：

> 今昔物产迥异，皆足以益人智识，其纪传之详略得宜，犹馀事也。虽有小疵，弗可贬矣。[2]

皆是对相关论述对象进行宏观把握其学术流变过程的典型。

其二，知人论世的共时性考察。第十一篇第六章"北齐书文体自成一家规模独隘"，既言及奉敕撰者李百药"承其父（李）德林之业"，进而考察其家世等"知人"之一面；又言及北齐立国浅薄，"纲纪废坏，兵事俶扰""其倚任为国者，亦鲜始终贞亮之士，均无奇功伟节资史笔之发挥"等情况，致使北齐的文章"萎靡""节目丛脞"。这种既因"史材、史学

---

[1] 林传甲：《中国文学史》，武林谋新室，1910，第110页。
[2] 林传甲：《中国文学史》，武林谋新室，1910，第139页。

不及古人",亦"其时为之也"等论断,① 其间的考辨思路是：据以"共时性"的角度揭示时代环境、文治教化等特定文化活动对文章之学、考察"知人"与"论世"所带来的影响。相关做法则是《四库全书总目》典型之举。——《四库全书总目·凡例》就指出提要的撰写原则之一是"每书先列作者之爵里,以论世知人；次考本书之得失,权众说之异同"②。又,林传甲在第十一篇第十四章"金史文体中交聘表最善"中,言及"交聘表"应该"要言不烦,多切中事理",认为这对于"今日交涉日多"之时代颇有裨益,故而"此体诚不可少"。所论亦属于"论世"的共时性考察。

其三,注意"长短较然"之揶扬比较的批评法。如《四库全书总目·史部·正史类·班马异同三十五卷》条云：

> 昔欧阳棐编《集古录》跋尾,以真迹与集本并存,使读者寻删改之意,以见前人之用心。思撰是书,盖即此意。特棐所列者一人之异同,思所列者两人之异同,遂为创例耳。其中如"戮力"作"勠力","沉船"作"湛船","由是"作"繇是","无状"作"亡状","铁质"作"斧质","数却"作"数卻"之类,特今古异文。"半菽"作"芋菽","蛟龙"作"交龙"之类,特传写讹舛。至于"秦军"作"秦卒","人言"作"人谓","三两人"作"两三人"之类,尤无关文义。皆非有意窜改,思一一赘列,似未免稍伤繁琐。然既以"异同"名书,则只字单词,皆不容略。失之过密终胜于失之过疏也。至《英布》《陈涉》诸传轶而未录,明许相卿作《史汉方驾》始补入之,则诚千虑之一失矣。③

又如,《四库全书总目·集部·诗文评类·优古堂诗话一卷》条云：

> 即如李贺诗"桃花乱落如红雨"句、刘禹锡诗"摇落繁英堕红雨"句,开既知二人同时,必不相袭。岑参与孟浩然亦同时,乃以参诗"黄昏争渡"字为用浩然《夜归鹿门》诗,不勉强为科配。又知张

---

① 林传甲：《中国文学史》,武林谋新室,1910,第 133~134 页。
② 永瑢等：《四库全书总目》,中华书局,1965,第 17 页。
③ 永瑢等：《四库全书总目》,中华书局,1965,第 401~402 页。

未诗《夕阳外》字本于杨巨源,而不知《夕阳西》字本于薛能,可知辗转相因,亦复搜求不尽。然互相参考,可以观古、今人运意之异同,与遣词之巧拙,使读者因端生悟,触类引申,要亦不为无益也。①

这种比较方法促使学者可以直观古今学术变迁的大势,得以汲取其间有利文治教化的成分,以便经世致用。在林传甲《中国文学史》所引《四库全书总目》的相关章节中,第十一篇第十章"新旧唐书文体之异同"最能体现上述思想及其批评方法。该节申述到:自重修《新书》后,《旧书》遂废;然刘昫之书多因旧典,亦仍前史,而《新书》"本以补正刘昫之舛漏",且"事增于前,文增(省)于旧",二者长短相较之后则可知其间的异同特征,以见史家"卓识"②。

其四,重视辨别典籍的价值,注重甄别各家对同一典籍的不同意见,而后归结出馆臣的己见。如《四库全书总目·子部·杂家类·鬼谷子一卷》条云:

案《鬼谷子》,《汉志》不著录。《隋志》纵横家有《鬼谷子》三卷,注曰周世隐于鬼谷。《玉海》引《中兴书目》曰:周时高士,无乡里族姓名字,以其所隐,自号鬼谷先生。苏秦、张仪事之,授以《捭阖》至《符言》等十有二篇,及《转九本经》《持枢中经》等篇,因《隋志》之说也。《唐志》卷数相同,而注曰苏秦。张守节《史记正义》曰:鬼谷在雒州阳城县北五里。《七录》有苏秦书,乐壹注云,秦欲神秘其道,故假名鬼谷,此又《唐志》之所本也。胡应麟《笔丛》则谓《隋志》有《苏秦》三十一篇、《张仪》十篇,必东汉人本二书之言,荟粹为此,而托于鬼谷,若《子虚》《亡是》之属。其言颇为近理,然亦终无确证。《隋志》称皇甫谧注,则为魏、晋以来书,固无疑耳。《说苑》引《鬼谷子》有人之不善而能矫之者难矣一语,今本不载。又惠洪《冷斋夜话》引《鬼谷子》曰:崖蜜,樱桃也,今本亦不载,疑非其旧。然今本已佚其《转九》《胠箧》二篇,惟存

---

① 永瑢等:《四库全书总目》,中华书局,1965,第 1782 页。
② 林传甲:《中国文学史》,武林谋新室,1910,第 136 页。

《捭阖》至《符言》十二篇，刘向所引或在佚篇之内。至惠洪所引，据王直方《诗话》，乃《金楼子》之文，惠洪误以为《鬼谷子》耳。（案：王直方《诗话》今无全本，此条见朱翌《猗觉寮杂记》所引。）均不足以致疑也。高似孙《子略》称其"一阖一辟，为《易》之神，一翕一张，为老氏之术，出于战国诸人之表"，诚为过当。宋濂《潜溪集》诋为"蛇鼠之智"，又谓"其文浅近，不类战国时人"，又抑之太甚。柳宗元《辨鬼谷子》以为"言益奇而道益陿"，差得其真。盖其术虽不足道，其文之奇变诡伟，要非后世所能为也。①

在比对胡、高、宋、柳各家意见之后，清代"四库馆臣"方才引定相关评判意见。这种别具一格的批评方法，既能令评判者的视域开阔，又能令其所下的结论肯綮贴切。而林传甲《中国文学史》第九篇第十三章"鬼谷子创交涉之文体"，主体部分是摘录《四库全书总目》的相关内容，尤可见林传甲对此类比较思想的认可，亦可见林传甲对此种批评方法的认同。

其五，注重"援据纷论"的归纳证明，援引诸家之说以证源流。典型者，莫过于对《诗序》作者的考辨。此为《诗经》学的"第一争讼之端"："凡说《诗》者无不论《序》，论《序》者无不考其作者。"《四库全书总目》评述各家关于《诗序》的观点后，亦云："今参考诸说，定序首二句为毛苌以前经师所传，以下续申之词，为毛苌以下弟子所附，仍录冠诗部之首，明渊源之自有"，以归纳证明的批评方法得出颇为中肯之见。对此，林传甲《中国文学史》第七篇第九章"诗序之体"虽仅引《四库全书总目》的结论，但林传甲认可此结论就是认可论述结论的开展过程与论述方法。据此可知，林传甲《中国文学史》承继了《四库全书总目》诸多批评方法乃至价值观，可见《四库全书总目》影响了林传甲《中国文学史》的编纂。

上述诸多批评方法，亦见于林传甲《中国文学史》的其他章节中。如第七篇《群经文体》第四章"周易支流之别体"，云：

---

① 永瑢等：《四库全书总目》，中华书局，1965，第1008页。

易之为道以阴阳也，太史公《论六家要指》，冠阴阳于儒、墨之上。圣人以神道设教，故推天道以明人事焉。左氏浮夸，于卜筮已好为奇说。汉宋分歧，京房、焦赣之入于灾异，陈抟、邵雍之附会河洛，其支流大派也。晋王弼之说以老庄、程朱之说以儒理，则几于正流矣。其后支流愈多，言天算必曰河图为加减之原、洛书备乘除之法也，言地理者必曰八卦以定八方也。而俗所谓堪舆家，又用之以配罗经焉。再下则奇门壬道之邪说，白莲、大乘、无为、闻香、义和拳之妖术，亦假八卦以为秘诀焉。举世皆趋于《大过》之栋桡矣。①

详言周易支流之衍变，以宏观层面把握之。又，第十四篇《唐宋至今文体》第十二章"王安石曾巩之文体"云：

江右章贡之涘，多古文家。自欧阳公起于庐陵以来，未几王安石兴于临川，曾子固出于南丰，遂极一时之盛。唐宋八家，宋得其六，眉山三苏与江右各得其半焉。安石与巩缔交之情，见于安石《答段缝书》，曰：巩文学论议，在某交游中不见可敌其心勇于适道，不可以刑祸利禄动也。安石《祭曾博士易古文》，则巩之父也。故当时学者称二人曰曾、王。《曾巩传》曰：安石得志后遂与之异。盖安石以新法致党祸，为宋儒所不韪。惟其文劲爽峭直，如见其为人焉，则其最长者莫如《上神宗书》，其最短者莫如《读孟尝君传书后》，皆传诵于世。所谓"气盛则言之长短皆宜也"。曾、王之文有极相似者，如子固之《墨池记》、荆公之《芝阁记》，皆寂寥短章，使人味之隽永，此曾、王之所长也。……曾、王之异同，在于所持之理，其词气固未尝歧异也。②

此篇不仅含有知人论世的共时性考察，（如"气盛言宜"说与"知人论世"说，有异曲同工之妙）又有重视学者个性差异与作品风格异同的"长短较然"比较批评法。此外，第十四篇《唐宋至今文体》第十一章

---

① 林传甲：《中国文学史》，武林谋新室，1910，第 80~81 页。
② 林传甲：《中国文学史》，武林谋新室，1910，第 178 页。

"苏轼父子兄弟文体同异"、第十七章"明人文体屡变宋濂杨荣李梦阳归有光之异同"等章节的论述,亦含有《四库全书总目》所运用的诸多批评方法。此处不再一一列举。

在确定林传甲《中国文学史》借鉴了《四库全书总目》价值观与批评方法的情形下,我们可以进一步推导林传甲《中国文学史》与《四库全书总目》之间的深层次联系。这种内在关联性往往可从林传甲《中国文学史》的编纂思想中,予以揭示。典型者,如林传甲《中国文学史》多方体现着《四库全书总目》(上述之外)的其他批评观及方法论。

比如,《四库全书总目》高度重视分源别派的学脉辨识。章学诚《文史通义·诗话》云:"(《四库全书总目》)如云某人之诗,其源出于某家之类,最为有本之学,其法出于刘向父子。"① 后之学者广泛接受此类批评方法,将其运用对经史子集四部之各种学脉的讨论。而《四库全书总目》则将这种"寻根究源"意识上升到前所未有的高度,重视学术思想嬗变的"宗师一统"观,以把握其间的学脉流变。如《四库全书总目·集部·别集类·皇甫持正集》条:"(皇甫湜)与李翱同出韩愈,翱得愈之醇,而湜得愈之奇崛。其《答李生三书》,盛气攻辨,又甚于愈。"② 醇厚与奇崛作为韩愈诗风的两种极端,而皇甫湜与李翱各承一极,致使韩愈博大雄奇之美发生了畸变。《四库全书总目·集部·别集类·孙可之集》条又言:唐孙樵以远承皇甫湜,但皇甫湜"稍有意为奇",孙樵"则视湜益有努力为奇之态",又称"《读书志》引苏轼之言,称'学韩愈而不至者为皇甫湜,学湜而不至者为孙樵',其论甚微"。据此,则韩愈之风脉又为之一畸变。③ 而试看林传甲《中国文学史》的相关论述,第十四篇第六章"韩门张籍李翱皇甫湜文体(孙樵皮日休附见)"云:

> 昌黎提倡古文,从游于其门者张籍、李翱、皇甫湜其尤也。《张司业》八卷,多乐府诗,惟《文苑英华》载张籍与韩愈二书,余不概见。想其笔力,亦在翱、湜之间。《李文公集》《皇甫持正集》文体毕备,一得昌黎之理,一得昌黎之辞。李翱得其理,故文体纯实;皇甫

---

① 章学诚:《文史通义》,四库备要本。
② 永瑢等:《四库全书总目》,中华书局,1965,第 1291 页。
③ 永瑢等:《四库全书总目》,中华书局,1965,第 1299~1300 页。

湜得其辞，故文体奇崛。翱之才学逊于其师，不能镕铸百氏如己出；湜之盛气抗辨，过于其师，若著力铺排，反不惬人意，是两家之短耳。昌黎文法传于湜，湜传于来无择，来无择授于孙樵。孙樵务为奇峭，其诣亦不易及也。①

可知，林传甲《中国文学史》论述的思路理脉，乃至见解颇似《四库全书总目》，其所论述之过程可证此言当鉴自《四库全书总目》。又如，林传甲《中国文学史》论诗文重醇厚持正、正"兴迹高远"，注重"文格"对时代风气的导向，关注人格、学识对诗格的影响。如第十二篇第四章"枚乘七发与谏吴王书文体略同"，曰：

传甲按，《七发》词藻虽繁而旨归最正，抗言谠论，穷极精微。《七发》之卒章曰：孔老览观，孟子持筹而算之，万不失一。此亦天下之至言妙道也。由此观之，枚乘盖明算而学于孔孟者也，其学如此其博，其识如此其通。后人仅以文士目之，乌足以知枚叔乎？②

又，评陶渊明诗赋风格，云："其诗赋亦闲雅澹远，如鹤鸣于九皋之上，下视六朝纤丽之文，不啻山鸡舞镜矣。"③ 第十四篇第七章"杜牧文体为宋之苏氏先导"云：

杜牧之因唐宋藩镇骄蹇，追咎长庆以来，措置亡术，嫌不当位而言，故作《罪言》，综天下之情形，权累朝之得失，如聚米画沙，不爽尺寸。其《原十六卫》痛言府兵内剧，边兵外作，穷源竟委，论断谨严；战论、守论，皆雄奇超迈，光焰炤人。《燕将传》笔力陡健，即以太史公取《战国策》材料为之，亦不过如是。④

又，评柳开之诗"变五代偶俪之习"，虽"持论未允"而"其转移风

---

① 林传甲：《中国文学史》，武林谋新室，1910，第173页。
② 林传甲：《中国文学史》，武林谋新室，1910，第145~146页。
③ 林传甲：《中国文学史》，武林谋新室，1910，第158~159页。
④ 林传甲：《中国文学史》，武林谋新室，1910，第174页。

气,于文格殊有关系",林传甲尔后在此基础上,进而品评王禹偁之诗为:"古雅简淡,其奏疏尤极剀切"①;又如,评岳飞、文天祥之诗为"忠愤"。这种批评观念及方法,正是《四库全书总目》所践行之则。如《四库全书总目》评价宋代俞德邻《佩韦斋文集》(别集类十八),云:"德邻诗恬澹夷犹,自然深远,在宋末诸人之中特为高雅。文亦简洁有清气,体格皆在方回《桐溪集》上。盖文章一道,关乎学术、性情;诗品、文品之高下,往往多随其人品,此集亦其一征矣"②,就明言文品与人品之间的密切关系;又,《瀼溪草堂稿》(别集类二十五)云:"明孙承恩撰。……及官礼部时,斋宫设醮,承恩独不肯黄冠,遂乞致仕,较之严嵩诸人青词自媚者,人品卓乎不同。其文章亦纯正恬雅,有明初作者之遗"③。由作者的节气、人格言及其诗风,乃至时代"文格",就是根植于温柔敦厚的诗教传统。这种为文之法,不仅能涵养学者性情,亦可教学子奋发,以"开民智",导利时代变势。此意恐怕是林传甲《中国文学史》吸收《四库全书总目》价值观与方法论的根本原因。

不过,林传甲《中国文学史》非一味袭用《四库全书总目》观点,而是有所选择式的批判继承。比如,晚明徐光启、方以智等倡信"西学"的学者在潜心钻研"西学"之后,发现"西学"与传统算术、格致等学术之间多有相似相通之处,他们基于"一源辐射"的文化心理而认为西学"皆为圣人所已言?"④李之藻亦认为西学"与上古《周髀》《考工》《漆园》诸编,默相勘印"。⑤"西学中源"之说由此见雏形。清代康熙皇帝则明言:"论者以古法今法之不同,深不知历源出自中国,传及于极西。西人守之不失,测量不已,岁岁增修,所以得其差分之精密,非有他术也。"⑥此说经当时"官方"学术思想体系的发扬后,流源变至雍、乾时则蔚为大观。此类说法与彼时"天朝至尊"的典型心态颇有关系,从而导致彼时学术探索难脱此中思想的牵绊。而《四库全书总目》虽然认可"西学"含有

---

① 林传甲:《中国文学史》,武林谋新室,1910,第176页。
② 永瑢等:《四库全书总目》,中华书局,1965,第1415页。
③ 永瑢等:《四库全书总目》,中华书局,1965,第1502页。
④ 方以智:《天经或问序》,载故宫博物院编《天经或问》(第1册),海南出版社,2000。
⑤ 李之藻:《天主实义重刻序》,载《天学初函》(第1册),台湾学生书局,1978,第855~856页。
⑥ 清高宗弘历撰《康熙政要》(卷十八),载《御制文三集》,台湾世界书局,1988。

"切于民用"(《四库全书总目·子部·农家类·泰西水法》)①、"裨益民生之具"(《四库全书总目·子部·谱录类·奇器图说》)② 等实用之途,但这些观点是建立在"西学中源"的基础上,故而,《四库全书总目·子部·天文算法类·周髀算经》云:"西法出于《周髀》,此皆显证,特后来测验增修,愈推愈密耳。《明史·历志》谓尧时宅西居昧谷,畴人子弟散入遐方,因而传为西学者,固有由矣。"③ 即为典型代表。此种认识观念与思想所带动的文化传承效应,至晚清时期仍不绝于时人。如张之洞《劝学外篇·会通》(卷一三)就认为"西学"的科学技术,古已有之,"圣经皆已发其理,创其制",云:《中庸》"天下至诚,尽物之性,赞天地之化育,是西学格致之义也",又是"开矿之义"与"讲工艺畅土货之义";《周礼》则创"化学之义""农学之义""设树林部之义",故而,"凡此皆圣经之奥义,而可以通西法之要指"。张之洞在此基础上,进一步强调"中学为内学,西学为外学,中学治身心,西学应世事"之"旧体西用"观。④ 显然,这已严重阻碍固有文化的自我镕铸,颇有点逆时代潮流而动的意味,必然要遭到带有开明思想的"开眼看世界"者之反对。林传甲《中国文学史》就加以明确反对,第九篇第五章"墨子发明格致新理之文体"云:

墨子翟之《经说》,多明算术格致之理,其文古奥,多不可句读。《经上》云:平同高也,直参也,合于《海岛算经》两表齐高参直之术焉。又云:端体之无序而最前者也,此所谓端者,即几何原本之点。序犹东序、西序,两旁之谓也,几何所谓点无长短广狭是也。最前者,几何所谓线之界是点是也。又云:圆一中同长也,几何所谓自圆界至中心作直线俱等是也。《经下》云:临鉴而立景倒,谓窪镜也。又云:鉴者,近中则所鉴大,景亦大;远中则所鉴小,景亦小,谓突镜也。邹特夫著《格致补》,即发明墨子之精意,成光学之专书也。

---

① 永瑢等:《四库全书总目》,中华书局,1965,第853~854页。
② 永瑢等:《四库全书总目》,中华书局,1965,第984页。
③ 永瑢等:《四库全书总目》,中华书局,1965,第892页。
④ 张之洞:《劝学篇》,载《张之洞全集》(第十二册),河北人民出版社,2008,第9764~9767页。

《经说下》又云：挈有力也，引无力也。陈兰甫疑为西人起重之法。传甲窃谓：挈者，与地球吸力相反，故须有力，引者重学斜而之理力被分而减小也。昔人以此证西学为中国所固有。传甲窃谓其断烂不可读。教科必定以新法为准也。兼爱之说，孔子所谓尧舜犹病之博施也。苟格致之理大明，无游民，无废事，固尧舜之所愿而未能也。尚同可矣，节用可矣。彼西竺之慈悲、基督之赎罪，曾何损于儒者之求仁改过乎。[1]

应该说，"一源辐射"的文化心理与"天朝至尊"的自封心态，已逐渐被晚清时势所抛弃。汲取"西学"有利改造中国落后之状的相关成分，以经世致用、奋发图强为指导，成为彼时学术所追逐的重点。林传甲认为"西竺""基督""儒家"等多种文化可并存，认为"尚同"的现象不足为怪，能有利于"节用"即可并存。此论颇有见地。林传甲曾于湖北创办时务草堂，受湖广总督张之洞的赏识[2]，则林传甲所批判的直接导火索，或针对于近代时政颇具影响力的张之洞的观点。上述情形表明林传甲已大体摆脱"天朝至尊"的心态，对"西学"等外来成功经验予以认真关注。不过，由于林传甲的特殊经历（曾参加过科考，熟读经、史、舆地典籍，求学以致用。[3]）及受编纂文学史实为"开民智"的教育致用服务，这些因素的杂糅致使林传甲仍旧无法彻底摆脱"天朝至尊"的心态，从而导致此类思想与《中国文学史》的编纂思想，略有自相矛盾之处。如第六篇第一章

---

[1] 林传甲：《中国文学史》，武林谋新室，1910，第107~108页。
[2] 王桂云：《林传甲以修志为己任》，载福州市政协文史资料委员会编《福州文史资料》（第二十四辑），福建政协出版社，2007，第237页。
[3] 据林传甲《筹笔轩读书日记》载，其喜读经史，庚子四月二十三日记云："司马温公作《通鉴》，先为丛目，次为长编，草稿盈两屋，终成二百九十四卷，删削之功深矣！然当时读者，只王胜之一人能读一遍也。故公又以年经国纬为《目录》三十卷，以便检寻。又病其略也，为《通鉴举要历》八十卷。又极损之，为《历年图》二卷，以资初学。其用力之勤，古今罕与之匹也。至《通鉴节文》，则伪书也"，所论颇得当。（中华书局，2014，第61页。）林传甲又好舆地书，于此颇有心得，且主张切于实用，庚子九月初七日记云："天台齐次风先生《水道提纲》有条有理，惟无图，不足以资考证。余拟补之，见胡文忠刻有《一统图》，乃辍笔。"又，庚子八月初二日记："观于山，宜思所以控制；观于水，宜知所以灌溉。"（中华书局，2014，第112页。）据此可知，重经史传统及实用目的成为林传甲思想的两个突出点。这种求学致用的观点亦体现于林传甲《中国文学史》的编纂之中。

"高宗纯皇帝之圣训"云:"传甲谨按,周孔为儒教之元圣至圣万世师表,不但汉、唐、宋之贤君皆尊周孔,即辽、金、元入中国后无不尊周孔焉。日本自王仁献《论语》后,千余年传习弗衰,明治诏书亦尝征引周孔,盖圣泽之及人深矣",① 此类思想又含"天朝至尊"的豪情心态。尽管如此,林传甲重视"西学"等外来成功经验,予以足够重视,从而为林传甲融合"西学"以进行中国文学史的编纂,作了观念先导与思想准备。

林传甲《中国文学史》对《四库全书总目》批判式继承的另一表现,在于对待宋儒之意见。比如,"有宋道学家文体亦异于语录",云:

> 宋之道学,始于濂溪周子之《太极图说》,其文多引《易传》,而宗旨所在之一语,曰:圣人之以中正仁义而主静,张、程、朱、陆各家之鼻祖也。阴阳五行,汉儒董仲舒、刘向皆不能免,何足责于宋儒。横渠张子作《西铭》,岂独意之美耶?其文固未易几也。姚惜抱《古文辞类纂》亦引重焉。明道程子之奏疏,如《论君道》《论王霸》《论十事》《论新法》,可以见纯儒学识,而词意雅驯,明白四达,犹余事也。伊川程子《上仁宗皇帝书》《上太皇太后书》《论经筵札子》,总在本原上立论,故纯正宏阔,绝无偏驳。……朱子之文,若《壬午应诏封事》《辛丑延和奏札》《戊申封事》《甲寅行宫便殿奏札》,其言皆畅而不冗明,显而不流于浅近,平直坦夷,宣朗闳阔。但恐时君味道不深,展卷未终,倦而思卧也。《上宰相书》之痛陈时事,《答陆子寿书》之考据古礼,质之近日谈时务讲经学者,应无后言矣。②

对《四库全书总目》鄙薄宋儒的情形,学者多有述及。具体而言,约略含以下几点:一是,批评宋明理学"执一理以该天下之变"的"性理"学说,缥缈无根,无可裨益世务;二是,批判宋明理学"修身养性说",虽"务精微"实弃离儒教"务世用"之旨;三是,批评"存天理,遏人

---

① 林传甲:《中国文学史》,武林谋新室,1910,第66页。
② 林传甲:《中国文学史》,武林谋新室,1910,第178~179页。

欲",不近人情;四是,批判朱子学说不能律"天下之学"①,窒息了明代的学风与科举考试。而林传甲认为大可不必苛责宋儒,指出:二程之说"总在本原上立论,故纯正宏阔,绝无偏驳",朱子之说"其言皆畅而不冗,明显而不流于浅近,平直坦夷,宣朗闳阔",皆有裨观;比于晚清的讲经学者,何止高一筹哉!可见,林传甲明确反对《四库全书总目》对宋儒苛责鄙薄的做法,主张一分为二以客观待之。其所持论,亦颇中肯。不过,林传甲关于宋儒之见,当非皆己出,或鉴于他人。第八篇第五章"国策兼兵家纵横家舆地家诸体"云:

> 国初之顾景范、近日之魏默深,皆祖战国策士之文也。苏眉山有言曰:少年文字,须令气象峥嵘。传甲少贱时,文颇稺弱,既而纠缠算数,笔亦枯浊;及观览舆图,读顾、魏之文,始有生色。诗亦能为塞上曲焉,故不习舆地者,吾可决其诗文必无气魄也。②

又,该篇第四章"国语创戴记之体"云:

> 《国风》为有韵之文,《国语》则无韵之文也。《国语》之体裁,实为《晋书》载记之所祖,然陈寿《三国志》亦同此意。明末译《职方外记》,以及近日魏默深撰《海国图志》、日本冈本监辅撰《万国史记》,皆以国分部者也。③

可知林传甲是熟悉魏源的著述,且有所吸收与借鉴。而魏源就是反对《四库全书总目》讥弹宋儒,其《书〈宋名臣言行录〉后》云:"乾隆中修《四库书》,纪文达公以侍读学士总纂。文达故不喜宋儒,其《总目》多所发挥,然未有如《宋名臣言行录》之甚者也。曰:'兹录于安石、惠卿皆节取,而刘安世气节凛然,徒以尝劾程子,遂不登一字。以私灭公,

---

① 如《四库全书总目·经部·四书本义汇参》云:"自明以来,科举之学以朱子为断,然圣贤立训以垂教,非以资后人之辨说为作语录计也";又,《四库全书总目·经部·四书类二》云:自《四书》后,"大全出而捷径开,八比盛而俗学炽",学子抛弃实学而揣摩试题,"得其形似便可以致功名"。
② 林传甲:《中国文学史》,武林谋新室,1910,第95~96页。
③ 林传甲:《中国文学史》,武林谋新室,1910,第93~94页。

是用深邃'。是说也，于兹录发之，于《元城语录》发之，于《尽言集》发之，又于杜大珪《名臣琬琰录》发之，于《清江三孔集》发之，于唐仲友《经世图谱》发之。昌言抨辟，汔再汔四，昭昭国门可悬，南山不易矣！虽然，吾未知文达所见何本也。"① 林传甲所言即与魏源相和。又如，魏源《两汉经师今古家法考叙》谓西汉微言坠于东汉，东汉典章绝于隋唐，两汉诂训声学熄于魏晋，云："且夫文质再世而必复，天道三微而成一著。今日复古之要，由诂训、声音以进于东京典章制度，此齐一变至鲁也；由典章、制度以进于西汉微言大义，贯经术、政事、文章于一，此鲁一变至道也。"② 魏源主张由诂训音韵复于东汉，再复西汉，以诂训音韵通"经"致"术"，以践致用之图。此意与林传甲《中国文学史》第三篇"古今名义训诂之变迁"所列自虞夏商周至宋儒名义训诂之变迁，主张因训诂音韵通固有之学，以明学术之变迁，二者异曲同工。同时，林传甲《中国文学史》所言的终由，亦欲达到致用之图。由此看来，林、魏二人的思想主张多有相通之处。但因林传甲所处时代与魏源多所不同，林传甲所言与魏源之说亦有所差异。如第三篇第十八章"古人名义训诂不可拘执"云："名义训诂适于文字之用而已，为学期于应当世之事业；复古之义，非今日所能行也。能文者但斥鄙俚杜撰之字，而不为怪僻难行之论，斯亦不骇俗、不戾古矣。"③ 可见林传甲不主张以训诂复经学，更侧重强调训诂音韵对"当世事业"的致用意义。据此看来，林传甲《中国文学史》与《四库全书总目》的价值观及批评方法虽保持着一致性，但林传甲因其《中国文学史》所论述对象以"文体"与"文学史"为主，更因林传甲所处时代的大势及要求的特殊性，《中国文学史》并非完全照搬《四库全书总目》，而以是否符合时代致用需求作为连接文学史编纂与《四库全书总目》、经学小学传统乃至其他学说之间的桥梁。此正如《文心雕龙·总序》所言："及其品列成文，有同乎旧谈者，非雷同也，势自不可异也；有异乎前论者，非苟异也，理自不可同也。"④ 林传甲《中国文学史》与《四库全书总目》之同者，正是"势自不可异"；与《四库全书总目》之异

---

① 《魏源全集》（第13册），岳麓书社，2011，第194~195页。
② 《魏源全集》（第13册），岳麓书社，2011，第123页。
③ 林传甲：《中国文学史》，武林谋新室，1910，第38~39页。
④ 刘勰：《文心雕龙》，中华书局，2007，第457页。

者，则是"理自不可同者"。只是，这里的"理"约略指向文化传统，"势"则倾向于时势的致用需求。

要之，林传甲《中国文学史》承继《四库全书总目》的价值观及批评观，已体现出某种学理化的倾向。这种带有学理化追求的意识促使林传甲能较为理性地对待传统学术的批评方法与批评理念，从而能较好地予以批判式吸收。这对林传甲完善文学史的内部体系、构造价值观，乃至践行编纂目的，均起着重要的推动作用。

第三节　《四库全书总目》对20世纪初期中国文学史编纂的影响

20世纪初期的中国文学史编纂面临的最大难题在于，无任何可供借鉴的同类文学史著述；即便是黄人《中国文学史》、林传甲《中国文学史》均曾参考过日本人所撰的《中国文学史》著述，但他们均未曾照搬日本的同类著述。也就是说，20世纪初期的中国文学史编纂，缺乏可供参考的范式模型与书写标杆。如何有效地切入对中国历代文学发展的书写，同时寻求可供参考的评价体系与方法，借助于传统目录学以"辨章学术，考镜源流"，以便把握中国文学发展之大势，就成为彼时中国文学史编纂者的最佳选择。而作为传统学术批评集大成之《四库全书总目》所体现出来的学术思想、成就，乃至《四库全书总目》的影响力，均表明《四库全书总目》足以胜任书写中国文学发展史的主体需求与批评架构。在这种内驱力的推动下，彼时中国文学史编纂者借助《四库全书总目》以建立文学史编纂的范式，或以"文体"为论述对象及重点，或据以时代分期而依诗文为主要论述对象，[①] 其所欲确立的范式尽管不尽相同，却深深反映出彼时中国文学史编纂者借助《四库全书总目》以寻求文学史编纂模型的努力过程。因此，《四库全书总目》对确立中国文学史编纂的批评范式具有不可估量的重要性。

而《四库全书总目》对确立20世纪中国文学史编纂范式的直接影响，主要表现在对文学史的编纂体例、批评方式等方面。《四库全书总目》若

---

① 详见本书第五章"个性旨趣与20世纪初期的中国文学史编纂"的相关论述，此处不赘。

干"凡例"所体现的批评方式,大多可以在 20 世纪初期的中国文学史编纂中得到印证。如"四部之首,各冠以总序,撮述其源流正变,以挈纲领。四十三类之首,亦各冠以小序,详述其分并改隶,以析条目。如其义有未尽,例有未该,则或于子目之末,或于本条之下,附注案语,以明通变之由"。① 此种编纂体例及批评方法被林传甲《中国文学史》、黄人《中国文学史》、窦警凡《历朝文学史》,乃至陈曾则所编《京师优级师范国文讲义》②、张之纯所编《师范学校新教科书中国文学史》③、谢无量所编《中国大文学史》④ 等 1910 年以降编纂的各类中国文学史著述所吸纳,成为这些中国文学史撰写体例的绝对主导。又,"凡例"著书重视著者"爵里":"每书先列作者之爵里,以论世知人;次考本书之得失,权众说之异同,以及文字增删,篇帙分合,皆详为订辨",又说"一人而著数书,分见于各部中者,其爵里惟见于第一部,后但云某人有某书,已著录,以省重复"。⑤ 此类表述方式亦被上文列举的诸多中国文学史著述所接受,乃至仍被现今中国文学史编纂者奉为圭臬。至于《四库全书总目》"辨章学术,考镜源流"的诸多批评范式,亦大多被吸纳为文学史的批评方法。此类例子不胜枚举,读者稍加检阅这些文学史著述,便可知晓。《四库全书总目》强调辨章学术与考镜源流,以"求归至当"为最终归宿,善于总结论述对象的长短之处。而这恰恰是学术追求的佳境,编纂者亦以此为各自的中国文学史的编纂归宿。因此,基于学术体系内部的自律准则,中国文学史编纂者吸纳《四库全书总目》编纂体例与批评方式的做法,实属学术衍变过程中的必然。

不过,据前所述,《四库全书总目》对 20 世纪初期中国文学史编纂的影响,更多体现于精神层次的价值、思想、范式及观念的承继。最明显的证据莫过于,治中国文学史者编纂时所表露的文学史观的混杂与反复。一方面,治中国文学史者吸纳了日本,乃至西方所著《中国文学史》的同类著述,从而在一定程度上吸收了"纯文学"理论视域下的某些外来文学史

---

① 永瑢等:《四库全书总目》,中华书局,1965,第 18 页。
② 陈曾则编《京师优级师范国文讲义》,商务印书馆,1911。
③ 张之纯编《师范学校新教科书中国文学史》,商务印书馆,1915。
④ 谢无量编《中国大文学史》,中华书局,1918。
⑤ 永瑢等:《四库全书总目》,中华书局,1965,第 17~18 页。

观及其文体形式（比如林传甲《中国文学史》就广泛使用"文体"一词）。另一方面，由于20世纪初期治中国文学史者受到各自特殊的人生经历与共有的时代环境所限，他们无法突破传统学术思想及其价值观的束缚，依旧奉之为圭臬，传统的杂文学观依旧是彼时文学史编纂的绝对主导①。这些因素的杂糅，导致20世纪初期的中国文学史出现混杂而艰涩的文学史观。治中国文学史者在吸纳新的文学史价值评价标准的同时，又广泛吸纳以《四库全书总目》为代表的传统文学史观来改良外来的新文学史观。其直接证据，就是此时的中国文学史编纂均强调"小学"内容对文学史编纂与教育致用的重要性，将"说文学""音韵学""周秦传记杂史周秦诸子""群经文体""各种纪事本末"②等传统学术编入文学史中，从而影响彼时的文学史编纂观、认识论及方法论。而彼时治中国文学史者对传统学术的重视，在一定程度上与对《四库全书总目》的思想导向、学术评价体系及其价值观的吸纳是分不开的。《四库全书总目》所强调的价值观及其所涉及的文化传统，是导致20世纪初期的中国文学史编纂出现价值模糊、观念混杂的深层次原因。

　　从学术衍变的一般规律看，学术思想及价值标准的转变并非一蹴而就，而是循序渐进地演变；尤其是，价值标准的交替周期更显漫长，存在"变"与"不变"的争夺与反复并存的各类阶段。就20世纪初期所处的时代思想及其背景看，彼时学术衍变正好处在"变"之阶段的前期，而后出现的"学衡派""国故派"与"革命派"争斗杂糅的情形，表明20世纪初期的学术衍变并非一帆风顺；"变"与"不变"，一直在反复交替。更进一步讲，19世纪末20世纪初中国历史发生的一连串事件，如"百日维新""洋务运动""戊戌变法"，表明这时期的"变革"思想甚于"革命"意识；即使是李鸿章等反对变法的人，亦强调变革对于维系清廷统治、安抚细民的重要性。而这些主导中国社会进程的重要人物，亦是彼时社会思想变化的主要推动者，他们更是对以《四库全书总目》为代表的传统价值观及其学术标准，推崇备至。据此可知，他们所强调的循序渐进的变革意

---

① 温庆新：《黄人〈中国文学史〉与〈京师大学堂章程〉、〈高等学堂章程〉之关系发微》，《中国现代文学研究丛刊》2011年第4期，第139~149页。
② 温庆新：《20世纪初期文学史编撰的几个问题漫议》，《中国学论丛（韩国）》2010年第28辑，第137~172页。

识,当会左右彼时学术衍变的进程。这就必然促使他们对传统精神的回归,进而强化传统思想文化可适应彼时时代发展需要的精髓部分。而作为传统学术的典范者及其广泛的影响力看,《四库全书总目》不失为适合近代时势衍变需求的一种上乘选择。可见,彼时治中国文学史者对《四库全书总目》之精神层面的承继,既显得顺理成章,又是适应时代需要的必然举措。要之,《四库全书总目》对20世纪初期的中国文学史编纂的影响,更多地体现于传统思想、文化理念及价值观等精髓部分的精神延续(即内在层次)。

综上所述,20世纪初的中国文学史编纂对以《四库全书总目》为代表的思想传统及学术传统的承继,大概属有意为之的承继,甚或带有潜意识状态下的明确举动。从学界后来的中国文学史编纂情形反观20世纪初期的中国文学史编纂,亦可见对《四库全书总目》的吸纳、扬弃,实在是治文学史者所避不开的话题。治文学史的"变"与"不变",亦可据此加以进行明显的区分。统而言之,20世纪的中国文学史编纂,其所"变"者,不外乎是文学史框架、文学理论的异样认识,甚至史论关系的多种意见;所"不变"者,除了作家生平、时代背景、创作环境,更多体现于文学发展的社会状况、内部规律、文学作品的发生及存在形态的固定性上。因此,即使我们对具体文学作品,乃至文学发展整体状况的认识含有多视角,但这种多元视角亦无法否定上述所言内容带有固定性、形态性的客观存在事实。《四库全书总目》所体现出来的批评范式、体例、思想价值观,等等,毕竟大致反映出传统学术(包括文学)发展的总体状况,这也是种客观存在。20世纪初期的中国文学史编纂者注意到此中情由,并大致承继此类传统。而后来的治中国文学史者,虽受多种价值形态及文艺理论思想的影响,但亦大致恪守此类传统;这些中国文学史著述或于批评方式,或于价值观念,或二者兼及地承继着。甚至,20世纪30年代至20世纪60年代编纂的诸多中国文学史著述,干脆直录《四库全书总目》的原文,以此作为该文学史评价的重要参考或主导依据。由此可知,《四库全书总目》对中国文学史构建体系与书写范式的重要性,循此思路,不失为深入、全面把握20世纪初期中国文学史编纂情形的重要途径之一。

第三章
"外来经验"、古典目录学的杂糅与 20世纪初期的中国文学史编纂

20世纪初期的中国文学史编纂在承继以古典目录学为代表的传统学术资源的同时,不可避免要受彼时中西交流等其他时势背景的影响。"中国文学史"作为一种舶来品,决定其在编纂过程中必然存在西方或日本的"外来经验"。这种"外来经验"不仅仅促使中国文学史编纂者征引外来的同类著述,如黄人《中国文学史》大量参考了日本太田善男《文学概论》等著述,林传甲《中国文学史》自言曾借鉴过笹川种郎《历朝文学史》、远藤隆吉《中国哲学史》等著述。而且"外来经验"对20世纪初期中国文学史编纂者在对中国文学演进的具体认识、评判标准乃至框架设计上,亦有着深远影响。如黄人《中国文学史》不仅借用西方史学的"章节体"模式以组织中国文学史的框架体例与分期建构,同时借用近代西方科学思潮编纂中国文学史从而带来诸多新的思维模式、认识论及方法论。[1] 可以说,20世纪初期的中国文学史编纂大多隐含着某种程度的比较视野,这对彼时的中国文学史编纂产生过深远的影响。因此,从编纂的比较视野切入,探讨"外来经验"对20世纪初期中国文学史编纂的影响,并进一步分析"外来经验"与古典目录学是如何消融的,这种消融对中国文学史编纂所带来的影响,将颇显迫切。此类分析有助于客观认识20世纪时期的中国文学史在编纂过程中如何进行中、西学术的选择等问题。兹以林传甲

---

[1] 详见温庆新《近代科学思潮与黄人〈中国文学史〉之编撰》[《中国语文学论集(韩国)》2011年第67号]、《有关黄人〈中国文学史〉的编撰体例与分期问题——兼论以章节体修撰文学史之利弊》[《中国学论丛(韩国)》2010年第27辑]等文的相关论述。

《中国文学史》、来裕恂《中国文学史稿》为中心，尝试展开相关探讨。

第一节 "外来经验"、古典目录学与林传甲《中国文学史》之编纂

学界对林传甲《中国文学史》的研究，不乏宏文巨著，所言亦颇有可观之处，足俾学林征引。奈何此类著述多半受"20世纪文学史反思热"所设定的"现代性""纯文学"、教材与专著等思想体系或论述模式的禁锢，对林传甲《中国文学史》往往鄙薄相待。相关研究著述所论罕有全面者，亦有以偏概全之嫌。对林传甲《中国文学史》其他客观存之论述，往往颇显苍白。检视林传甲《中国文学史》，不仅大量承继传统文化，如多次征引《四库全书总目》，以此作为编纂中国文学史的指导思想；同时，亦多方征引诸如日本笹川种郎《中国文学史》、远藤隆吉《中国哲学史》等西学之典，以备参考。这使得林传甲《中国文学史》具有一定的比较视野。而学界对林传甲《中国文学史》如何承继传统文化与借鉴"外来经验"，并如何将二者有机融合以构成中国文学史的书写主导等问题，亦罕有述及者。

一 比较视域下的"外来经验"与林传甲《中国文学史》的编纂

林传甲提出过"彼西竺之慈悲，基督之赎罪，曾何损于儒者之求仁改过乎"①的观点，似有平等对待中西文化之姿态，主张吸收利于"开民智"、兴教育的成分以充实中国文学史的编纂。虽然曾有学者将林传甲《中国文学史》与笹川种郎的《中国文学史》相比较，但这种比较大多以鄙薄待之而收场②。少有学者着力去分析产生此现象的缘由，更别说讨论西学知识等"外来经验"在林传甲《中国文学史》中的书写及如何影响林

---

① 林传甲：《中国文学史》，武林谋新室，1910，第107~108页。
② 如夏晓红《作为教科书的文学史——读林传甲〈中国文学史〉》云："在撰述中，林传甲的《中国文学史》自然也吸收了笹川的某些具体论点。不过，它与蓝本之间，仍存在着很大差异。这不仅表现在章目的安排上，《'支那'文学史》全部以朝代为序，对各段文学史及代表作家的论述更充分，历史面目更鲜明；而且更重要的是，笹川的文学观念显然比林氏先进，笹川已摆脱了以文学为经学附庸的传统格局"，又说林传甲对此"很不以为然"，林传甲"由于固守旧文学观，将小说、戏曲、曲艺作品摒除在外，使得（转下页注）

传甲编纂中国文学史等问题。

检视林传甲《中国文学史》，其所征引的各种西学著作，亦不在少数。见表3-1（不完全统计）。

表3-1　林传甲《中国文学史》援引西学著作之情况

篇次＼援引著作	援引内容
笹川种郎《中国文学史》 导言按语 第九篇第七章 第九篇第十一章	"传甲斯编将仿日本笹川种郎《中国文学史》之意以成书焉"； "（案）笹川《文学史》以庄子与孟子并称"；（不同意见） "（案）日本笹川种郎称：《韩非子》之文，波浪万重，曲折顿挫，百态千状；又言五十五篇中，忠孝、人主、饰令等篇文气稍弱，异于《韩非子》之文"；
第十四篇第十六章	"元之文格日卑，不足比隆唐宋者，更有故焉。讲学者即通用语录文体，而民间无学不识者，更演为说部文体，变乱陈寿《三国志》，几与正史相溷。依托元稹《会真记》，遂成淫亵之词。日本笹川氏撰《中国文学史》，以中国曾经禁毁之淫书，悉数录之，不知杂剧、院本、传奇之作，不足比于古之《虞初》，若载于风俗史犹可。笹川载于《中国文学史》，彼亦自乱其例耳。况其胪列小说、戏曲，滥及明之汤若士、近世之金圣叹，可见其识见污下。与中国下等社会无异"（不同意见）
早稻田大学版《中国文学史》 目次	"按，日本早稻田大学讲义尚有《中国文学史》一帙"
《各国文学史》 第四篇第十八章 第十六篇第十二章	"日本明治维新，说者谓其黜汉学而醉欧化。今读其战争文学，见彼陆海师团，走卒下士，所为诗歌，或奇崛如李，或雄健如杜。中国词章之士，苟读之而愧奋，中国庶几中兴乎。传甲此编，近法笹川古田中根之例。然其源亦出欧美，日本《帝国丛书》尚有英独佛各国文学史，皆彼中词章之学也，传甲欲译而未能，愿俟之来哲，俾言治化者知词章之不可废也"； "各国文学史皆录诗人名作，讲义限于体裁，此篇惟举其著者述之，以见诗文分合之渐"

（接上页注②）他的文学史成为有缺项的不完整之作。对于古代治化之文的推崇与对于后世词章之文的贬抑，透视出的仍是儒家经典的影响。"（载《旧年人物》，中国广播电视出版社，1997，第175页。）鄙薄之意颇浓，更未曾探究产生此现象的个中缘由。林传甲《中国文学史》第四篇辟专节"论治化词章并行不悖"云："俾言治化者知词章之不可废也"，已申明林传甲对词章之文的重视，而夏晓红所言"对于后世词章之文的贬抑"，系不曾细读林传甲《中国文学史》所言而致。

第三章 "外来经验"、古典目录学的杂糅与 20 世纪初期的中国文学史编纂　◀　101

续表

篇次＼援引著作	援引内容
日本远藤隆吉《中国哲学史》 第九篇第六章	"日本远藤隆吉《中国哲学史》，谓《老子》为纯正哲学、实践哲学，推崇甚至"；
第九篇第十二章	"日本远藤隆吉《中国哲学史》，亦列公孙龙于思索派之诡辩家"；
第九篇第十四章	"日本远藤隆吉《中国哲学史》，谓《鹖冠子》为折衷派"
日本小宫山绥介之讲义著述 第九篇第二章	"（案）《孙子十家注》最通行，日本人小宫山绥介著《孙子讲义》，推为空前绝后之作焉"；
第九篇第三章 第九篇第六章	"日本小宫山绥介谓，《吴子兵书》为筹策者所宜研究"； "老子李耳，作《道德》五千言，文体高洁，自成一家，固中国哲学之元祖。日本小宫山绥介讲义如此"
日本大田才次郎《庄子讲义》 第九篇第七章	"（案）日本大田才次郎著《庄子讲义》，多取西仲之说译以和文，博文馆有刊本"
日本斋藤拙之著述 第六篇第三章	"中国旧以起承转合，为篇章之定法。日本斋藤拙堂言汉文，以起承铺叙过结为篇章之定法。然初学不可无法，能文者不必泥其法也。篇章之分，古今不同。古之章，今之篇也。今以短者为章，长者为篇"；
第六篇第十八章	"日本拙堂之言曰，叙事如造明堂辟雍，门阶户席，一楹一牖，不可妄为移易；议论则如空中楼阁，自出新意。但拙斋谓宜先学论事文为便，鄙意则以为习纪事为便，而治事文尤为切用。敢质之海内外教育家，以为何如"（不同意见）
《日本风俗史》 第十四篇第十六章	"（案）坂本健一有《日本风俗史》，余亦欲萃《中国风俗史》别为一史"
日本《汉文典》 第五篇第六章 第五篇第七章	"本日本《汉文典》之后置词，言置于名词、代名词之后也"； "《马氏文通》所谓承接连字，日本《汉文典》所谓接续副词也"；
第五篇第十二章	"虚字用于形容词之尾者，《马氏文通》归之状字一类；日本《汉文典》则归之于副词一类"；
第七篇第十三章	"然朱子《仪礼经传通解》'士冠礼'第一节后题曰右筮日，第二节后题曰右戒宾，此虽与宋元人评古文法略同，然读书之条理必如是，不可废也。日本《汉文典》所谓解剖观察法如是"

续表

援引著作 篇次	援引内容
《续汉文典》 第五篇第六章 第六篇第三章	"日本人《续汉文典》分别主题语、说明语。如'人之初','人'为主题语,'之初'则说明语也。说明即达意也"; "日本人《续汉文典》言章法有虚实、有反正、有宾主、有抑扬、有擒纵、有起伏、有开合、有详略、有双扇、有缓急、有层叠,其余则宋元以后所立名目,有未尽大雅者"
武导(岛)又次郎《修辞学》 第五篇按语	"(案)日本文学士武岛又次郎所著《修辞学》,较《文典》更有进者。今略用《文典》意,但以修词达意之字法、句法著于此篇。又以章法、篇法著于下篇(新案,即第六篇'古经言有物言有序言有章为作文之法'),其详则别见《文典》"
赫德《辨学启蒙》 第五篇第四章 第五篇第八章 第十六篇第十八章	"然旧时童蒙审酌虚实,犹赖有对偶之法也。今特编定《文典》,为之程式,力求浅显,庶几嘉惠初学焉。西人亦有作对联法,见《辨学启蒙》四章第二十节"; "(案)西人以句中之读为界语,见《辨学启蒙》"; "传甲窃谓泰西文法,亦不能不用对偶,见赫德《辨学启蒙》。中国骈文,亦必终古不能废也"
《天算源流考》《化学源流考》 第十三篇第十一章	"西国文学史之外有科学史,近译西国《天算源流考》《化学源流考》皆是也。中国作史之才,苟充其诗话之量,作科学史,不亦善乎"
赫胥黎之《天演论》 第八篇第八章	"《中庸》所谓草木生之,禽兽居之,详言物产,固地志之公例也。古有今无之物甚繁,不足异也。读赫胥黎之《天演论》,知动、植消耗之故矣"

案,林传甲《中国文学史》援引西学书籍的篇目,主要集中于第五篇、第九篇,而这些篇目恰恰是林传甲《中国文学史》征引《四库全书总目》次数较少的篇目。况且,林传甲《中国文学史》第四篇为"古以治化为文今以词章为文关于世运之升降"、第五篇为"修辞立诚辞达而已二语为文章之本"、第六篇为"古经言有物言有序言有章为作文之法",言说文章之法与文章之用,紧扣编纂中国文学史的意图。尤其是,这些篇目借用外来的文章学、修辞学以诠释传统作文之法,将中、西之法融合,确实含有一定程度的比较思想。林传甲自言:"传甲此编,近法笹川古田中根之

例。然其源亦出欧美",可资佐证林传甲编纂中国文学史之时,确实含有清晰的比较思想。林传甲《中国文学史》第一篇第三章"论书契开物成务之益",云:

> 辽、金、元三朝太祖皆创国书以致勃兴,英、法、德、俄因拉丁以为国书,且以识字人数逐年比较,以征民智之开塞、科学之盛衰。吾愿黄帝神明之胄,宜于文学、科学加勉矣。①

此文不仅注意东西方教育的比较,且此类比较视野进行的前提是"开民智"的致用意图。因此,"修辞当知颠倒成文法"明言"文学者,开通民智者也"②,此意即言林传甲认为编纂中国文学史当服务于"开通民智"。既然如此,对林传甲采取何措施以有效地践行此中意图、如何对中西结合的践行路径与思想价值给予合理安排,这些问题均当予以详细考虑。

检视林传甲《中国文学史》所征引的西学书目,既有笹川种郎《中国文学史》《各国文学史》等同类著述,又有《汉文典》《中国哲学史》《修辞学》《庄子讲义》等与此相关的文类著述(可参见上文统计简表)。本着利于教育考虑而参考西方教育之法及相关著述,林传甲《中国文学史》又引《辨学启蒙》《天演论》《天算源流考》《化学源流考》等自然科学类著述。同时,林传甲《中国文学史》又关注彼时国内所编的教辅之作与译作情形。例如,第五篇第一章"孔门教小子应对之法"云:"近日沪上新编国文教科书,名词皆有图。"③ 又,第十三篇第十一章"钟嵘诗品并诗话之文体"云:"西国文学史之外,有科学史。近译西国《天算源流考》《化学源流考》皆是也。"④ 据此可知,林传甲对西方科学史著述当亦有所涉猎,以备征引。林传甲《中国文学史》所引书目之多、范围之广,与黄人《中国文学史》受"西学"影响的情况相侔。可见,这两部文学史颇具时代典型性,可大致说明20世纪初期的中国文学史编纂除了固守固有之学及其传统外,亦广泛吸收"西学"以顺应时代潮流。此意或当引起学界重

---

① 林传甲:《中国文学史》,武林谋新室,1910,第3页。
② 林传甲:《中国文学史》,武林谋新室,1910,第63页。
③ 林传甲:《中国文学史》,武林谋新室,1910,第52页。
④ 林传甲:《中国文学史》,武林谋新室,1910,第163页。

视。因为这不仅可借以讨论林传甲《中国文学史》的某些编纂方法，亦可借机讨论林传甲《中国文学史》之文学价值观的塑构。第一篇第四章"论五帝三王之世古文之变迁"中，论述古文"由渐而增"等情况后，云：

> 英和字典每年皆有新增之字，即孳乳浸多也，西域字母之说即本诸此。①

又，第五篇第七章"虚字承转实字达意法"云：

> 《马氏文通》所谓承接连字，日本《汉文典》所谓接续副词也。②

第五篇第十二章"虚字用于形容词法"亦云：

> 虚字用于形容词之尾者，《马氏文通》归之状字一类；日本《汉文典》则归之于副词一类。③

以上诸多实例，表明林传甲《中国文学史》注重将中国文字、文学的发展情形与西方进行类比，根植于时代及学术变迁的大势。但林传甲所类比的重心，则以关注且深究固有之学等相关情形为主。如第六篇第一章"高宗纯皇帝之圣训"云：

> 传甲谨按，周孔为儒教之元圣，至圣万世师表，不但汉、唐、宋之贤君皆尊周孔，即辽、金、元入中国后无不尊周孔焉。日本自王仁献《论语》后，千余年传习弗衰，明治诏书亦尝征引周孔，盖圣泽之及人深矣。④

又如，第二篇第十三章"双声"云：

---

① 林传甲：《中国文学史》，武林谋新室，1910，第4页。
② 林传甲：《中国文学史》，武林谋新室，1910，第57页。
③ 林传甲：《中国文学史》，武林谋新室，1910，第60~61页。
④ 林传甲：《中国文学史》，武林谋新室，1910，第66页。

中国以双声取反切,西域以字母统双声,其理一也。①

同时,林传甲《中国文学史》论述深奥之义时,往往联系彼时西学的相类似情形,追求学术的通俗性,以令学子不仅能熟练掌握中国文学发展的各种要义,亦可了解彼时学界的动态。如第二篇第十五章"三合音"论及三合音之难易,云:"又按合音即西文之并法,无他巧也。"② 又,第六篇第六章"初学章法宜立柱分应"云:"西人李佳白论英法异同、奥意异同,皆句句比较,无处空疏。论事者可法之。"③ 据此可知,林传甲对西方语言文字颇有深究。又如,第三篇第四章"尔雅兼收周秦诸子之名义训诂"云:"释地云:东方有比目鱼焉不比不行,其名谓之鲽。日本作ヵレヨ,头小口尖,鳞细尾无歧,有黑白数种,又有名鲽星鲽。"④ 同时,对于语言文字之于启迪人心、开民智的重要性,林传甲《中国文学史》第一篇"古文籀文小篆八分草书隶书北朝书唐以后正书之变迁"、第二篇"古今音韵之变迁"、第三篇"古今名义训诂之变迁"的相关章目,已有详论。这种情形与晚清学界以语言文字为媒介以维系并传衍民族文化的大势,有直接关系。因此,林传甲在熟稔中国语言文字的同时,当会关注且研究外来的语言文字,以维系上述目的(当然,其直接目的则是教育致用)。在这种意识的支配下,林传甲注意学习西方语言文字的同时,定会关注西人学习中国语言文字的情形。第二篇第八章"集韵"在论述集韵的繁博后,云:"英人习中国语言文字,亦有汉音韵府,卷幅浩繁",⑤ 即是明证。因为这种举动一方面与林传甲的思想中仍含有少许"天朝至尊"的心态有关(详见上文),另一方面则是林传甲欲以教育致用启政治致用,进而达民族中兴等意图有关。可见,林传甲《中国文学史》所反映出来的诸多现象,表明林传甲并非单纯关注"西学东渐",亦注意"东学西渐"的相关情形。这对林传甲进一步认识"西学"价值、践行"致用"的意图,均起着促进作用。由此可见,林传甲的思想价值观并非如某些学者所言的那般顽固,

---

① 林传甲:《中国文学史》,武林谋新室,1910,第 21 页。
② 林传甲:《中国文学史》,武林谋新室,1910,第 23 页。
③ 林传甲:《中国文学史》,武林谋新室,1910,第 69 页。
④ 林传甲:《中国文学史》,武林谋新室,1910,第 28 页。
⑤ 林传甲:《中国文学史》,武林谋新室,1910,第 18 页。

其《中国文学史》所体现的编纂思想亦非如某些学者所论的那般保守。只是这种保守状态,其实是林传甲对固有之学的深切体认而发自内心服膺之的外化表现。从某种意义讲,林传甲亦是中西融通之人,《中国文学史》所体现的思想及编纂实践,足以证明之。

而第四篇第一章"皇古治化无征不信",云:"西人教会创世纪亦大为哲学家、格致家所驳诘矣。地质家以外,无考古之真实学术也。"① 这说明林传甲的学识并非局限于"文学门",亦非局限于"文学门"之外的人文社会科学学识,对彼时自然科学亦有所涉猎。对西方哲学史、科学史乃至宗教思想的关注,促使林传甲《中国文学史》在组织过程中多所注意各种学术思想之间的联系。如第四篇第九章"荀子治化之文"云:"西文各科学,每以突过前人为功,中国算学亦宋人有胜于汉人之处。今日算学,更胜于宋、元诸钜子矣。孔子曰:'当仁不让于师',敢望之学者!"② 又,第八篇第八章"山海经与禹贡文体异同",云:"《中庸》所谓草木生之,禽兽居之,详言物产,固地志之公例也。古有今无之物甚繁,不足异也。读赫胥黎之《天演论》,知动、植消耗之故矣。"③ 又,第十二篇第十二章"张衡天象赋两京赋文体之鸿博"云:"日本多地动,因祀张衡。近人有谓平子地动仪即西人地动日静之说者,则附会矣。地球绕日,中国旧所谓地有四游是也。"④ 第十三篇第十一章"钟嵘诗品并诗话之文体"亦云:"西国文学史之外有科学史,近译西国《天算源流考》《化学源流考》皆是也。"等等。可以说,林传甲能够将中国文学变迁的情形与西学的天算、地学、植物学,相较而观;更甚者,第八篇"周秦传记杂史文体"列"神农本草创植物教科书文体""黄帝素问灵枢创生理学全体学文体",第九篇"周秦诸子文体"列"老子创哲学家卫生家之文体"等章,直以西学诸学科来诠解中国旧有的史部与子部诸典。若是林传甲对西学诸科的认识不够深入,此举则难加以合理解释。不过,此例足以证明林传甲在"西学"为"体"与为"用"的问题上,最终偏向了"中体西用"。

虽然林传甲《中国文学史》部分认可了"西学",对其中的诸多观念及

---

① 林传甲:《中国文学史》,武林谋新室,1910,第40页。
② 林传甲:《中国文学史》,武林谋新室,1910,第45页。
③ 林传甲:《中国文学史》,武林谋新室,1910,第97页。
④ 林传甲:《中国文学史》,武林谋新室,1910,第151页。

方法亦予以多方吸收，但它对"西学"价值观的接受情形，除上文所引"彼西竺之慈悲，基督之赎罪，曾何损于儒者之求仁改过乎"曾明言中西各种思想学说、宗教派别可并存睦处之外，再无明示之处。对此，我们仅可略加推测林传甲编纂《中国文学史》时，实已意识到"外来经验"中的价值观与传统价值观之间的冲突情形，且林传甲主张以平等对待并予以调和。不过，林传甲《中国文学史》对西方价值观的吸收，并不像黄人《中国文学史》那般强烈。上述西学诸多价值观念对林传甲《中国文学史》编纂思想的渗透，亦不甚明朗。就此而言，林传甲对"西学"则更多属于批判式吸收，有所选择，谨慎为之。比如，第十四篇第十六章"元人文体为词曲说部所紊"，云：

> 元之文格日卑，不足比隆唐宋者，更有故焉。讲学者即通用语录文体，而民间无学不识者，更演为说部文体，变乱陈寿《三国志》，几与正史相溷。依托元稹《会真记》，遂成淫亵之词。日本笹川氏撰《中国文学史》，以中国曾经禁毁之淫书，悉数录之，不知杂剧、院本、传奇之作，不足比于古之《虞初》，若载于风俗史犹可。笹川载于《中国文学史》，彼亦自乱其例耳。况其胪列小说、戏曲，滥及明之汤若士、近世之金圣叹，可见其识见污下。与中国下等社会无异。而近日无识文人，乃译新小说以诲淫盗，有王者起，必将戮其人而火其书乎？不究科学而究科学小说，果能裨益名智乎？是犹买椟而还珠耳。吾不敢以风气所趋，随声附和矣！①

据此，林传甲所批判之由，则是笹川种郎《中国文学史》将小说、戏曲等有碍风化的"下等社会"作品编入中国文学史中。更甚者，林传甲《中国文学史》对西学的异见，敢于加以质疑。如第六篇第十八章"论事文之篇法"云：

> 论事之文，于科学为近。东人于奏疏亦归之此类，不归之治事类为协也。日本拙堂之言曰，叙事如造明堂辟雍，门阶户席，一楹一牖，不可妄为移易；议论则如空中楼阁，自出新意。但拙斋谓宜先学

---

① 林传甲：《中国文学史》，武林谋新室，1910，第 181~182 页。

论事文为便，鄙意则以为习纪事为便，而治事文尤为切用。敢质之海内外教育家，以为何如。①

在林传甲看来，上述情形不仅无助文章"治化"功用的实现，更无法达到"开民智"的教育目的，故而加以鄙薄。案，日本法学博士高桥作卫在《与北京大学堂总教习吴君论清国教育书》（1903）中，曾提出"宜以孔道为学生修德之基"等五条建议，其中有"宜禁读稗官小说谈豪侠事迹"条，云："豪杰任侠之谈，破世道人心甚大"，又说"豪侠之谈贻误青年，其迹极明"，而"贵邦振兴教政，宜严禁学生谈豪杰之谈"。② 高桥作卫之说实则代表晚清学制变革者的意见：稗官小说有碍人心，不利"修德"。而林传甲多所鄙薄，与其说是林传甲文学观念的混乱，不如说是林传甲严格依彼时的学制变革思想以编纂《中国文学史》的体现。只是林传甲摒弃小说、戏曲等通俗作品，与黄人《中国文学史》单列专节讨论小说、戏曲等通俗文学的做法相异；究其缘由，系二者立足点不同。黄人的经历及其所受教育，乃至编纂《中国文学史》的职责与目的要求，与林传甲并不尽同；黄人更是与晚清四大小说报刊之一的《小说林》存在很大关系，据其所撰《小说林发刊词》，可知黄人的文学观念要比林传甲来得"西化"，亦更为彻底。③ 这两部文学史编纂背景、目的及指导思想相异等情形，表明20世纪初期的中国文学史编纂情形颇为复杂，敦促我们当予以具体分析。因此，我们对林传甲将小说、戏曲排除于文学史视域外的做法，不应过多鄙薄。而指明林传甲《中国文学史》的指导思想及其编纂方法与"外来经验"之间的互动，并依彼时时代变迁之大势予以持论，或许更能贴近林传甲《中国文学史》的精髓之处。

二 教育致用与政治致用：《四库全书总目》与"外来经验"的消融

上述实证，表明林传甲《中国文学史》仍存有一定程度的"西学"学

---

① 林传甲：《中国文学史》，武林谋新室，1910，第77页。
② 璩鑫圭、唐良炎编《中国近代教育史料汇编·学制演变》，上海教育出版社，1991，第194~195页。
③ 温庆新：《黄人与〈小说林〉之关系釐正》，《内江师范学院学报》2010年第5期，第1~5页。

识，这种学识对林传甲编纂《中国文学史》所产生的影响，亦显而可见。这就涉及林传甲《中国文学史》之"外来经验"与传统文化（这里主要以《四库全书总目》为探讨对象）之间的消融问题。如若依学界先前的研究思路与批评思想，则林传甲《中国文学史》既非具有"现代意义"的纯文学史，亦非纯粹意义的传统学术著述，颇给人不伦不类之叹。学界虽已注意到林传甲《中国文学史》属于教科书性质，却仍无法转变"以今夺古"的批评态势，尚难公正予之。江绍铨于光绪甲辰序林传甲《中国文学史》，云："林子所为非专家书而教科书，故将诏之后进、颁之学官，以备海内言教育者讨论"①，实已深言林传甲《中国文学史》的性质及其编纂根由在于"教育"，颇有见地。作为以"教科书"存在的林传甲《中国文学史》，何以要具备"专家书"的特性呢（学界先前实以"专家书"鄙薄之）？可见，以编纂"教科书"的指导思想、编纂方式乃至目的意图等诸多因素反观林传甲《中国文学史》之种种，以探讨林传甲《中国文学史》中"外来经验"与传统文化的消融，或可掷地有声。

其实，林传甲《中国文学史》对《四库全书总目》价值观念的承继，主要是基于"经世致用"而生发的。在林传甲《中国文学史》征引《四库全书总目》的相关章节中，第十一篇第十七章"编年文体温公通鉴似左氏朱子纲目似公穀"云：

> 温公竭十九年之力，正史之外，采杂史二百二十二种。其残稿在洛阳者盈两屋。非掇识删并者所能为也。同馆刘攽、刘恕、范祖禹皆通儒硕学，非空谈心性者，故网罗宏富，体大思精。上起战国，下终五代，凡名物、训诂、典章、制度、象纬、方舆，皆非夙学不能通。②

此类言论就是重视温柔敦厚之精神而鄙薄空谈性命之学的典型。故而，林传甲《中国文学史》主张"切于人事"以"明体致用"。第十一篇第十四章"金史文体中交聘表最善"指出"表"对于"多交涉日"的晚清，则"体诚不可少"，③ 即为典例。第九篇第一章"管子创法学通论之文

---

① 林传甲：《中国文学史》，武林谋新室，1910，第3页。
② 林传甲：《中国文学史》，武林谋新室，1910，第141~142页。
③ 林传甲：《中国文学史》，武林谋新室，1910，第139页。

体"注云:"欲以时代为次,而难于考订。惟以诸子之最有用者列于前,其无大用者列于后,而以佚文伪书为殿。"① 又,同篇第十八章"学周秦诸子之文须辨其学术"云:"窃以为学周秦诸子者,必取其合于儒者学之,不合于儒者置之,则儒家之言已备,何必旁及诸子。所以习诸子者,正以补助儒家所不及也。"② 可见,林传甲《中国文学史》所谓"致用"思想,一方面与晚清文治背景及时代要求紧密相关;另一方面则是承继符合儒家内在需求的传统文化。故而,第四篇第十七章"明人之治化词章误于帖括"云:"帖括之士,不明治化为当时之务,乃尊之为古,岂忍睹荆天棘地之中,芜秽不治,自甘为退化之野蛮乎。"③ 又,第四篇第十八章"论治化词章并行不悖"云:"窃谓治化出于礼,词章出于诗;孔子之教子也,以学诗、学礼并重焉。诗歌之作,传为文学;礼官之守,发为政事。学而后入政,固古今之通义,中外之公理也。……俾言治化者知词章之不可废也。"④ 所谓"学诗、学礼并重",以"礼"通学而达于人伦道德,即注重时代需求对"经世致用"的推进。而第六篇第二章"言有物之大义"云:"传甲言文之成章者,可分三类,皆属之以事物。一曰治事之文,二曰纪事之文,三曰论事之文。治事者治万物也,纪事者纪万物也,论事者论万物也,其不切于事物者,则空谈也。词人赋物,博士卖驴;虽有佳章,不切实用,故弗取焉。"⑤ 可见,林传甲主张为文当摒弃"空谈",以切"实用",方可经国经世。这与《四库全书总目》精髓保持一致。又,第七篇第一章"经籍为经国经世之治体"云:"群经皆治事之文也,当其时用为经国经世之法。既卓著其效,遂以为可常行而无弊也,爰著之以为经,然圣人通经达权,未尝分经义、治事为二,则经术即为治术。后世卑陋者,徒以明经拾青紫为荣,高尚者徒以键门不出皓首穷经为事,于是经籍几于无用,而激切者且欲付之烈焰矣。"⑥ 则是根植于追逐儒家礼仪人伦的内在性而承继传统文化,且略加改造以顺应时代需求的表现。

林传甲《中国文学史》致用意识的强烈,使得其在梳理历朝历代"文

---

① 林传甲:《中国文学史》,武林谋新室,1910,第104页。
② 林传甲:《中国文学史》,武林谋新室,1910,第116页。
③ 林传甲:《中国文学史》,武林谋新室,1910,第51页。
④ 林传甲:《中国文学史》,武林谋新室,1910,第51~52页。
⑤ 林传甲:《中国文学史》,武林谋新室,1910,第66页。
⑥ 林传甲:《中国文学史》,武林谋新室,1910,第78页。

体"流变脉络之时，有意识地以此类观念作为内容选材与价值批判的重要标准，最终以励民志而图国强，试图切合时代所需。如第十四篇第十四章"南宋文体宗泽岳飞陈亮文天祥谢枋得之忠愤"云："南宋君相，燕衎湖山，久无生人之气，其讲学者，复以门户相攻击，浑焉噩焉，不知中原之沦陷。吾于其举世之波靡之际，求其能挽狂澜扶正气者，得五人焉。读其文，可以起衰世之顽懦，励国民之壮志。"① 又，第十四篇第十章"宋文以欧阳修为大宗"云："今妇学久微，童蒙失于教诲，文学犹末也。不明文学，则德行亦无以自见，政事亦无以致用矣。世之教育家，其无以画荻芳型为寻常典故乎。"② 又云："我中国文学为国民教育之根本。"③ 又云："传甲斯编将仿笹川种郎《中国文学史》之意以成书焉。或课余合诸君子之力，撰《中国文典》，为练习文法之用，亦教员之义务、师范必需之课本也。"④ 可见，林传甲《中国文学史》强调致用意识的首要且直接追求则是教育致用。——以文学史求教"世之教育家"，成"教育之根本"。从某种程度上讲，林传甲《中国文学史》系据《京师大学堂章程》而编订的教材，亦当本于教育致用之图。据此可知，林传甲《中国文学史》所强调的学术致用仍须归结为教育致用，承继《四库全书总目》之精神而秉持的学理化致用追求，必然要让位于操作性强的、可融变的教育目的。而教育致用归根结底在于切合因时势扬抑所需的政治目的，亦即强调民族精神与文化传统切合时代需求的、带有文化自我改造性质的政治致用意图。

由学术致用到教育致用，再到"励壮志""开民智"之政治致用等编纂思想的转变，导致林传甲编纂《中国文学史》仅仅被作为一种践行政治致用之"体"。其所体现的学理化追求更多时候是时势使然，而非根植于学理化自身的本质特性。晚清动荡的时局及其所提出的新的时代需求，最终决定林传甲《中国文学史》不可能完全恪守传统；实用意图最终决定什么样的思想及方式可以顺应时势需求，它们就将最终被推上历史舞台。西方列强的入侵、屡屡战败的腐朽的清政府及其背后的改良措施（不论失败与否）、拳匪之乱、弥漫于近代的"西学思潮"、西方乃至日本的成功经

---

① 林传甲：《中国文学史》，武林谋新室，1910，第179~180页。
② 林传甲：《中国文学史》，武林谋新室，1910，第177页。
③ 林传甲：《中国文学史·目次》，武林谋新室，1910，第24页。
④ 林传甲：《中国文学史》，武林谋新室，1910，第1页。

验、近代有志之士努力的成效,这些因素的杂糅促使晚清的任何学说都不可能离开政治意图而以"纯学术"的状态存在。可见,近代学术的一个很大特点,即学术的多样性。这种多样性或自相矛盾,或摇摆不定,但它们存在于某种特殊的政治目的之下。近代中西学术的融合及其之间的斗争,不外乎争夺统御某种政治意图的主导权;由于人伦道德是古代文治传统的立足点及归宿点之一,因此,这种调和或争夺往往始于对彼时人伦道德规范之一面。林传甲《中国文学史》追求学术致用的直接目的就是为教育致用,以"开民智"、奋发图强。这与黄人《中国文学史》所言编纂意图:"文学史者,不仅为文学家之参考而已也,凡欲谋世界文明之进步者,不数既往,不能知将来;不求远因,不能明近果。历史之应用,其目的不外乎此。故他国之文学史,亦不过就既往之因,求其分合沿革之果,俾国民有所称述,学者有所遵守。"①二者则同中有异。这两部文学史虽然都强调"谋世界文明之进步"的重要性,亦即突出政治致用意图;但黄人《中国文学史》更强调"学者有所遵守"之学术自律的致用意图,而这恰是林传甲《中国文学史》多所忽略之处。因此,在林传甲《中国文学史》中,出现保留固有学术传统与借鉴"外来经验"并存,且与传统文化为绝对主导的局面,则说明林传甲《中国文学史》更多是属于实践意义的学理追求。《四库全书总目》与"外来经验"的消融过程,实为林传甲思索以何种文化类型作为践行其所著文学史的教育致用与政治致用之思想历程的反映。

具体而言,以《四库全书总目》为代表的传统文化,是林传甲《中国文学史》价值观、批判方法乃至编纂意图的终极追求;引入"外来经验",则是林传甲寻求符合时势需求的主动式的变革举动。虽然林传甲主张摆脱封建制的束缚,但又摆脱不了传统思想的羁绊,使得林传甲寻求"西学"成功经验的同时,又回过头来向传统文化寻求救治方子。典型之例,莫过于林传甲强调文字、音韵、训诂及"经""史"之学是明教育致用以"开民智"、维系社会人伦道德稳定的最有效途径。在这种情况下,对"外来经验"的引入不过是林传甲践行"致用"意识的多种实现途径之一罢了。它必然要从属于能践行林传甲编纂《中国文学史》终极追求的主导途径,

---

① 黄人:《中国文学史·总论·文学史之效用》,国学扶轮社,1911。

亦即吸收传统文化符合时势所需之精髓者。这种情况恰是弥漫于晚清社会的"中体"与"西体"之争的缩影。不过，两者最终并存于林传甲《中国文学史》之中，表明这种消融最终在教育致用与政治致用之实用意图中得以有效平衡开来。由此看来，林传甲《中国文学史》承继《四库全书总目》的价值观及批评方法、借用"外来经验"之种种，已将纯粹学术追求引向致用的功利目的。这种操作思想实是 20 世纪初期中国文学史编纂的共性，亦是晚清学者的普遍行为。这说明林传甲《中国文学史》的编纂思想及实际操作，实不出晚清时代之大势，事出有因。据此，对林传甲《中国文学史》编纂思想及实际操作等情形的客观揭示，有助于我们更为理性地看待林传甲《中国文学史》的产生及存在缘由，并可借此揭示 20 世纪初期的中国文学史编纂如何在彼时复杂多变的社会环境中艰难地发展。

第二节　古典目录学、"外来经验" 与来裕恂《中国文学史稿》之编纂

《中国文学史稿》系来裕恂受聘浙江海宁中学堂而编的授课讲义稿，约脱稿于 1905 年至 1909 年。检视来裕恂《中国文学史稿》可知，以《汉书·艺文志》《四库全书总目》为代表的古典目录学对此有深远的影响，成为来裕恂梳理中国文学衍变的主要依据。传统书目学提要式的编纂表达，成为来裕恂《中国文学史稿》的重要特征。尤其是，依据目录学视域对古代小说演变情形予以观照，认为古代小说的衍变与史部"传体（记）"有关等论断，这在 20 世纪初期所编纂的中国文学史著述中绝无仅有。况且来裕恂《中国文学史稿》亦存在中西交通之一面，据此亦可探讨来裕恂试图寻求传统学术的近代改良情形及其所面临的艰难时局。

一　《汉书·艺文志》与上古时期文学衍变情形的论述

由于年代失久、兵燹战乱而致上古时期典籍多所散佚，后世学者难以弄清上古时期文学衍变的情形。唯此，依历代史志官私书目所录上古之典，以了解上古时期文学的梗概，并大体勾勒上古时期文学衍变的情形，则势与理不得不然。而著录上古典籍最多者莫过于《汉书·艺文志》，故而，借此以论述上古文学之衍变，亦在常理之中。来裕恂《中国文学史

稿》第一篇第十一章"诸子以前学术之本原"论"数术类"之天文、历谱、五行、杂占、形法等分类时,说:"详见《汉书·艺文志》。今由此六术,以证古人之事,往往相合。惟《汉志》所列之书,今多不传,故其术亦无能通者。"① 就是以《汉书·艺文志》所录推论古人之事及学术详情的典型。据此,来裕恂已意识到上古时期典籍之难得及借以《汉书·艺文志》梳理上古时期文学衍变的重要性。此当为来裕恂《中国文学史稿》援引《汉书·艺文志》的主要原因,亦是意图梳理上古时期文学发展情形的必然举动②。

不过,来裕恂编纂文学史的根本目的,则是为听课的学生粗略勾勒中国历代文学衍变的梗概,其最先存在状态则是中学课堂授课讲义稿。因而,来裕恂《中国文学史稿》本属教科之书,其编纂意图为教育启智,以"焕我国华,保我国粹"(《绪言》)③,则其所编所论本不当艰深奥涩、冗长拉杂,以便中学堂的初学者易于领会。那么,如何尽可能编纂大众化的讲义稿、如何有效地进行通俗化授课,当是来裕恂《中国文学史稿》面对的首要难题(这也是以讲义稿身份存在的20世纪初期所编其他中国文学史著述的共性)。这就决定了来裕恂《中国文学史稿》的编纂不可能采取纯学术化的编纂方式,对具体问题的认识亦不可能进行深入论述。据此,即使来裕恂意识到梳理上古时期文学衍变情形的重要性,其借以《汉书·艺文志》梳理时,亦唯有蜻蜓点水。这从来裕恂《中国文学史稿》第一篇"中国文学之起源"、第二篇"诸子时代"、第三篇"汉代之文学"等相关篇章或长则千余字、短则数十字的论述规模,以及侧重介绍先秦政治、学术演变的论述情形,即可知晓。来裕恂一方面采取将政治、学术、文学、艺术等融入文学史框架中的杂文学观,以尽可能地涵盖上古政治、学术、艺术等演变情形;另一方面则以关键词的形式,三言两语地梳理一过。这

---

① 来裕恂:《中国文学史稿》,岳麓书社,2008,第21页。
② 案:来裕恂《中国文学史稿》的"文学"观念极其混杂,不仅包含"文章"之意(如讨论韵文与散文的发展),亦包含经学(第二篇第十章"孔子之六经"等)、道学佛学(如第四篇第七章"南朝之儒学及梵学"、第八章"北朝之儒学及道教佛教"等)、学术(如第一篇第十一章"诸子以前学术"等),并非西方文艺理论视域下的"纯文学"观念。大体而言,来裕恂《中国文学史稿》对上古时期的文学的探讨,除第三篇第八章"汉代之韵文"等少数篇章外,往往集中于对经、子、史等部之学术衍变的探讨。
③ 来裕恂:《中国文学史稿》,岳麓书社,2008,第3页。

种杂糅情形必然要削落来裕恂《中国文学史稿》论述的深度与广度。来裕恂于具体授课中或有所发挥引申，但从上述《中国文学史稿》所存在的具体情形看，《中国文学史稿》对中国文学演进史迹的建构及其对具体问题的论述，所采取简单化的粗陈梗概往往普遍存在，亦属不得已而为之。这完全受限于其编纂意图、授课对象之知识结构与水平的低下、文学史讲义稿的存在样式等多方因素。这就决定了来裕恂《中国文学史稿》对中国文学演变之各个时期的论述并非深谋远略、鞭辟入里。

值得注意的是，来裕恂《中国文学史稿》的编纂颇似应急式的草就。据《匏园诗集》所载《暑日，予著〈文学史〉，内子尝伴予至夜分，或达旦》一诗，作于1905年，知来裕恂《中国文学史稿》约于1905年夏天开笔①。来裕恂于光绪三十一年（1905）春受聘于海宁中学堂，故而，《中国文学史稿》为来裕恂受聘之后方才开笔。而现存《中国文学史稿》的刊本存有来裕恂所作的《绪言》，文末题署"宣统元年萧山来裕恂叙于海宁中学堂"，知来裕恂《中国文学史稿》脱稿于1909年或稍早。（按：现存刊本为誊清稿，则来裕恂《中国文学史稿》草稿或完成于稍早。）而来裕恂撰写《中国文学史稿》时，在很大程度上直接过录其所著的另一著述《汉文典》——此书约开笔于1904年夏，脱稿并刊刻于1906年前后。直接证据则是：第三篇第七章"汉代之文学·两汉之文辞"抄于《汉文典》第四卷第四篇第六章"文章典·文论·变迁·文章恢兴时代（汉）"，第四篇第四章"汉以后之文学·晋代之文学"抄于《汉文典》第三卷《汉文典·文章典·文体》，第六篇第六章"宋朝之文学·宋代之诗词"抄于《汉文典》第三卷第三篇第三章"文章典·文体·辞令·文词类·乐府·词"，第八篇第三章"明代之文学·明代之古文学"抄于《汉文典》第四卷第四篇第十二章"文章典·文论·变迁·文章兴复时代（明）"，等等。这四条例据既有韵文讨论又含古文学，概属文章学的讨论范围。不过，来裕恂《中国文学史稿》与《汉文典》相同部分的论述或有互补之意。——《中国文学史稿》以讨论学术演变为主，而对文章学之论本偏于薄弱；《汉文典》重文章学之情形，则有弥补《中国文学史稿》对文章学略谈之憾。同时，《中国文学史稿》抄录《汉文典》的情形除上述直接证据外，亦存

---

① 来裕恂：《匏园诗集》，天津古籍出版社，1996，第321页。

有因相通的思想意识以隐形转录、吸纳《汉文典》相关思想的诸多证据。①据此,来裕恂《中国文学史稿》的编纂或属于为应付课堂讲授而作的急就章。

综上所述,囿于诸多主客观条件,来裕恂《中国文学史稿》的编写势必呈简单化、通俗化之态。因而,当来裕恂欲以《汉书·艺文志》为撰写上古时期文学衍变情形时,势必无法展开详细征引,唯有简单化处理。故而,我们探讨《汉书·艺文志》与《中国文学史稿》论述上古时期文学衍变情形之关系时,在知晓来裕恂欲以《汉书·艺文志》为主导的情形下,相关讨论唯有指明《汉书·艺文志》在编纂过程中所起的作用。此类讨论的主要意义在于:同黄人、林传甲等人所撰的中国文学史一样,来裕恂《中国文学史稿》组织中国文学的发展史迹时,虽然借用了文学史的框架,其编纂的本质却不离传统的目录学思想。此举亦有助于深入见及20世纪初期中国文学史编纂在中西交融的学术背景下如何采取以传统学术为主的编纂指导与实践方式。

具体而言,来裕恂《中国文学史稿》依《汉书·艺文志》梳理文学发展的表现,主要有二:一是,直接援引《汉书·艺文志》原文以此为论述某种学术发展的主要论断。如第二篇第六章"诸子时代之文学·老孔墨演为九家"云:

> 儒家者流,盖出于司徒之官,助人君、顺阴阳、明教化也。游文于六经之中,留意于五德之际。祖述尧舜,宪章文武,宗师仲尼,其道最为高。
>
> 道家者流,盖出于史官。清虚以自守,卑弱以自持。此君人南面之术,合于尧之克让,《易》之谦谦,是其所长也。
>
> 阴阳家者流,盖出于羲和之官。敬顺昊天,敬授民时,此其所长也。
>
> 法家者流,盖出于理官。信赏必罚,以辅礼制,《易》曰"先王以明罚饬法",此其所长也。

---

① 温庆新:《传统目录学与来裕恂〈中国文学史稿〉之编纂》,《中国文学研究》2017年第3期,第93~98页。

名家者流，盖出于礼官。古者名位不同，礼亦异数。孔子曰"必也正乎名，名不正则言不顺，则事不成"，此其所长也。

墨家者流，盖出于清庙之守。茅屋采椽，是以贵俭；养三老五更，是以兼爱；选士大射，是以尚贤；宗祀严父，是以明鬼，此其所长也。

纵横家者流，盖出于行人之官。孔子曰"使于四方，不辱君命"，又曰"诵诗三百，不能专对"，又曰"使乎使乎"，言其当权受制，宜受命而不受辞，此其所长也。

杂家者流，盖出于议官，兼儒、墨，合名、法，知国体之有此，见王制无不贯之，此其所长也。

农家者流，盖出于农稷之官。播五谷，劝耕桑，以足衣食，故"八政"一曰食、二曰货，此其所长也。[①]

上引诸文即钞自《汉书·艺文志·诸子略》有关儒、道、阴阳、名家等十家所撰之"小序"原文。[②] 而在来裕恂所著另一部书稿《汉文典》中，第四卷第三篇第三章"文章典·文论·种类·属于学术之种类"所列"儒家之文""道家之文""阴阳家之文""法家之文""名家之文""纵横家之文""杂家之文"诸节，亦直接援引《汉书·艺文志》这十篇"小序"的原文。二者所异者在于，来裕恂《中国文学史稿》所引侧重诸子之学的渊源、各家特点及早期代表者，而《汉文典》则侧重探讨诸家之文的特点，与近世学脉之比较、绍介撰该类之文的名家代表。——前者溯源，而后者正流，二者呈互补之态。但不管如何，二者都是来裕恂以《汉书·艺文志》梳理诸子学术之本原与流变的重要表现。

二是，援引《汉书·艺文志》为据以考源镜流者。如第二篇第七章"诸家之派别"称："先秦之学，既称极盛，而其派千条万绪。既如上所述矣，求之古籍，所载最详者为《艺文志》。其所本者，刘歆《七略》也，其《诸子略》所载凡十家：一儒家、二道家、三阴阳家、四法家、五名

[①] 来裕恂：《中国文学史稿》，岳麓书社，2008，第35~39页。
[②] 班固撰，马晓斌译注《汉书艺文志序译注》，中州古籍出版社，1990，第37~54页。

家、六墨家、七纵横家、八杂家、九农家、十小说家。"① 又引《史记·太史公自序》《荀子·非十二子》《庄子》三家论述先秦学派之言语,认为四者中唯《汉书·艺文志》最详。但来裕恂《中国文学史稿》又对《汉书·艺文志》所列标准,提出异议。云:"若《艺文志》,既列儒家于九流,何以别著《六艺略》?纵横家毫无哲理,小说家不过文词,杂家岂有家术之可言,凡此皆不合论理者也。"故而,断定"刘班所定,亦有未安。"② 又如,第三篇第八章"汉代之韵文"所考汉代辞赋之"开先声者"为陆贾,所言之据亦依《汉书·艺文志》。③

据此看来,来裕恂《中国文学史稿》援引《汉书·艺文志》以梳理中国文学衍变时,主要集中于讨论上古时期的学术衍变。而《汉书·艺文志》作为来裕恂《中国文学史稿》探讨文学衍变的主导,其所起的作用主要有以下数端。首先,作编纂的工具。因上古时期文学及文献可征引者极少,难以弄清各类学术衍变的源流。唯有以载上古时期典籍极多、辨章学术较明确的《汉书·艺文志》为依托。这就使《汉书·艺文志》成为来裕恂《中国文学史稿》的编纂工具成为可能。而这种编纂手法主要有材料来源依据与论断征引依据两种。前者如第一篇第三章"黄帝之学术"所言:"医学则作《内经》《外经》是也。《汉书》:'《黄帝内经》十八卷,《外经》三十七卷'(艺文志),今所传《灵枢》八十一篇、《素问》八十一篇,《内经》也。《外经》不传。"④ 又如第一篇第十一章"诸子以前学术之本原",等等。后者如第二篇第八章"先秦文学之评议"所言:

> 保守之念[太]重。试读《汉书·艺文志》,其号称黄帝、容成、歧伯、风后、力牧、伊尹、孔甲、太公所著书,不下百数十种,谓皆战国时人所依托,是以依傍古人为重,而不以发明为念。于文学之进

---

① 来裕恂:《中国文学史稿》,第39~40页。案:来裕恂《中国文学史稿》第二篇第七章"诸家之派别"一节的总体内容同于梁启超《论中国学术思想变迁之大势》第三章"全盛时代"第二节"论诸家之派别",则来裕恂《中国文学史稿》或钞自梁启超之作,亦未可知。
② 来裕恂:《中国文学史稿》,岳麓书社,2008,第40~41页。
③ 来裕恂:《中国文学史稿》,岳麓书社,2008,第65页。
④ 来裕恂:《中国文学史稿》,岳麓书社,2008,第6页。

境，亦大有阻力也。①

又如第三篇第八章"汉代之韵文"等。其次，亦是最为主要的，它成为来裕恂《中国文学史稿》编纂的指导思想。如第二篇第六章"诸子时代之文学·老孔墨演为九家"，来裕恂《中国文学史稿》以此作为判断诸子百家之学的源流与学术主要旨归的指导思想。再次，它作为来裕恂《中国文学史稿》学术考论的佐证而被征引。如第二篇第七章"诸家之派别"一例，对《汉书·艺文志》所提出的质疑则针对其所列之目类、所分之派别中不尽科学者；并在比对《史记·太史公自序》《荀子·非十二子》《庄子》三家论述先秦之学派别的言语后，认为四家之中"惟《庄子》所论，推重儒、墨、老三家，颇能挈当时学派之大纲耳"，则深见《汉书·艺文志》作为来裕恂判断的佐证依据之一面。《汉书·艺文志》对来裕恂《中国文学史稿》编纂所起的这三种作用，表面上均带有工具论的运用色彩，其内在的学理脉络则是来裕恂对"辨章学术，考镜源流"之学术分析方式的承继。换句话说，"辨章学术，考镜源流"已成为来裕恂《中国文学史稿》梳理文学衍变的主要方式，传统书目学提要式的编纂表达已成为来裕恂《中国文学史稿》的重要特征。同时，来裕恂《中国文学史稿》第一、二、三篇讨论上古时期文学时，并非仅仅援引《汉书·艺文志》，亦有援引史籍者。如第一篇第三章"黄帝之学术"就大量援引《史记·天官书》《史记·封禅书》《汉书·律历志》《汉书·翼奉传》《晋书·律历志》等史志；又如第一篇第六章"禹之学术"认为大禹之时"初未有阴阳之说，如《汉书·五行志》所云者也"②。又有援引其他史志官修私目者，如第一篇第三章"黄帝之学术"引晁公武《郡斋读书志》；第三篇第九章"汉代谶纬之书有益于文学"大量援引《隋书·经籍志》《旧唐书·艺文志》《宋史·艺文志》《文献通考·经籍考》《崇文总目》等以辨"易纬""礼纬""乐纬"等"纬书"的源流，以证谶纬之书有益于文学"进境"的衍变。这些事实可佐证"辨章学术，考镜源流"已成为来裕恂《中国文学史稿》讨论上古时期文学的主导方式。

---

① 来裕恂：《中国文学史稿》，岳麓书社，2008，第44页。
② 来裕恂：《中国文学史稿》，岳麓书社，2008，第13页。

不过，据第二篇第八章"先秦文学之评议"所言"文学以竞争而进步为公例也"、第十一章"儒学之势力"所言"开近二千年来专制之政体，而文学遂无进化之可□"（修订本）①，知来裕恂《中国文学史稿》亦存有进化论等外来思想。但可以肯定的是，来裕恂对先秦文学衍变的探讨主要集中于学术衍变之一面，进化论思想并未成为来裕恂《中国文学史稿》此时论述上古时期文学衍变的主导。可以说，"辨章学术，考镜源流"与进化论的外传观念一道，分别作为来裕恂《中国文学史稿》编纂的主导思维与辅助观念，使来裕恂《中国文学史稿》的编纂，不仅与彼时的时代思潮保留一致，亦可深刻说明来裕恂《中国文学史稿》的编纂如何着力向传统靠拢，寻求传统学术的近代改良以顺应时势、有效践行其开民智的致用意图。

二 目录学视域下对小说演变情形之观照

在20世纪初期所编纂的诸多中国文学史著述中，大多列有专节讨论小说这种文体的衍变及其功用。如林传甲《中国文学史》列有"元人文体为词曲说部所紊"专章，黄人《中国文学史》亦列专节讨论小说戏曲等通俗文学的衍变情形。——两者所不同者在于林传甲《中国文学史》所论甚略而黄人《中国文学史》较详。且林传甲《中国文学史》认为小说属"淫亵之词"，有碍风化非"裨益名智"；而黄人《中国文学史》认为小说乃中国文学衍变之一支，其说必有可观，能启迪民智。②来裕恂《中国文学史稿》亦列有"小说戏曲之发达"（第七篇第七章）、"国朝之小说戏曲"（第九篇第九章）等专节。这与20世纪初期所编纂的中国文学史专列章节讨论小说戏曲的普遍选择，大体一致。虽来裕恂《中国文学史稿》所论小说戏曲的篇幅亦较为短小，但其所论与林传甲《中国文学史》鄙薄小说戏曲而黄人《中国文学史》予以盛赞等情况，皆有所不同。——来裕恂《中国文学史稿》是以较为平和的口吻论述小说戏曲的衍变情形，并将其

---

① 来裕恂：《中国文学史稿》，岳麓书社，2008，第43、50页。
② 详见温庆新《黄人〈中国文学史〉与〈京师大学堂章程〉、〈高等学堂章程〉之关系发微》（《中国现代文学研究丛刊》2011年第4期，第139~149页）及《〈四库全书总目提要〉与黄人〈中国文学史〉之编纂概观——兼及20世纪初期的文学史编纂》（《中国学论丛（韩国）》2011年第32辑，第154~171页）诸文。

纳入目录学视域中予以观照。此举大概是来裕恂《中国文学史稿》与20世纪初期的中国文学史编纂潮流不尽一样之处，亦是来裕恂《中国文学史稿》与林传甲《中国文学史》、黄人《中国文学史》的最大不同者。由此见及来裕恂《中国文学史稿》编纂中国文学史的个性选择。

来裕恂《中国文学史稿》第七篇第七章"小说戏曲之发达"云：

> 元以前之小说，大都神仙变异，或巷说街谈，始自周之稗官者流，宋元繁矣，《四库总目》分为三派：叙述杂事、记录异闻、缀辑琐语。至元代则《水浒传》出自施耐庵，自此至明，小说益盛，有《西游记》《后水浒》《三国演义》等。有汉以后，诗有乐府之体；乐府之法，至唐而绝，而世所歌皆绝句。唐人歌诗之法不传于宋，而世所歌皆词。宋人歌词之法，至元亦［渐］不传，词调［一］变，［而］戏曲［乃］起。金有北曲，元有南曲。南曲以《琵琶记》为首，高则诚之所著；北曲以《西厢记》为首，王实甫之所作。此小说戏曲之大略，而元代之特色也。①

在来裕恂撰写的另一著述《汉文典》中，对此有更详的论述，云：

> 小说者，出于稗官，委巷传闻，琐屑细微，古人不废。义取于《庄子》之寓言，起源于周末汉初方士虞初之小说九百家四十三篇，《汉书·艺文志》载之。然《汉志》所载《青史子》五十七篇，贾谊《新书·保傅》篇中已引之，则由来久矣，特盛于虞初耳。汉魏间所传之《飞燕外传》，小说渐次发展，至裴铏集之《传奇》，五朝小说所载之《红线传》《昆仑奴传》等，殆已为后世戏曲之权舆矣。今考《唐代丛书》中所收一百六十四种，虽信伪参半，要为当代文人才士之所作为也。后世院本小说多原于唐，而白话小说则原于宋。元代盛行戏曲，于是传奇之能事毕矣。逮至明代，作者亦好为之。近世陈允生、毛声山、金圣叹，又为各种小说之批评家。盖自刘、班列小说为一家，以迄于宋郑渔仲氏作《道志》（新按，当为《通志》之误），

---

① 来裕恂：《中国文学史稿》，岳麓书社，2008，第170页。

均谓之说部，不为分目。清代《四库书目》于小说分杂事、异闻、琐语三目。《续通考》因之，定为琐事、琐语二目，但皆仍条记之旧，于小说中之演义传奇略焉。故章回、杂剧终为儒者之所鄙，此亦乌足以极文章之妙！①

可见，来裕恂《中国文学史稿》论述小说时，是以目录学著述为基准。——以《汉书·艺文志》所载为起源而述论，到《通志》之小说观，再到《四库全书总目》对小说的集大成论断，以考辨"说部"于历代史志官目的著录情形，以见及小说的源流衍变之大势。可以说，在20世纪初期所编纂的中国文学史著述中，以目录学为视角探讨小说衍变情形者，绝无仅有。这说明尽管"西学"思潮充斥着彼时的神州大地，但仍有像来裕恂这般据以传统学术思想寻求传统学术之近代改良，并寻求与西方传入的文学理论相调和以保持固有学术者，希冀能有效实现中西学术之间的融通②。

不过，就此处的议题而言，我们不禁要追溯来裕恂《中国文学史稿》讨论小说等通俗文体的缘由？除了"文学史"的体例及框架需求之外，是否还有其他隐情呢？《汉文典》之《文章典·文论·种类·属于通俗之种类·小说之文》论及小说时，曾说：

> 小说之文，每演白话，所记多杂事琐语。其体则章回、传奇，叙事之法，多本传记。惟词曲则注意于音节，辞采雕琢，不遗余力。自屠薨贩卒、妪娃童稚，上至大人先生、文人学士，无不为之歆动。其感人之深，有如此者，盖别具一种笔墨者也。③

所谓"感人之深"与来裕恂《中国文学史稿》之《绪言》所谓"欲焕我国华，保我国粹，是在文学。盖文学者，国民特性之所在，而一国之政教风俗，胥视之为盛衰消□者□"等注重教育启智的目的意图相吻合。但由于此类通俗文体"辞采雕琢，不遗余力"过甚，而易流为"世间之戏

---

① 来裕恂著，高维国、张格注释《汉文典注释》，南开大学出版社，1993，第351~353页。
② 温庆新：《20世纪初期文学史编撰的几个问题漫议》，《中国学论丛（韩国）》2010年第28辑，第137~172页。
③ 来裕恂著，高维国、张格注释《汉文典注释》，南开大学出版社，1993，第398页。

具"，故而，《汉文典》又说："中国之小说，自昔之作，大约事杂鬼神，情钟男女者为多，故往往为世间之戏具，不流行于上流社会。而移风易俗之道，外国泰半得力于小说者，中国反以此为沮风气。推其原因，则由于读小说者不知小说之功用，作小说者不知小说之关系也。"[1] 据此，来裕恂所强调的"小说功用"主要是导向教化之一面。——这方面的证据，从来裕恂《中国文学史稿》论中国文学衍变重政教对文学衍变的主导思想保持一致，即可知晓。比如，来裕恂曾于《中国文学史稿·绪言》中说道："以泰西之政治，随学术为变迁，而中国之学术，随政治为旋转。"可知来裕恂编纂《中国文学史》的直接意图与预期效果，则为见"国民特性之所在"及"政教风俗"之得失。[2] 此举亦与黄人《中国文学史》论述小说之致用目的相类似[3]。不过，这种强调恰恰说明来裕恂《中国文学史稿》此举与晚清时期小说地位得到提高、小说功用被放大的时代背景有紧密关联。来裕恂试图将其纳入教育启智、开导风气的思想体系中，从而与整部中国文学史著述注重文教的论述视角保持一致。

检视来裕恂的经历、思想及其相关著述，大略可确定的是：来裕恂对小说素无研究。但来裕恂对小说导风气、启民智之功用又极为看重，则其势必不会做出林传甲那样的鄙薄姿态，亦不可能像黄人《中国文学史》那样罗列如此繁多的篇幅以详论，也不可能写出《小说小话》那般详论细考的大部头著述[4]。据此看来，来裕恂《中国文学史稿》从目录学视域对小说衍变情形以概述之举，以致浅尝辄止，当属不得已而为之。从前文所论

---

[1] 来裕恂著，高维国、张格注释《汉文典注释》，南开大学出版社，1993，第353页。
[2] 案：来裕恂所言"以泰西之政治，随学术为变迁，而中国之学术，随政治为旋转"等语，陈平原《折戟沉沙铁未销——关于来裕恂撰〈中国文学史稿〉》一文认为来氏此语受启于梁启超《论中国学术思想变迁之大势》。（详见《天津社会科学》2008年第2期，第113页。）为了有效突出上述意图，来裕恂《中国文学史稿》一方面依"中国之学术，随政治为旋转"的规律而采取以政治律学术的编写思想，尤其强调历代文教昌明对"文运"的重要意义。如第五篇《唐代之文学·总论》就以为唐代文教昌明而"启有唐三百年之文运"；而文教不振则"文运"不兴，如第六篇《宋朝之文学·总论》认为"有宋之振作文教，悉在太祖、太宗"，余皆"粉饰文治"而致"文运"衰颓。可见，来裕恂认为文治教化对文学衍变有不可估量的影响。
[3] 温庆新：《有关黄人研究的若干意见》，《江苏电视广播大学学报》2010年第4期，第53~57页。
[4] 温庆新：《黄人〈小说小话〉与其诗论之关系——兼及晚清"小说界革命"与"诗界革命"之关系》，《国文天地（台湾）》2012年第5期，第65~72页。

可知，来裕恂《中国文学史稿》论述某类学术衍变有重目录学的阐述习惯，则来裕恂《中国文学史稿》从目录学视角概述小说衍变的梗概，明其大要，亦显顺理成章。另据上引，来裕恂对小说进行溯源时则据以《汉书·艺文志》，之后以《四库全书总目》所论为后世学者论小说流变及类型的主要代表。这又与来裕恂《中国文学史稿》重视溯源意识的一贯做法保持一致[①]。同时，此举再次表明《汉书·艺文志》对于来裕恂《中国文学史稿》梳理各种学术之衍变情形的重要性。尤其是，对《汉书·艺文志》所谓小说出于稗官一说的承继——来裕恂曾说小说"始自周之稗官者流，宋元繁矣"，又说"稗官废而传奇作，传奇作戏曲兴矣"[②]，表明《汉书·艺文志》已成为来裕恂判断小说起源、性质的绝对主导。在来裕恂看来，稗官所作必有可观，此举正与其强调小说以导风气、启民智之诉求相一致。由此可见，从目录学视域梳理小说的源流，当为来裕恂《中国文学史稿》所擅长，亦为最直接、最常用之举。可见，来裕恂的个人经历、为学重心、思维习惯、论述方式等诸多方面的综合，使来裕恂《中国文学史稿》对小说的论述模式及论断下定必与20世纪初期所编纂的其他中国文学史著述，不尽相同。

值得注意的是，来裕恂从目录学视域对小说演变情形进行观照的最大发明在于，认为上古时期的小说虽然"出于稗官"，而后世小说（尤其是魏晋以降）多出于"传体（记）"。如论述"演义"类小说时说：

演义之体，起于宋末，原于传体者也。魏晋以来，皆用内传、外传之体。至宋末词人，分为章回，混以街谈、俚谚之语，发为议论、叙事之文，于是演义之体出。如《三国演义》，直用其名者也。若《水浒》则名"传"，《西游》则名"记"，《聊斋》则名"志"，实皆演义体也。原其最初，则基于宋末之《宣和遗事》，元代施耐庵之《水浒传》即以此为粉本。至与《水浒》并重者，有罗贯之《三国演义》，据正史之事以实之。明有托名丘长春之《西游记》，假唐僧元奘

[①] 如《中国文学史稿》第一篇第五章"尧舜之学术"、第六章"禹之学术"、第七章"殷之学术"、第八章"周代之学术"等，皆先讨论各代学术之受启源头，而后述各代学术的梗概。（参见来裕恂《中国文学史稿》，岳麓书社，2008，第9~17页。）
[②] 来裕恂著，高维国、张格注释《汉文典注释》，南开大学出版社，1993，第351页。

赴天竺求经之谭。若《金瓶梅》等，则过于丑亵。近世有曹雪芹之《红楼梦》、蒲留仙之《聊斋志》，皆表著于世者也。①

《小说之文》亦云："小说之文，每演白话，所记多杂事琐语。其体则章回、传奇，叙事之法，多本传记。"② 应该说，此论产生于备受"西学"思潮影响的20世纪初期，颇为难得。至少在当时编纂的若干中国文学史著述中，并未出现类似之说。这足以说明据以传统学术衍变的观照视角与受"西学"理论影响的认知模式，二者对小说的认识程度及其结论，多有差异。——来裕恂《中国文学史稿》所展示者，在于诸如目录学等传统学术的魅力所在；而以黄人《中国文学史》为代表的其他中国文学史著述，在承继传统学术及思想的同时，又在客观上向世人展示"西学理论的震撼力"。不过，来裕恂此论最初的意念发端，或受《四库全书总目》影响所致。所谓"所记多杂事琐语"本为《四库全书总目》之语，来裕恂多次援引《四库全书总目》的评判标准，足见该分类思想已深植于来裕恂脑中。而《四库全书总目》所谓"杂事"者，在此前的史志官目中多录为"史部"之下。如《西京杂记》《大唐新语》《国史补》《次柳氏旧闻》《明皇杂录》等被"四库馆臣"剔除于"史部杂史"类而归入"子部小说家"类下。另据"《续通考》因之，定为琐事、琐语二目"等语，知来裕恂对历代史志官目探讨小说的相关内容，亦有过详细比对。则来裕恂对《四库全书总目》的做法及因由，必有详赡的理解。这样一来，来裕恂对《四库全书总目》之前的史志官目之"史部"大量著录"小说"等情形，及此类小说与"史部"的契合关系，当有较深的涉猎。《四库全书总目》虽将此类小说剔除"史部"，却不能就此抹杀此类小说与"史部"的渊源统绪。故而，来裕恂批判演义类小说衍变至后来"或叙述杂事、或记录异闻、或缀辑琐语，一切文人笔墨之所及，曰笔谈、曰笔记、曰偶谈、曰杂记、曰随笔、曰漫记、曰丛录、曰纪馀、曰琐语、曰外史，要皆统于说部，盖沿魏晋时代小说之体也"，而致"作小说者不知小说之关系"。③ 所谓笔谈、笔记、外史等皆为"外传之体"，本属"传体"的题中之义。由此可见，

---

① 来裕恂著，高维国、张格注释《汉文典注释》，南开大学出版社，1993，第352页。
② 来裕恂著，高维国、张格注释《汉文典注释》，南开大学出版社，1993，第398页。
③ 来裕恂著，高维国、张格注释《汉文典注释》，南开大学出版社，1993，第352~353页。

来裕恂认为小说出于"传体（记）"，系其深究目录学衍变大要之后的必然认识。之所以会如此重视小说与"史部"的关系，亦与来裕恂重视史学理论、与其自身的史学素养及敏感性很有大关系。这可从上引来裕恂《中国文学史稿》论述擅引史籍之举，略见一斑。又，来裕恂讨论学术衍变重时势（如第五篇第一章"唐代文学总论"）、气运、风教，重记实求真的精神而反对虚妄的态度（如第四篇第四章"晋代之文学"），等等；并著有《中国通史》一书，对历代史籍当颇为熟稔。这些例子足以说明史籍所载及史家精神，已深植于来裕恂脑中，成为其论述历代文学衍变的绝对主导。从某种意义讲，来裕恂从目录学视域讨论古代学术的衍变，亦是其重史学的表现。因而，来裕恂注意并重视小说与"史部"的关系，当为必然之举。这里尚须指出的是，来裕恂从目录学视域对小说演变情形进行观照的探讨视角，此举正是近今治小说者在经历由"全盘西化"、以西学律中国文学之衍变，到转向据中国古代固有的学术理念（诸如目录学视角）以寻求古代学术衍变的"中国式"话语权等阶段后，所孜孜以求的学术理念。客观地说，我们不得不佩服来裕恂治学路径之合理、评价之公允与见解之超前。这种实情或许有助于近今学者客观探讨百余年中国现代学术史衍变过程中的得与失，亦有助于深入探讨中西学术的异同及其融通等问题。

不过，来裕恂对"传体"与"小说"之关系的论述，显然有些模棱两可。据《汉文典》第三卷第一篇第二章"文体·叙记·传纪类"云："传记类者，传、纪、录、略、行述、行状、神道碑、墓志铭等是也。诸体与列传同，惟互为详略耳。古代有传、纪而无碑、铭。自史学衰而传、纪多杂出；亦自史学衰而文集多传、纪，于是碑、铭成为专体"，此章第一节"传"云："传者，记载事迹，传诸后世也"，第二节"纪"云："纪者，即左史记言，右史记动之遗义"，又说"大抵文人学士，遇有见闻，载笔志之，或以备史官之采择，或以补史籍之遗漏，皆所谓纪也，又名纪事"。[1] 来裕恂的这番言论，清人章学诚早在《文史通义》卷三内篇三"传记"中已有述及，言："传记之书，其流已久，盖与六艺先后杂出。古人文无定体，经史亦无分科。《春秋》三家之传，各记所闻，依经起义，

---

[1] 来裕恂著，高维国、张格注释《汉文典注释》，南开大学出版社，1993，第296~297页。

第三章 "外来经验"、古典目录学的杂糅与20世纪初期的中国文学史编纂 ◀ 127

虽谓之记可也。经《礼》二戴之记，各传其说，附经而行，虽谓之传可也。其后支分派别，至于近代，始以录人物者，区为之传；叙事迹者，区为之记"，又如："周末儒者，及于汉初，皆知著述之事，不可自命经纶，蹈于妄作；又自以立说，当禀圣经以为宗主，遂以所见所闻，各笔于书而为传记"，又说："明自嘉靖而后，论文各分门户，其有好为高论者，辄言传乃史职，身非史官，岂可为人作传？世之无定识而强解事者，群为和之，以谓于古未之前闻。夫后世文字，于古无有，而相率而为之者，集部纷纷，大率皆是。"① 来裕恂所言之旨，原不出章学诚，唯以此讨论"小说"之起源，将"小说"首先当作一种学术，其次才是作为文体概念使用，方为来裕恂所创。故而，其所言"混以街谈俚谚之语，发为议论叙事之文，于是演义之体出"，首先认为"演义"的本质与"传体"无差，唯以"街谈俚谚之语"写作的语言表达有所差别。这种认识导致来裕恂在《中国文学史稿》中，并非将"小说"当作一种纯文学体裁。从第七篇第六章、第九篇第九章将"小说戏曲之发达"联用，并与"古文学""诗学""儒学""考据学""舆地学""经学""算学"并列，这种情形表明来裕恂从目录学视域讨论"小说"源流，实是一种学术史的书写视角，与文学史的书写认知有别。从这点看，来裕恂在借用文学史框架之时，对由西方传入的文学史理论并非精熟，仅是借以描述古代学术的演进进程，以包罗万象式的方式，尽可能地向当时的中学生传授古代历史、学术乃至自然科学的演进大概。此或是来裕恂《中国文学史稿》据以目录学视域以组织中国文学演变史迹的最终意。这又反过来导致来裕恂《中国文学史稿》的存在实情与文学史的书写理论有所冲突。

除了上引《四库全书总目》外，来裕恂《中国文学史稿》第四篇第七章"南朝之儒学及梵学"引《四库书目》以论"切韵学"之衍变②、第九章"隋之文学"又引《四库总目》以辨文中子之真伪及其学术大要③；又有引《四库全书简明目录》者，如第七篇第四章"元代之诗学"讨论元好

---

① 章学诚著，叶瑛校注《文史通义校注》，中华书局，2011，第248页。
② 来裕恂：《中国文学史稿》，岳麓书社，2008，第123页。
③ 来裕恂：《中国文学史稿》，岳麓书社，2008，第126页。

问之诗学①、第九篇第六章"国朝之古文学"讨论朱彝尊之诗文②。这些例子既有讨论学术衍变者,又有讨论诗学、古文等文章学衍变情形的。可见,来裕恂《中国文学史稿》据以目录学讨论学术衍变不仅包含对上古时期的文学衍变讨论,亦有对中古、近古时期的文学讨论,时间跨度不可谓不大。就讨论的对象而言,既有经史之学,亦有集部之学,甚或有不登大雅之堂的小说戏曲等通俗文艺,涵盖范围不可谓不广。据此可知,古典目录学已深深左右来裕恂《中国文学史稿》的编纂。这种影响的最大表现在于,书目学提要式的编纂表达已成为来裕恂《中国文学史稿》的重要特色。——来裕恂《中国文学史稿》论述模式之短小、论断之简略,除作为上课讲义稿之粗犷特征等因素外,其主要原因当于此。由于古典目录学思想已成为来裕恂《中国文学史稿》编纂的首要选择与主要特征,因而,来裕恂《中国文学史稿》编纂的终极学术追求主要是明辨学术源流,以推学致用与启智。

三 寻求通俗化授课之力举:以西学诠"文学""学术"之衍变

既然来裕恂《中国文学史稿》本属教科之书,编纂意图主要是为教育启智,以"焕我国华,保我国粹",则其所编所论本不当艰深奥涩、冗长拉杂,以便中学堂初学者易于领会。那么,如何尽可能编纂大众化的讲义稿、如何有效地进行通俗化授课,当是来裕恂《中国文学史稿》须首要面对的主要难题。这就促使来裕恂寻求既能精准反映其有关中国文学衍变的相关认识,又能切合时势以保持其文学史的前沿性与客观性等举措,从而使来裕恂《中国文学史稿》亦具有一定程度的"外来经验"。

《中国文学史稿·绪言》称:

> 若是乎今日世界之改观者,[皆]科学为之也。惜[乎]我国[之]科学,仅[于]先秦时一现[其]光影,自是而经学,而理学,而老学,而佛学,而词章学,而考据学,无新理想、新学说灌输

---

① 来裕恂:《中国文学史稿》,岳麓书社,2008,第169页。
② 来裕恂:《中国文学史稿》,岳麓书社,2008,第194页。

于人民之脑中，故不能日新其德。今者东西洋文明［流］入中国，［而］科学日见发展，国学日觉衰落。欲焕我国华，保我国粹，是在文学。盖文学者，国民特性之所在，而一国之政教风俗，胥视之为盛衰消□者□。①

可见，来裕恂主张教育启智所欲达到的最终目的是"日新其德"，所采取的方法是据新理想、新学说予以灌输；编纂文学史的直接意图与预期效果，则是见"国民特性之所在"及"政教风俗"之得失。因而，为有效突出上述意图，来裕恂《中国文学史稿》一方面依"中国之学术，随政治为旋转"的规律而采取以政治律学术的编写思想，尤其强调历代文教昌明对"文运"之重要，如第五篇《唐代之文学·总论》就以为唐代文教昌明而"启有唐三百年之文运"②；而文教不振则"文运"不兴，如第六篇《宋朝之文学·总论》认为"有宋之振作文教，悉在太祖、太宗"，余皆"粉饰文治"而致"文运"衰颓。③另一方面，《中国文学史稿》又注重探讨中国文学衍变历程中"教民之道"的情形，以见"国民特性之所在"，如第二篇第八章"先秦文学之评议"云："凡一国文学之昌明，恒视其国民思想之发达。中国国民之思想，于先秦时期最优胜，故此时代之文学，大有可观。"④既然先秦文学国民思想较为发达，那么，这种情形是如何形成的呢？究其原因，来裕恂以为主要得益于先秦以"六艺""六仪"为"教育国子之道"，具有普化大众之一面。同时，由此思想延伸，来裕恂更关注彼时学制建立及衍变对"教民之道"的影响。如第一篇第九章"周代之学制"即专门讨论上古学校制度之衍变情形，第五篇第一章"总论"讨论唐置乡学、立国学、开文学馆、兴国子监等措施有利于"教民之道"。尤其是，第九篇第十一章"近今之文学"所论从京师同文馆、广东方言馆至武备学堂、"各省普通学堂"之开设，尤重学堂教育；并云："由此士子咸知中国之文学不足于用，亟亟求泰西诸学术。迨科举罢后，学堂盛开，于是预备立宪之诏下，而学务亦设有专官，中国之文学自此将与欧美合

---

① 来裕恂：《中国文学史稿》，岳麓书社，2008，第 2~3 页。
② 来裕恂：《中国文学史稿》，岳麓书社，2008，第 129 页。
③ 来裕恂：《中国文学史稿》，岳麓书社，2008，第 146~147 页。
④ 来裕恂：《中国文学史稿》，岳麓书社，2008，第 42 页。

乎。是又开前古未有之景象，而文学史上又为之生色矣。"① 又如，来裕恂认为上古学制"尚无专门之学分科"，② 又说"中国大学，虽著格物一目，然有录无书"③。可见，来裕恂《中国文学史稿》重视教道情形、学堂教育实是受近代学制变革的影响。据此，来裕恂既重视"教民之道"又受近代学制变革的影响，这两方面均含有注意教育方式的实效情形，从而促使来裕恂注意教育启智的通俗方式。

据《绪言》可知，来裕恂认为东、西洋文明的流入促使科学思想成为近今中国的主流思想，并认为这种传入有利于近今文学的发展。故而，第九篇第一章"总论"云：

> 道光以来，西学东渐，于是欧亚文化，混合［而］为一。迄今学校兴，学科分，求学之士，凡得之于学堂者，皆有科学之性质，于是文章益形进步矣。④

因重视科学的效用、重视在中西交融中合理安置传统文化的存在之情，来裕恂极力主张从古代经典中寻求蕴含科学成分的思想资源，以使"欧亚文化混合为一"之时代的中国文学（学术）不至于被湮没淘汰。因而，来裕恂首先提出古代经典中含有科学之实的先秦时期"一现其光影"，并予以重笔描摹（详见下文）。近代以降，彼时学士存在这样一种情形：认为西方文明之精华者，古已有之；故而，极力于古代经典中寻找蕴含西方文明的成分，寻求中西之间的交通，以"焕我国华，保我国粹"。诸如黄人《中国文学史》、林传甲《中国文学史》等20世纪初编纂的其他中国文学史著述，亦存在重视中西交通的情形。⑤ 可见，来裕恂《中国文学史稿》亦不例外。而欲明"欧亚文化混合为一"之情形以保存国粹，来裕恂所采取的策略就是以西学诠"文学""学术"之衍变。

据此，在上述两种目的意图的双重作用下，即"日新其德"与"焕我

---

① 来裕恂：《中国文学史稿》，岳麓书社，2008，第203页。
② 来裕恂：《中国文学史稿》，岳麓书社，2008，第19页。
③ 来裕恂：《中国文学史稿》，岳麓书社，2008，第44页。
④ 来裕恂：《中国文学史稿》，岳麓书社，2008，第185页。
⑤ 温庆新：《〈四库全书总目提要〉与黄人〈中国文学史〉之编纂概观——兼及20世纪初期的文学史编纂》，《中国学论丛（韩国）》2011年5月第32辑，第153~170页。

国华,保我国粹",并以阐明中国文学中"国民特性之所在"为主导,则来裕恂《中国文学史稿》注重中西交通,其所采取据新理想、新学说以教育启智的方法与表达方式,当唯有导向通俗化之一面。换句话说,来裕恂《中国文学史稿》寻求以西学诠"文学""学术"之衍变,是来裕恂寻求通俗化授课的力举。此举即是撰者之目的意图决定描述内容与表达方式的典型。《汉文典》所谓"陵节躐等,教育所忌,是编循序渐进"与"本书绍介初学,旨在达意"等编纂思想,可资佐证。

那么,来裕恂《中国文学史稿》以西学诠"文学""学术"之衍变,是否具备可行性呢?第八篇第五章"明代采用欧洲历学"云:"泰西推步之术、算术之学大见采用,自明代始。永乐以还,航海之术益广,郑和、马欢远横印度洋,赴波斯、亚刺伯,南下阿非利加东岸,归时得见南洋群岛。其时测算之术,已可用之航海,可知自明初欧学输入中国,算学、星历之书遂有译本。"① 则《中国文学史稿》认为古代的中西学术相交通,已达到较高的程度。而第一篇第十章"诸子以前之文学"云:"各国文学之通例,必先韵文而后散文。"② 以西学为评判中国文学发展的参照体系,从而成为来裕恂《中国文学史稿》以西学诠"文学""学术"之衍变的基本表达方式。第一篇第六章"禹之学术",云:

　　五行之学,黄帝以来传之,惟至尧舜时,则心理之学盛,而物质之学衰,故禹继兴,遂修五行。惟当时所谓五行者,皆指人事而言,初非有天人相与之意存乎其间也。③

以为中国文学自古即有心理之学(偏向精神)与物质之学之分。可见,来裕恂《中国文学史稿》所含西学之识不仅含社科之学,亦有自然科学,并将两方面相结合以诠释中国文学的衍变。此即来裕恂《中国文学史稿》运用西学知识的主要思想。——因来裕恂以为古代经典含科学之实,且仅于先秦时"一现其光影";故而,相关情形的讨论主要集中于先秦时,兼及其他朝代。具体而言,有以下两种表现:

---

① 来裕恂:《中国文学史稿》,岳麓书社,2008,第182页。
② 来裕恂:《中国文学史稿》,岳麓书社,2008,第19页。
③ 来裕恂:《中国文学史稿》,岳麓书社,2008,第12页。

一是，以社会科学之学诠解中国文学的衍变。如第二篇第四章"墨子之道"，从宗教学视角诠说墨子与孔子学术相反之因，究其原因系"鬼神数术之说为之""既设鬼神，则宗教因之而［大］异"①；又，第三篇第五章"两汉之经师"言"灾异家"时说："所以言之者，盖据乱世之人情，宗教之念犹［甚］强［也］。故利用其说，即借以申警当世耳。"②又如，第二篇第六章"老孔墨演为九家"从政治学社会学视角诠释"农家"，云："许行并耕之说，有合于近世共产主义，盖深明于社会之学者也。"③

二是，以自然科学之学诠解中国文学之衍变。如第二篇第七章"诸家之派别"云："当时所称极盛者，不徒哲理、政法诸学而已，即专门［实际］之学，亦多起乎其间。其一曰医学，最名家者扁鹊，其术能见五脏症结，是全体之学精也；能割皮解肌，抉脉结筋，搦脑髓，揲荒爪幕，湔浣肠胃，则解剖之学明也。"④等等。此类诠释之例，皆受"今日世界之改观者，［皆］科学为之"的指导，以为先秦文学发达之因在于科学能"一现其光影"。所谓"合于近世共产主义"与时势相贴近，不外乎令学生能明了近今世界与学术的衍变情形，必含有通俗化授课的情形。

据此看来，与诸如黄人《中国文学史》、林传甲《中国文学史》相比，来裕恂《中国文学史稿》受西学影响面、程度均较少。来裕恂虽然已注意到中西学术相交通之一面（据《中国文学史稿·绪言》）⑤，但纵观整部《中国文学史稿》可知，来裕恂在中西交通的学术视域中终向传统学术靠拢，并寻求对传统学术的合理安置，以适应彼时受西学冲击的学术话语体系的争夺与重构。来裕恂《中国文学史稿》此举的意义，则较为真切地反映20世纪初期的中国文学史编纂者如何在中西交通的环境中寻求既可承继古代学术衍变实情，亦可与彼时学术环境相接轨的艰难抉择，使后世治文学史者能进一步探讨20世纪初期的中国文学史编纂所面临的若干艰难困境。

---

① 来裕恂：《中国文学史稿》，岳麓书社，2008，第33~34页。
② 来裕恂：《中国文学史稿》，岳麓书社，2008，第62页。
③ 来裕恂：《中国文学史稿》，岳麓书社，2008，第39页。
④ 来裕恂：《中国文学史稿》，岳麓书社，2008，第41页。
⑤ 来裕恂：《中国文学史稿》，岳麓书社，2008，第1~2页。

第三节　中西学术之消融与 20 世纪初期的中国文学史编纂概观

　　20 世纪初期中国文学史编纂处于动荡不已的时代环境中，这种动荡的时局及其所提出的新的时代需求，最终决定此时的中国文学史编纂不可能完全恪守传统，亦非舍本求末地简单地照搬"西学"。实用意图最终决定什么样的思想及方式可以顺应时势需求，它们就将最终被推上历史舞台。清末民初错综复杂的经济、政治、文化、社会、民族及阶级矛盾等利益冲突的事实，这些因素的杂糅促使该时期的任何学说都不可能离开政治意图而以"纯学术"的状态存在。典型则如前文所述的近代学制变革对新式学堂教育的刺激，从而影响近代学术变迁之大势。彼时有志之士在中西学术的交流中普遍存在一种寻求儒经复归的精神诉求，使得他们在个人素养、知识结构及目的诉求等多重作用下，对中西学术的交通之势采取以传统学术为主导，从而与近代学制变革之精神相契合。在这种背景下，林传甲、黄人等氏将"说文学""音韵学"等"小学"作为文学史编纂的重要内容之一，又将"周秦传记杂史周秦诸子""群经文体""各种纪事本末"等传统"四部之学"编入文学史中。这种"依自不依他"文化传统促使他们在中西交通的背景下，仍以承继传统学术为主导。对《四库全书总目》等传统目录学的承继就是在这种情况下展开的。林传甲编纂中国文学史时大量征引《四库全书总目》，以此作为编纂文学史的指导思想与编纂方法，以《四库全书总目》为代表的传统文化是林传甲《中国文学史》之价值观、批判方法乃至编纂意图的终极追求。基于认同传统文化的心理与"经世致用"的目的，黄人编纂《中国文学史》时对《四库全书总目》的批评理念及批评方法多有吸收；这种吸收主要体现于精神层次及价值层面的观念之间的相似性，但黄人又因晚清时势变迁及其编纂文学史的目的性，对《四库全书总目》多有扬弃。来裕恂《中国文学史稿》亦吸收了《汉书·艺文志》《四库全书总目》等古典目录学著述的批判方法及观点。——古典目录学成为来裕恂《中国文学史稿》梳理中国文学衍变的主要依据，传统书目学提要式的编纂表达成为其重要特征；尤其是，据目录学视域对古小说演变情形予以观照，认为小说的衍变与史部"传体（记）"有关等论断，更说明了传统学术对来裕恂《中国文学史稿》的影响力。

但这几部中国文学史著述均含有对《四库全书总目》吸纳与扬弃并存的局面,恰好表明20世纪初期中国文学史编纂大多存在"中西融通"的一面。这几部中国文学史在书写"小学"传统时就强调方言研究及"小学"书写应与"今之各国文字等"相通以顺应时代的自我改造等情形,这些作为20世纪世纪初期中国文学史编纂的世界观、价值观及方法论的主导思想,就已凸显出中西交通的必要性与必然性。因此,20世纪初期的中国文学史编纂在承继以《四库全书总目》为主导的传统目录学思想时,必然会进一步强调这种思想与彼时"西学"交通的重要性。比如,黄人编纂文学史时,其最终目的是为复归原生态儒家教义,以推行教育、"开民智"为指导。其在《分论·文学之起源·文典》云:"保守国粹主义者,往往相对太息,谓吾国青年学生,厌家鸡而爱野鹜之习,牢不可破,而未审此所谓家鸡者,其风味果足以供人餍饫否也。"① 就针对当时青年学生对待中西之学时出现的"厌家鸡而爱野鹜"等情形进行批判。因此,黄人在强调承继传统学术时,并非一味地恪守不变,而是以"家鸡"与"野鹜"比喻,试图将传统思想资源中的合理一面与"西学"中的先进一面相结合,从而促使传统学术在"西学"刺激下进行改良,故而指明"现在之所谓迷信者,在过去时代固为诚信矣"。据此,黄人认为既不能完全相信"西学",亦不必完全否定传统,唯有利于"人伦道德""教育启智"者为是。但黄人又说"在过去时代固为诚信矣,至未来时代,今岁为诚信者,安见不仍为迷信乎?"则黄人仍以复归传统的先进一面为旨归。可见,黄人编纂中国文学史时亦强调中西学术的交通;而与林传甲一样,黄人在《中国文学史》中有关中西学术交通的思想是在教育致用与政治致用之实用意图的作用下得以和谐存在的,但其思想的倾向又亦复归传统学术为主(说详上)。再如,林传甲《中国文学史》多方征引西学之典,以备参考。——在林传甲《中国文学史》中,以《四库全书总目》为代表的传统文化与"西学"的消融过程,实为林传甲思索以何种文化类型作为践行文学史之政治致用及教育致用的思想历程的反映;引入"外来经验",是林传甲寻求符合时势需求的主动式的变革举动,它与以《四库全书总目》为代表的

---

① 黄人:《中国文学史·分论·文学之起源·文典》,国学扶轮社,1911。

传统文化的终极追求，最终在教育致用与政治致用之实用意图下得以和谐存在。来裕恂编纂《中国文学史稿》时，亦存在寻求以西学诠释"文学""学术"衍变之通俗化授课方式等情形，这也是种"中西融通"。与林传甲、黄人编纂中国文学史的情形相比，来裕恂更注重对传统学术的复归。尤其是，来裕恂以目录学讨论学术衍变时不仅包含上古时期的文学，亦有对中古、近古时期的文学讨论，涵盖经史子集等"四部之学"，甚至包含小说、戏曲等通俗文艺，形成了书目学提要式的编纂表达。因此，在"中西融通"的讨论中，来裕恂《中国文学史稿》对"西学"的借用相对较少。但这恰恰说明来裕恂《中国文学史稿》在中西学术交通的选择过程中，是以传统学术为主导的，符合20世纪初期中国文学史编纂的主流选择。据上所述，《四库全书总目》对20世纪初期中国文学史编纂的影响更多地体现于内在层次的思想精髓的延续，而外来的同类著述对彼时中国文学史的编纂，则偏向于外在层面的思想形式的影响。尽管这两者均属于精神层次的影响，但二者所起的作用及影响范围却有本质之别，尤以《四库全书总目》的影响更深刻。

检视近代中西学术之消融斗争，其原因不外乎争夺统御某种政治意图的主导权。由于人伦道德是古代文治传统的立足点及归宿点之一，因而，这种调和或争夺往往始于对彼时人伦道德规范之一面。而20世纪初期的中国文学史编纂所追求的学术致用之直接目的即是教育致用，以"开民智"、奋发图强。因此，"开民智"、维系人伦道德的目的意图，是20世纪初期的中国文学史编纂的绝对主导。在20世纪初期的中国文学史编纂中，不管是吸纳《四库全书总目》的批评理念及批评方法，还是吸收"西学"知识，都只不过是践行此意图的两种不同手段而已。这种操作思想实是20世纪初期中国文学史编纂的共性，亦是晚清学者的普遍行为。这说明20世纪初期中国文学史之编纂思想及实际操作，实不出晚清时代之大势，是"经世致用"的时代思想的客观表现。同时，它代表着彼时有志之士尝试中国文学史编纂所作的艰辛努力，是20世纪初期的中国文学史编纂艰难地在"中学"与"西学"的两难境地中夹缝求生的典型反映。由此可见，20世纪初期中国文学史编纂过程中的中西学术之消融，是在教育致用与政治致用之实用意图的作用下进行的。这种中西学术的消融，是以"中"为主、以"西"辅"中"的，使交融的最终结果多以传统学术的近代改良之面貌而出现。

第四章
"中国"想象与20世纪初期的中国文学史编纂

作为近代学制变革与学术变迁重要缩影的20世纪初期中国文学史,其编纂不可避免地要受近代趋时求变的动荡时局与"中西交通"的复杂环境所影响。有鉴于此,探讨以黄人《中国文学史》、林传甲《中国文学史》为代表的20世纪初期中国文学史编纂,如何通过"中国"形象的想象与建构来回应彼时"中西交通"的学术冲击,进而分析时人如何借助编纂中国文学史的方式来进行文化自信的建构。此类探讨有助于深入了解20世纪初期的学术史衍变。然而,学界对此问题尚缺乏深入研究。

第一节 20世纪初期中国文学史想象"中国"的意图与方式

20世纪初期中国文学史编纂者的异样编纂态度及其意图导向,对各自在想象"中国"形象时的话语使用和阐释架构,往往会形成不同特色。这就涉及"想象"与知识的关系。意即20世纪初期的中国文学史编纂者对"中国"的想象,必然建立在当时现有的各种知识条件的控制上[①],通过由各种学识所提供的"想象",使得他们的"想象"过程必然要涉及以什么方式展开及想象的目的两大方面。也就是说,作为20世纪初期中国文学史编纂者编纂文学史的两种主要探究工具:受到知识制约的"想象"与通过

---

① 〔英〕G.R.埃尔顿:《历史学的实践》,刘耀辉译,北京大学出版社,2008,第73页。

"想象"而具有丰富意义的知识,将会决定什么样的材料能够进入文学史视域,以及使用相关材料时的加工方式。

而20世纪初期中国文学史存在的主要身份是教材,其直接导向的是彼时的课堂教学之用。林传甲就明确指出所编纂《中国文学史》系"京师大学堂国文讲义",故而,必然要符合"值智力并争之世,为富强致治之规,朝廷以更新之故而求之人才,以求才之故而本之学校"(张百熙《进呈学堂章程折》)[①] 的相关要求。此举正如林传甲《中国文学史》第十六篇第十八章"国朝骈文之盛及骈文之终古不废"所指出的:"今中国文学,日即窳陋,古文已少专家,骈体更成疣赘。湘绮楼一老,犹为岿然鲁灵光也。传甲窃谓泰西文法,亦不能不用对偶。见赫德辨学启蒙。中国骈文,亦必终古不能废也。特他日骈文体之变体,非今日所能豫料耳。文者国之粹也,国民教育造端于此。故古文骈文,虽不能如先正之专一,其源流又何可忽耶。"[②] 林传甲试图通过对历代各种文学样式的源流梳理及其知识的合理定位,希冀以此举凸显能够进行教育启迪的"国之粹"作品的重要价值,从而为彼时的教育提供反映历代"中国"形象衍变的历史凭藉。黄人《中国文学史》作为教会学校东吴大学的"国学课本"[③],则试图基于"世界之观念,大同之思想"的人类命运共同体角度来求得"中国"历史的"既往之因,求其分合沿革之果"[④]。黄人甚至指出:"文界不无间接影响于政界之事,然必政界之现势,有以启之,文界仍为助因"[⑤],以强调"文界"应对"政界之事"进行呼应。此类认知使20世纪初期的中国文学史编纂者无法回避彼时教育启智的时代呼吁与受动荡时局左右的现实,从而必须以积极的态势回应教育启智的本质与时代需求所提出的民族富强、国家兴盛的话题。这就导致20世纪初期中国文学史进行"中国"想象的直接意图与重点,主要集中于如何在"中西交通"的背景下进行"中国"国家形象的文化自信建构,想象历代文学史中可以展现民族文化与国家形象的精神特质的文本证据,来建构相应的历史经验,以便确立在中西文化相

[①] 璩鑫圭、唐良炎编《中国近代教育史料汇编·学制演变》,上海教育出版社,1991,第233页。
[②] 林传甲:《中国文学史》,武林谋新室,1910,第209~210页。
[③] 徐允修:《东吴六志·志琐言》,苏州利苏印社,1926。
[④] 黄人:《中国文学史·总论·历史文学与文学史》,国学扶轮社,1911。
[⑤] 黄人:《中国文学史·略论·文学华离期》,国学扶轮社,1911。

交汇时能凸显国家自信与民族自强的学术诉求。

那么,20世纪初期中国文学史采用怎样的方式进行"中国"想象的呢?

一 黄人《中国文学史》:"作为进步的历史"

黄人《中国文学史》的编纂在很大程度上是基于现代文明视域中的固定化思想理论而展开的。即黄人以世界向前进步及关注人类的视角为中心,并认为"就我国现象之一二部观,非特不进化,且有退化者;统全局论之,则进化之机固未尝少息也"①,由此基于"作为进步的历史"的角度来建构中国文学史中的"中国"形象。在进化论的刺激下,黄人首先以"历史"上专制、腐朽的国家形象作为反面教材而试图想象彼时社会发展、民族命运等现实所需要的"国家"之内涵、形象及应当隐含的实际意义。它是一种从"外部世界"的角度,以中国历代文学的衍变史迹为切入视角,来看待"中国"在彼时世界化、近代化过程中所存在的弱项与缺点。比如,黄人在《中国文学史》"文学之目的"中,认为文学"实为代表文明之要具,达审美之目的,而并以达求诚明善之目的者也。"故而,黄人希冀藉此"谋世界文明之进步",进而实现以中国文学史的编纂来探求历史"兴衰治乱因缘"的意图。此类编纂主要为了试图改变时人"守四千年闭关锁港之见,每有己而无人;承廿四朝朝秦暮楚之风,多美此而剧彼,初无世界之观念,大同之思想"的偏见。在这种情况下,在中国文学史著述中重新建构"中国"形象,不仅有助于改变时人好高骛远的局限,而且能够使中国文学史著述充分发挥"俾国民有所称述,学者有所遵守"②的典范意义。所谓"使'国民有所称述',指的便是文学史可以为国民提供一个有关国家文学的叙事"③。由此,黄人试图从"进化之公理"的角度梳理历代文学作品中"能动人爱国保种之感情"的部分,以书写"国史"的态度来编纂文学史,从而展现历代文学中"中国"形象的进步之一面;同时,试图纠正"国民好大迷信之习"等"不诚"的"社会之弊",以此描写历代作品中"去不诚而立其诚者,则有所取鉴而能抉

---

① 黄人:《中国文学史·总论·文学史之效用》,国学扶轮社,1911。
② 黄人:《中国文学史·总论·文学之目的》,国学扶轮社,1911。
③ 戴燕:《文学史的权力》,北京大学出版社,2002,第191页。

择"的作品,① 从而称赞历代文学中"中国"形象的不断自我完善之一面。

在黄人看来,"保存文学,实无异保存一切国粹"②。故而,其在《中国文学史》中进行的"中国"形象建构,是一种以探索者,且自觉地带有某种"求富强"的心态,来重构当时国家与社会发展所需的新的话语体系。这是黄人在与西方民主、平等、自由等思想的对比与思考之后所作的抉择。——如黄人认为历代"文学全盛期"出现的重要原因,在于"冲决周公、孔子以来种种专制之范围,人人有独立之资格,自由之精神,咸欲挟其语言思想扫除异己,而于文学上独辟一新世界"③,积极肯定历代文学作品中塑造独立、自由且积极向上的"中国"形象的重要价值,从而使得其基于历代文学作品而想象的"中国"形象,具有一种指向明确的意义联结与积极向上的形象特质。《中国文学史》第二篇《略论·文学之反动力》更是指出"民贵君贱之陈言,至异族为主而始悟;自由平等之新理,与他人入室者偕来。白日青天之招揭,而大厦已倾;风云沙线之分明,而全舟将覆。言语思想,虽超乎九天之上,而种族社会,旋陷乎九地之下。区区新文学界,必以国界为交易,乃仅得之,其代价不过昂乎?"④ 强调不能因"异族为主"与"他人入室"等"以国界为交易"而后才换来"新文学界",而应超越"种族社会"的种种桎梏,以便在历代文学作品中详细揭示"民贵君贱之陈言"与"自由平等之新理"等进步思想的当下意义。

这种做法是在彼时的世界知识秩序下,以西学知识来反思中国固有文化传统在当时的指导价值,乃至在社会发展过程中的适应问题。如果说侧重历史进步的做法使时人更多看到了西方的先进与中国的落后,乃至促使时人产生深刻危机意识的话,那么,侧重进步的历史记忆的描述方式,将更看重"中国"悠久且辉煌的历史及其对当下的启示价值。此举是试图以历代文学的反面形象来唤醒时人的思想觉悟,故其反复强调需要知晓历代文学的衍变,以"示之文学史,俾后生小子,知吾家故物不止青毡,庶不至有田舍翁之诮,而奋起其继述之志"。可见,黄人想象"中国"的最终意图,是以"人"促情,以唤醒时人内心深处的传统文化自信感,希冀时

---

① 黄人:《中国文学史·总论·文学史之效用》,国学扶轮社,1911。
② 黄人:《中国文学史·总论·文学史之效用》,国学扶轮社,1911。
③ 黄人:《中国文学史·略论·文学全盛期》,国学扶轮社,1911。
④ 黄人:《中国文学史·略论·文学之反动力》,国学扶轮社,1911。

人能走出"黄祸之说"的心理阴影，进而达到"示以文学史，庶几知返"的目的。① 表面看来黄人是为了增强民族自信、增进国人的现代民族国家认同，深层看来他们在强化国家认同感的同时，已产生了抵斥"西学"知识的情绪，甚至滋生了一种潜在的民族文化优越感，从而带有近代中国早期民族文化保守派的影子。故而，黄人又说："西方之有远识者，亦颇服膺我国之旧伦理，他日儒墨两家，必有为全球宗教、教育、政治之一日。"② 所谓"颇服膺我国"云云，使用了一种极具国家自豪感的词句，以此表达中国旧有伦理观念具备随时进行自我更新以适应社会发展的品格，其间蕴含着民族自强的心态与信心。可见，黄人《中国文学史》试图以历代文学的衍变史迹为线索，向时人展现一种需要在与西方文明进行比较的视域下对落后、腐朽的国家进行与时俱进的改造，以便确立能承继儒家经典传统又可适应当下民族自强所需的"中国"形象。

二 林传甲《中国文学史》："作为历史的记忆"

林传甲《中国文学史》则试图塑造一种"作为历史的记忆"之国家形象，而且，更多体现于一种历史缅怀，甚至沉浸于历史记忆之中的形象再现。正如林传甲自言其所编纂《中国文学史》的策略是"甄择往训，附以鄙意，以资讲习"。所谓"甄择往训"是以"《大学堂章程》'中国文学专门科目'所列研究文学众义"为指导的，故而其直接导向则系"练习文法之用，亦教员之义务、师范必需之课本"。③ 此类导向就决定林传甲《中国文学史》对中国历代文学与学术的梳理与建构，必然呈现出一种简单的历时性文献堆砌。亦即促使林传甲势必将书写重点放在能够深切"往训"的历代作品之上，以见"国朝文学昌明"④ 之意。由此形成林传甲《中国文学史》以"文学"（即杂文学观）与学术的衍变历史为书写重点，进而试图呈现历代"中国"纷繁复杂的演进过程的话语建构体系与形象的展现聚焦范围。"国朝文学昌明"云云，就试图推动彼时学生能够深刻了解中国

---

① 黄人：《中国文学史·总论·文学史之效用》，国学扶轮社，1911。
② 黄人：《中国文学史·分论·上世文学史·文学之全盛期·墨家·墨子·〈墨子〉大旨》，国学扶轮社，1911。
③ 林传甲：《中国文学史》，武林谋新室，1910，第1页。
④ 林传甲：《中国文学史》，武林谋新室，1910，第24页。

传统文化，促使学生从"昌明"的文学作品中深切感受传统文化的魅力，以此暗示或强化中国传统文化在当时社会转型中的重要价值。此类表述往往蕴含着林传甲认为国家必定中兴的自信心与自豪感。

虽然，林传甲划分小学、史学、文章之学、群经之学等若干类别来进行"中国"历史演变源流的概述，但上述若干类别的概述落脚点仍集中于历代"文学"之关于经世致用与利于教化的焦点上。比如，第四篇"古以治化为文今以词章为文关于世运之升降"就以"治化"与"世运"为中心，详细勾勒出历代文学作品中有关"治化为文"的情形，以说明"治化词章并行不悖"，认为："治化出于礼，词章出于诗，孔子之教子也，以学诗、学礼并重"，而"中国杂识武弁，多不识字者，外人恒见而非笑之，良由词章之士，务艰深而不务平实也。日本明治维新，说者谓其黜汉学而醉欧化。今读其战争文学，见彼陆海师团、走卒下士，所为诗歌，或奇崛如李，或雄健如杜。中国词章之士，苟读之而愧奋，中国庶几中兴乎？"① 由此，林传甲认为，可从历代"文章"中窥探"中国"的民族节气与国家形象。第十二篇第十章"光武君臣长于交涉之文体是以中兴"，亦指出："光武御制之文：《敕冯异》《报隗嚣手书》《赐窦融玺书》《与公孙述书》。观其驾驭英才之略，周旋列强之际，庙算明远，交际文牍之最优者也。读《窦融责让隗嚣书》，见事勇决，措辞英敏；马援《与隗嚣将杨广书》，婉语周详，陈义恳切。朱浮《与彭宠书》，谕以大义，动以利害，雄快劲直，耸然可听。班彪《乞优答北匈奴奏》，则深沉有大略，不愧为应变之才矣。光武既明于外交之道、和战之机宜，又得诸贤以佐助之，其致中兴也宜矣。其内治之整饬，如桓谭之《上时政疏》、杜林《论增科疏》、张纯《正昭穆疏》、郑兴《日食疏》，大旨重本抑末，尊祖敬天。其文皆泽以经术，有渊古之色，亦见中兴之气象矣。"② 即是强调可从历代君王与群臣的"文章"中品悟出相关作品所意图弘扬的"中兴之气"的国家形象，以使汉代能够"周旋列强之际"而获得"庙算明远"的历史训诫。在林传甲看来，正是由于历代"文章"所蕴含的文学精神缺乏一种积极向上的求真诉求，历代"文章"所体现的"中国"形象过于柔软而影响了中华民族的中

---

① 林传甲：《中国文学史》，武林谋新室，1910，第51页。
② 林传甲：《中国文学史》，武林谋新室，1910，第149~150页。

兴。这种聚焦亦是基于与诸如日本等域外"国家"的向上形象的比较获得的。林传甲认为正是明治维新才促使日本走上中兴之路,而日本的中兴之路又促使其"战争文学"等作品中的文风与形象充满阳刚与向上之力。因此,林传甲认为可以通过对历代"文章"的"治化之力"的梳理,来展现历代中国的积贫积弱之弊,并最终起到发人思进的力量。在这种情况下,林传甲在梳理历代"文章"的衍变时,一方面要排列出书写柔软"中国"形象的作品及其弊端,另一方面又要强调历代"文章"对国家形象的刻画亦需有与时俱进之一面。这种强调历代文学作品中的民族精神的文化特质,及落脚于"我中国文学为国民教育之根本"的育人立人目的。——如第六篇第十八章"论事文之篇法"云:"论事之文,于科学为近。东人于奏疏亦归之此类,不归之治事类为协也。日本拙堂之言曰,叙事如造明堂辟雍,门阶户席,一楹一牖,不可妄为移易;议论则如空中楼阁,自出新意。但拙斋谓宜先学论事文为便,鄙意则以为习纪事为便,而治事文尤为切用。敢质之海内外教育家,以为何如。"① 由此促使林传甲主要梳理历代文学作品中有关"中国"形象的基本史实,并以批评的态度待之。这就导致其更多导向于展现历代文学作品中"作为历史的记忆"的国家形象。"甄择往训"云云,即是此类想象思路的典型。

甚至,前文所言林传甲强调对历代各种文学样式的源流梳理及其知识的合理定位,希冀以此类文本来凸显能够进行教育启迪的"国之粹"作品的重要价值。凡此种种,表明林传甲《中国文学史》进行"中国"想象时,更侧重对文学基本知识的梳理,促使时人全面了解历代各种文学体裁的衍变脉络,从而以忠于历史的态度,向世人展现凸显教化式国家形象的历代文学作品作为一种"国之粹"的当下意义。此举试图将历代文学作品视作知晓中国优秀传统文化的重要文献,导致其著作所描述的并非文学活动的内部关系与影响研究;而是在"甄择往训"的国家认同感下,将历代文学作品置于提高时人爱国认知等教育启迪中,进行知识的重组与文学价值的重构。

统而言之,相较于林传甲《中国文学史》而言,黄人《中国文学史》更强调国家形象作为中国历史衍变进程中的主体"身份",及其对中国文

---

① 林传甲:《中国文学史》,武林谋新室,1910,第77页。

学史衍变的重要影响。它最终有助于引起时人基于特殊时局而在阅读文学史著述的过程中，抑或在课堂教学的施行环节中，增加对"中国"国家形象的认可，从而增强对"中国"之"身份"的认同。而对"中国"之"身份"的认同，并非一定要强化中国历代文学史中的"爱国"题材，而是强调历代文学作品如何通过进步的方式，不断凸显"中国"的国家形象如何冲破封建专制的藩篱而适应彼时社会变革所需的原素。此举有助于将"历史"上的"中国"形象与彼时社会的"中国"形象，乃至基于彼时特定文教环境而想象的"中国"形象，三者放在同一条平行线上，以便清楚发现"中国"形象的历史内涵、现实价值及未来意义。这是因为历史是一个国家构建自我形象及获得身份认同的关键因素。故而，此举导致20世纪初期的中国文学史在想象"中国"形象时，必然强调历代"中国"形象的柔弱之处以及柔弱之后的涅槃重生。由此，在20世纪初期的中国文学史中，"中国"的国家形象往往被塑造成缺陷与奋进并存的面貌，亦即一种缺失了民族自豪感与文化自信的缺陷描述及其如何奋起改变的自励过程。它试图以历代文学作品所独有的文本形式及相应的文字记载方式，对"中国"在近代化过程中的负面作用加以知识学的书写与形象概述。而对20世纪初期的"中国"如何富强的话题，则随编纂者的自我认知而呈现出想象与建构的差异性。黄人《中国文学史》就曾说："我国之学，多理论而少实验，故有所撰著，辄倾向于文学而不自知。"[1] 因此，黄人等人认为以历代文学作品所描绘的"中国"形象为基础，将能够改变"我国之学，多理论而少实验"的缺陷，从而最终在生动、形象的文学作品中，以直观且感性的触摸方式来详细获知历代"中国"的形象。从这个角度讲，民族自强的呼吁与文明进化视域下的"中国"想象相结合，成为20世纪初期的中国文学史建构"中国"及其"形象"历史意义的"范式性例证"[2]。可以说，从想象"中国"形象的不同侧重点及其差异性，可以发现：20世纪初期中国文学史因对国家形象的异样期待与民族命运的不同预估，使编纂者有关"中国"形象的想象往往伴随着建构思路，呈现出两大演进路径：或是对"中国"的国家历史形象的再现与批判，或从人类文明进化过程中

---

[1] 黄人：《中国文学史·总论·历史文学与文学史》，国学扶轮社，1911。
[2] 〔英〕彼得·伯克：《什么是文化史》，蔡玉辉译，北京大学出版社，2009，第87页。

国家形象塑造的可能内容与实践方式来建构未来的国家形象。

第二节　20世纪初期中国文学史想象"中国"的影响因素与呈现面孔

　　20世纪初期的中国文学史往往将教育启智、"代表文明之要具"等塑造人心向善的文学史纂修意图，与"中国"的形象及其职责联系在一起进行书写，以便在历史与现实之间寻求一种合理的平衡建构。也就是说，可以通过历代文学作品中有关"中国"的国家形象与历史衍变情形的分析与组合，来实现建构国家自豪感与历史认同感的目的。黄人就曾说勾勒历代文学作品的终极导向是"使服从之文学变为自由之文学，一国之文学变为世界之文学"，以使初学者从中充分领略那些书写平等、自由思想的文学作品，从而促使近代的"改良之志"具有充分的民意认同。[①] 据此，20世纪初期中国文学史的"中国"形象塑造，是以历代文学衍变过程中的经典作品为基础的，以此强化时人对"中国"的民族与国家认同。它试图通过教育的手段来展现历代文学经典的生命力，以便促使"中国文学史"能够成为介入彼时学人的公共生活和意识领域的重要媒介（暂且不论这种建构过程的实际成效）。

　　而文学作品中的历史书写与文学史编纂者个人经历的有机融合，使文学史编纂者能够通过阅读历代文学作品来寻求一种古今的"关联度"，从而感知或想象历代文学作品中所建构或塑造的"中国"形象，以至于将文学史编纂者所意图建构的"中国"形象作为历史上"中国"的真实形象。也就是说，通过承认历代文学作品中的"中国"形象，或者干脆认为历代文学作品中的"中国"形象就是历史上真正的"中国"形象，文学史编纂者通过对相关作品进行遴选与排序等方式，最终建立起一种包含文学史编纂者个人经验、历代文学作品所呈现出来的"中国"形象、历史上部分真实的"中国"形象等多重主体与多元内涵层次的"中国"形象。而这种建构的关键之处是：受文学史编纂者基于个人经历、时代需求与编纂文学史意图等融合而成的价值观念，甚至对未来的"中国"形象所设想与期望等

[①] 黄人：《中国文学史·总论·历史文学与文学史》，国学扶轮社，1911。

主观愿望的主导。正如尼采所言，"个人及集体对于自身的历史，对于清清楚楚呈现，并以物的形式展示出来的所有东西，都存在一种情感性的联系"①。因此，文学史编纂者在共通的个人经历与情感导向下所书写的"中国"形象，就具有一定普遍意义与时代特色。具体而言，黄人、林传甲等人有感于彼时民族颓败、国家沦落被欺凌而形成的"心灵创伤"记忆，促使他们迅速将此类"心灵创伤"记忆融入文学史的编纂中，从而以相似社会经历所形成的包含"受益人和责任人的双重身份"的"代记"记忆②，来描述这种记忆下有关"中国"的民族与国家的形象问题。

一 以教育为事业与林传甲《中国文学史》的"中国"想象

林传甲在民国初年出任黑龙江巡按使署政务厅的教育科专员后，致力于兴办黑龙江的教育事业，曾指出教育应包括"教之修身、国文、算学、体操、图画、手工"③ 等多种课程；且教育应以塑造有利于国家与社会发展为本职，故其以为"现当社会教育进行之始，……务期作共和之鼓吹、协文明之声律。既隐防海淫海盗之端，亦默示德育智育之准，于人心风俗无不裨益也"。④ 所谓"作共和之鼓吹、协文明之声律"，就强调教育应成为塑造国家正面形象与积极向上的教育意义的重要凭藉。甚至，林传甲还认为"凡民族国家、国民主权、国体正体"等"共和（即民国）国民应有之知识"，尤赖"国民常识为教科必需之书"的支撑。⑤ 据此反观林传甲早年任职于京师大学堂教习时所编的《中国文学史》教材，可知上述以国家主义为教育重点的思路，亦贯穿于《中国文学史》的编纂始末。作为林传甲知交的江绍铨，在《〈中国文学史〉序》中曾指明林传甲所编的中国文学史，包含"为学问者无穷之事业，人类者进化之动机"。甚至，林传甲亦自言"国朝文学昌明，尤宜详备甄采，当别撰国朝文学史，以资考

---

① 〔德〕阿莱达·阿斯曼：《记忆中的历史——从个人经历到公共演示》，袁斯乔译，南京大学出版社，2017，第11页。
② 唐凯麟、朱平：《论"代际储存"——代际正义的一个重要问题》，《湖南大学学报》（社会科学版）2017年第3期，第128页。
③ 林传甲：《林传甲日记》（上册），中华书局，2014，第282页。
④ 林传甲：《林传甲日记》（上册），中华书局，2014，第291页。
⑤ 林传甲：《林传甲日记》（上册），中华书局，2014，第343页。

证"。① 此类编纂思想即含有彰显"中国"的国家形象之意。尤其是，对再现"国朝"（清代）文化与历史现状的"国朝文学"的"详备甄采"，即试图建构"国朝文学史"中的"国朝"形象在彼时的积极意义。据此，林传甲《中国文学史》所言的"国朝"与入民国之后所谓"共和"，皆是以再现国家昌明与培养民众爱国向心力为指导，并进而以之为相应的价值归宿。

为此，林传甲《中国文学史》第四篇"古以治化为文今以词章为文关于世运之升降"、第五篇"修辞立诚辞达而已二语为文章之本"、第七篇"群经文体"等篇目，多谈及历代文章、群经、史学的发展对于修身的重要意义。第一篇"古文籀文小篆八分草书隶书北朝书唐以后正书之变迁"、第二篇"古今音韵之变迁"、第三篇"古今名义训诂之变迁"等篇目，就探讨文字之变迁及其对学好国文的重要性。而第九篇第四章"九章算术文体之整洁"等，就涉及挖掘历代"中国"中的算术学统。此类篇目设置与内容安排，就试图从历代文学史中挖掘"修身、国文、算学、体操、图画、手工"的相关成分，以此说明近代诸多西学知识，中国古已有之。如第十二篇第十二章"张衡天象赋两京赋文体之鸿博"云："日本多地动，因祀张衡。近人有谓平子地动仪即西人地动日静之说者，则附会矣。地球绕日，中国旧所谓地有四游是也。"② 更甚者，第十四篇第十六章"元人文体为词曲说部所紊"，所言："元之文格日卑，不足比隆唐宋者，更有故焉。讲学者即通用语录文体，而民间无学不识者，更演为说部文体，变乱陈寿《三国志》，几与正史相溷。依托元稹《会真记》，遂成淫亵之词。……近日无识文人，乃译新小说以诲淫盗，有王者起，必将戮其人而火其书乎？不究科学而究科学小说，果能裨益名智乎？是犹买椟而还珠耳。吾不敢以风气所趋，随声附和矣！"③ 这是一种以强烈的责任感来批判戏曲小说等通俗文学所写，虽然能使人从中获得愉悦感等"受益"，却不利于"裨益名智"，更是与改革图强的时代"风气"相背离。此类文学样式与文学史衍变的史实，无助于再现或彰显正面意义的"中国"国家形象，更无法成为"作共和之鼓吹、协文明之声律"的重要凭藉，故而应加

---

① 林传甲：《中国文学史》，武林谋新室，1910，第 1 页。
② 林传甲：《中国文学史》，武林谋新室，1910，第 151 页。
③ 林传甲：《中国文学史》，武林谋新室，1910，第 181~182 页。

以批评。

当然，林传甲《中国文学史》在历代文学作品的书写视域下进行"中国"形象建构，主要是一种强调积极向上的国家形象的论述式理论展现与作品式直观再现。因此，林传甲最终试图强调历代文学中的"中国"形象仍具有垂范后世与有利当下的典型意义。如第六篇第一章"高宗纯皇帝之圣训"云："传甲谨按，周孔为儒教之元圣至圣万世师表，不但汉、唐、宋之贤君皆尊周孔，即辽、金、元入中国后无不尊周孔焉。日本自王仁献《论语》后，千余年传习弗衰，明治诏书亦尝征引周孔，盖圣泽之及人深矣。"[①] 这种"中国"形象的建构方式，主要是再现或叙述历代文学作品中的"中国"书写，希冀读之者能够从中获得认同"中国"国家形象的情感。也就是说，历代文学作品中的"中国"形象书写，主要是一种以图像呈现或文字描述，或形象塑造、批判及建构的方式而展开的，属于历史真实的范畴。然而，当文学史编纂者在共通个人经历与情感导向的作用下，基于"为富强致治之规"的特殊考量，文学史编纂者往往会以一定的取舍标准与排列顺序，来重新挑选历代文学作品有关"中国"形象等书写部分的展现方式与呈现面貌，以此形成一种在部分再现历史真实的基础上，塑造合乎彼时之需的非历史实有与曾有，却是历史或有的"真实"的"中国"形象。

二 "上救国策"经历与黄人《中国文学史》的"中国"想象

而黄人曾有"上救国策不见行"[②] 的痛苦经历，使其十分强调保存国粹的重要性。不仅编纂了《普通百科新大词典》等书籍，以展现"饷馈学界、裨补教育，与所以助成法治之美"[③] 的雄心壮志；更是借任教于东吴大学之机，以编纂《中国文学史》的实际行动，来回应彼时"朝廷锐意改选，以图自振"[④] 的时局需求。甚至，从后来"武汉兴师，君奋然欲有树立"，却因"两足忽蹇"不得参加而"愤闷不自聊"[⑤] 的经历，反观黄人

---

① 林传甲：《中国文学史》，武林谋新室，1910，第66页。
② 黄人著，江庆柏、曹培根整理：《黄人集》，上海文化出版社，2001，第366页。
③ 黄人著，江庆柏、曹培根整理：《黄人集》，上海文化出版社，2001，第364页。
④ 黄人著，江庆柏、曹培根整理：《黄人集》，上海文化出版社，2001，第364页。
⑤ 黄人著，江庆柏、曹培根整理：《黄人集》，上海文化出版社，2001，第358页。

编纂《中国文学史》的心理状态,不然发现:黄人以自强发愤的心态在《中国文学史》中所提出的以"世界之观念,大同之思想"来破除"守四千年闭关锁港之见,每有己而无人"的时人偏见,带有黄人希望民族自强与国家昌盛的强烈呼吁。

在这种个人特殊经历的作用下,黄人《中国文学史》在建构"中国"形象的过程中,往往基于特定的细节场景,来勾勒不同时期的文学史作品对"中国"形象的表现语寓,试图从历代文学作品中建构一种注重自我进步与自我促进的"中国"形象。比如,黄人《中国文学史》曾指出《虞初》《齐谐》等作品之所以能"穷社会之状态",是因为常受"政治、习俗实使之然"的影响;故而,文学的演进应重视文学作品如何书写当时人的"言语思想之自由",也该批评政治与习俗如何限制当时人的"言语思想之自由",① 以最终从文学作品所存留的记忆来展现文学的社会责任。典型之例,《中国文学史·分论·中世文学史·两宋文学·绪论》就认为南北宋之际的文学:"沉陆猾夏之愤,迥殊于楚弓楚得,故崖山与煤山劫后,世界腥羶,文界特馨逸,非汉唐之际能及也",② 从而具备展现阳刚且抗争的宋朝国家形象。由此,《两宋文学》在"北宋诗派之分"中,除列"西昆体"之外重点罗列"江西诗派",指出"江西诗派多尚清劲,与西昆正相反";并详细附录"江西诗社宗派图录"于后,试图强调"江西诗派"的诗歌创作对宋代社会的写照价值及其对"西昆体"的矫正意义,从而突出诗歌创作应反映一时代之士风。在黄人看来,宋代的文学创作:"语录为积极之真的一方面,诗余为积极之美的一方面,而四六以美表真,成辞命之新种,皆创观也"③。此类文学样式与创作现象表明:宋代文学在塑造求真求美的过程中,充分展现了作为一个王朝的宋代"因仍改革"的积极形象。

再者,黄人在《中国文学史》所进行的"文学全盛期""文学华丽期""(文学)暧昧期""第二暧昧期"等文学史分期,就是依据不同时期文学作品书写"中国"形象时,所体现的反抗专制与文明进化之程度与意义的差异而作的区别,以强调不同时期文学作品所书写国家形象的异样特质及其对当下的不同启示。这种分期也是从历代历朝政教环境与文化内涵

---

① 黄人:《中国文学史·略论·文学华离期》,国学扶轮社,1911。
② 黄人:《中国文学史·分论·中世文学史·两宋文学》,国学扶轮社,1911。
③ 黄人:《中国文学史·略论·文学华离期》,国学扶轮社,1911。

的内部变迁角度,来探讨历代文学作品书写"中国"国家形象及其政治衍变的不同特征。比如,黄人认为"(文学)暧昧期"中的明代文学较多体现着明人"清议"的风气,反对"腐败之时文、表判、策论",然"于国计之盛衰,反多漠置"而"致生政府之猜嫌"。这种创作现象使具有文学突破专制的端倪,体现出一种"光明"的迹象,从而展现不同时期的政府形象。①

可见,黄人《中国文学史》对历代文学中突破"专制之势力",且表达"言语思想之自由"等作品的强调,是受其希冀借此"以图自振"等图强意图的指导。② 这就促使黄人有关中国文学演进史迹的建构思路,往往是强调历朝历代的文学如何突破专制等腐朽思想的制约而表达出自由平等的思想,最终试图建构出历代文学作品中那种自强不息、积极向上以适应不断变化的时局之需的"中国"形象。这也是一种通过塑造历史"真实"的方式来强调历史的"真实"性。

可以说,20世纪初期的中国文学史试图透过想象与建构的方式,将"中国"的国家形象以历代文学作品的书写史迹为切入口,以"中国"形象的国家化建构替代对历代文学作品的政教化评判,从而促使时人深切感知出一种具有强烈集体认同感的文化记忆③,最终获得一种包含历史真实与塑造真实两重面孔的"中国"自立自强的历史图景。此举是通过有特殊针对性地选择与作品解读,来建构彼时社会变革与政治变革所需的社会本质及其历史凭藉,最终借以启迪时人。

第三节 20世纪初期中国文学史建构 "中国"的意义及局限

随之而来的问题是:中国文学史的"中国"形象建构到底是该讲文化传承还是强调文化变异性呢?

从发生结构主义的角度讲,20世纪初期的有志之士在担忧国家、民族

---

① 黄人:《中国文学史·略论·文学暧昧期》,国学扶轮社,1911。
② 黄人:《中国文学史·略论·文学华离期》,国学扶轮社,1911。
③ 温庆新:《文化记忆:历史的再现与建构》,《中国社会科学报》2018年11月22日,第A08版。

及社会的前途时，往往表现出一种文化的焦虑与精神的困顿。这种焦虑的出现，就是因彼时社会政治与国家环境的冲突而产生，甚至遗留的。因此，有志之士在提出变革思想与价值诉求时，他首先要解决有志之士自身的精神困惑与文化焦虑，甚至进一步将他们自身的困惑推而广之到同时代之人，最终展现的面貌是具有普遍性的时代焦虑感；在此基础上，才提出相应的解决措施。而这种解决措施在试图以中国文学史教材的编纂、讲授等形式进行焦虑心态的排遣与缓冲苦闷感时，往往导致在梳理历代文学演变史迹的过程中加入有志之士心目中的理想化思索及其相应的解决措施。这种做法使得彼时有志之士往往会在现实诉求无法满足时，转向在编纂过程中建构一种补足相应理想的想象，从而获得一种精神的满足感。也就是说，彼时有志之士的中国文学史编纂，是将国家、民族与社会的认知结构与其自身的认知方式放在同一层次，从而试图将中国文学史的编纂行为当作一种对彼时时势进行有意义反应的举措。它最终试图消除此前的学术史建构学术的常用方法、一般原则、惯性思想及其意义指向。因为此前的学术史建构范式，已不能很好地满足近代中国的国家、民族及社会的变革需求。这就是 20 世纪初期的中国文学史编纂进行"中国"想象的初衷与意义所在。

可以说，20 世纪初期的中国文学史编纂试图消解传统学术建构体系中不适应彼时现实需要的部分，而意图建立一种新的社会需要的学术史建构体系。因此，20 世纪初期的中国文学史进行"中国"想象与建构时，所进行的历史真实与塑造真实等建构方式，往往存在一种类似于"以论代史"与"以论带史"等价值先行的特征[①]。在这种情况下，20 世纪初期的中国文学史所塑造的"中国"形象，必然要进行传统的传承建设，以此增强时人或者中国文学史教材学习者的文化自信与民族认同感。此举将原本试图应对文学史编纂所实际面对的对象，径直转向想象文学史编纂可能面对的所有对象，从而将文学史编纂的对谁与为谁两个问题相杂糅来建构文学史的当下意义。而编纂者试图促使时人增强文化自信，最终目的是在彼时动荡的世界背景中寻求中国的国家自强与自立。故而，20 世纪初期的中国文

---

① 温庆新：《有关黄人〈中国文学史〉的编撰体例与分期问题——兼论以章节体修撰文学史之利弊》，《中国学论丛（韩国）》2010 年第 27 辑，第 339~364 页。

学史编纂进行"中国"形象建构时,并不能也无法完全讲求传承,亦需要建构一种变异的思路:采用观念先行的思路,以西方文明中的自由民主平等思想来观照,继而改造历代文学作品中的"中国"形象,从而对彼时的"政界之事"进行呼应,以此强调人类命运共同体下中国的国家前途与民族命运。由此看来,20世纪初期的中国文学史进行"中国"形象建构所呈现的变异方式,是一种受时局现实制约的必然结果。

不过,因过于突出中国文学史编纂的规劝与借鉴意义,使20世纪初期所编纂的中国文学史对"中国"形象的想象与建构,往往过于凸显目的意图与方法手段,反而多所忽略建构"中国"形象的具体内涵与面貌特征。这不能不说是一种遗憾。当然,通过对"中国"形象的建构,又进一步说明20世纪初期的中国文学史编纂已超越了因学术而为学术的套路,反而从20世纪初期中国的国家前途等现实需求出发,充分发扬文学史编纂者所一再强调的"文以载道"[1]传统,以使20世纪初期的政治变革、教育改革、人才培养与中国文学史的编纂,紧紧融合成一体。故而,仍有其特殊的历史价值。

---

[1] 黄人:《中国文学史·总论·文学之目的》,国学扶轮社,1911。

第五章
个性旨趣与20世纪初期的中国文学史编纂

20世纪初期的中国文学史编纂面临的最大难题在于无大量可供借鉴的同类著述，缺乏可供参考的范式模型。编纂者虽然可以借助传统"学问"以"辨章学术，考镜源流"，把握中国文学发展之大势，但如何有效地切入对中国文学发展的书写，同时寻求可供参考的评价体系与方法，则随编纂者之个性旨趣而各显神通，精采缤纷。如黄人《中国文学史》具有文学史兼具"传记体"色彩的"文学家代表"，兼具目录学意义的作品考辨及资料汇编，兼具选本学意义的"作品选"等旨趣选择。又如，林传甲《中国文学史》采用"专题形式"将"诸科关系文学者"与文学史之间有效融合起来，通过"附以鄙意"与"文典"式以身传教来授课从而形成自己的个性旨趣。来裕恂《中国文学史稿》则因个人承继风雅诗统而抄录汉魏诗歌，成书方式系抄录其另一著作《汉文典》，并以文字学及文章学作为其编纂的两大指导思想，这种编纂旨趣有别于黄人、林传甲的中国文学史编纂。基于此，细究20世纪初期中国文学史著述的个性编纂旨趣，将有助于进一步分析此时中国文学史编纂的共性选择。

第一节 黄人《中国文学史》的个性旨趣

从撰写文学史的编纂意图及其组织脉络等视角看，文学史的撰写不仅涉及文学发展的演进史迹，从而形成以"史"为主导，并以此作为一切分析、一切议论的基础；亦要横向突出作家、作品、文体或流派等相关史实，其所涵盖的文献量、知识量及信息量要求极多、极广。在20世纪初期所编纂的中国文学史著述中，如黄人《中国文学史》、林传甲《中国文学史》、窦警凡《历朝文学史》、来裕恂《中国文学史》等，均是以授课讲义教材而呈现于世人面前，故而，编纂相关文学史的首要目的则是为便于教学。可见，从教材与教学的层面考虑，重视基础知识及初学者应该掌握的基本文学史料的传授，则是编纂者首要考虑的撰写议题。这些知识必须落到实处，尽可能不讲空话、套话，力争给初学者以扎实、有来历且有出处的示导，以使历朝历代文学的主要代表作、各种文体的代表作为初学者所熟知，从而实现讲授文学史课程的知识视域层面的意义。

据此观照20世纪初期所编纂的中国文学史著述，林传甲、窦警凡、来裕恂所著则以内容梗概要示，并未对历代文学演进的具体史迹予以详细展开，且几乎未曾以典型作品展开示范讲解；它们仅仅是依时序演进，略为概括各朝代及主要文体的史迹，显然未能有效支撑其教学的需要。导致这种情形的缘由至少有以下几方面：一是，林传甲等氏编纂中国文学史时，不仅缺乏可供参考的同类著述，其编纂成书亦颇为复杂[①]。如林传甲曾自言："书如烟海，以一人智力所窥，终恐挂一漏万"，其采取依彼时颁布的"大学堂章程"之"中国文学专门学科"所列为文学史编纂目次的依据，并言："总为四十有一篇，每篇析之为十数章，每篇三千馀言。甄择往训，附以鄙意，以资讲习。"[②] 所谓"甄择往训，附以鄙意"，表明林传甲编纂《中国文学史》时，对相关文学史实尚缺乏深入细致的体认，"以资讲习"则决定了林传甲《中国文学史》讲义教材的粗犷性；该文学史第十六篇第十二章"李杜二诗人之骈体"就曾说："各国文学史皆录诗人名作，讲义限于体裁，此篇惟举其著者述之，以见诗文分合之渐"[③]，故不曾深入展开。而来裕恂编纂文学史时的主导思想是"焕我国华，保我国粹"，以此"撷文学之精义，焕政治之明光"；故而，来裕恂其意并非集中于启迪初学者如何深入解读文学作品，而是希冀激励初学者通过研习文学史课程而致振兴国粹之希望。来裕恂《中国文学史稿》的编纂过程颇为漫长，所写凡

---

① 陈国球：《文学史的名与实：林传甲〈中国文学史〉考论》，《江海学刊》2005年第4期，第170~175页。
② 林传甲：《中国文学史》，武林谋新室，1910，第1页。
③ 林传甲：《中国文学史》，武林谋新室，1910，第204页。

近十万字,自开笔至脱稿的时间跨度长达四年之久;其中不少篇章则直接抄录其所著另一著述《汉文典》,甚至抄录梁启超《中国近三百年学术史》等时人著作①。这使得来裕恂《中国文学史稿》相关篇章的撰写,是以编辑"文典"时的提要式思路为主,亦几乎未涉及具体作品的讲授。由此可见,林传甲、来裕恂等编纂中国文学史时,并非完全以如何利于初学者了解中国文学史迹及具体内容为撰写重点,而以教育启智的政用意图为主导。

而黄人《中国文学史》虽然也强调"文学史之与兴衰治乱因缘,亦与各种历史略同",但黄人《中国文学史》第一篇《总论·文学史之效用》又说:"文学史者,不仅为文学家之参考而已也,凡欲谋世界文明之进步者,不数既往,不能知将来,不求远因,不能明近果。历史之应用,其目的不外乎此。故他国之文学史,亦不过就既往之因,求其分合沿革之果,俾国民有所称述,学者有所遵守。而我国文学史之效力,尚不止于此。"②将文学史的受用对象扩大到"凡欲谋世界文明之进步者",从而将"不数既往,不能知将来,不求远因,不能明近果"作为文学史启迪的重点。这说明黄人已考虑到如何"俾国民有所称述,学者有所遵守"的问题,意即如何通过详细介绍"既往""远因"以使"国民称述"及"学者遵守"时有赖以遵守的典范。就此而言,黄人《中国文学史》与林传甲、来裕恂等氏所著一样,均强调教育启迪之用,所不同的是黄人更进一步考虑到具体的践行之径。

黄人《中国文学史》凡二十九巨册,分《总论》《略论》《文学之种类》及《分论》,凡四编。各编内之节目更是烦琐。其中,《总论》从"文学之目的""历史文学与文学史""文学史之效用"等方面综论;《略论》则分"文学之起源""文学之种类""文学全盛期""文学华离期""暧昧期""第二暧昧期""文学之反动力"等目,以概述中国文学发展的大略;《文学之种类》则略为分析命、令、制、诏、敕、策、书谕、谕告、诗、诗馀、词馀、碑、铭等文体之特质及与其他文体之异同;《分论》则

---

① 详见本书第五章《20世纪初期中国文学史编纂的个性旨趣》第三节《来裕恂〈中国文学史稿〉的个性旨趣》等相关论述。
② 黄人:《中国文学史》,国学扶轮社,1911。本节所引此书均据此版,除有必要,不再一一注明。

占全书4/5篇幅之多,分"文学之起源""上世文学史""中世文学史"及"近世文学史"等目。尤其是,《分论》下又设节,如"上世文学史"目下设有"文学之胚胎""文学之全盛期""文学全盛中期""文学全盛末期"等节;节下亦有若干小标题,如"文学之全盛期"节下分六经、儒家、道家、墨家、法家、兵家、古小说等条,以论述先秦文学发展的梗概。据此,从文学史篇目设置的烦琐程度、文学史编纂篇幅的长短情形等方面看,黄人《中国文学史》与林传甲、来裕恂等氏所著有本质之别,从而体现出该文学史的个性编纂旨趣,即通过对文学史基本史实的详细讲解以实现注重教育启智的实践途径。

就此而言,最能体现黄人《中国文学史》编纂旨趣的部分,莫过于第四编《分论》论述历朝历代的文学发展史时,不仅分别罗列各朝代的文学家代表,且大量抄录各个朝代及主要文体的代表作品,从而通过了解文学家代表及熟读典型作品等方式,使初学者对各个朝代及各种文体的发展与演进史迹有直接的感观,从而达到研习文学史之知识视域层面的授课效果;并使"国民称述"及"学者遵守"时具有典范之作以供参考,从而提供研习文学史的方法路径,并以此实现教育启蒙的政用意图。具体来说,第四编《分论》的编纂旨趣有以下若干特色。

一 兼具"传记体"色彩的"文学家代表"

黄人《中国文学史》在展开论述各个时期的文学演进或各种文学体裁的演进史迹时,在冠以总论一代文学概况之后,多举该时代的代表作家为先,后以作品选集殿笔。如第四编"中世文学史"论及"唐代文学史"时,列"唐初盛文学家代表",并录魏征、褚亮、虞世南、张说、苏颋、"四杰"、沈佺期、宋之问、杜审言、崔融、王绩、马周、欧阳询、张九龄、李峤、姚崇、宋璟、苏味道、陈子昂、王湾、孙逖、卢象、卢鸿一、郭震、乔知之、刘希夷、王维、崔颢、李颀、储光羲、王昌龄、常建、刘长卿、颜真卿、李华、萧颖士、崔曙、王翰、孟云卿、张巡、孟浩然、李白、杜甫、韦应物、张谓、岑参、高适、李嘉祐、贾至、郎士元、元结、张继、独孤及、皇甫冉、王之涣、刘眘虚、秦系、任华、严维、顾况、戎昱、戴叔伦、李益等凡六十余人;列"唐中晚文学家代表"时,有李端、卢纶、吉中孚、翰翃、钱起、司空曙、苗发、崔峒、夏候审、陆贽、王建、刘商、武元衡、李吉甫、权德舆、羊士谔、杨巨源、令孤楚、韩愈、柳宗元、李观、皇甫湜、刘禹锡、张籍、皇甫松、樊宗师、贾岛、孟郊、李贺、卢仝、白居易、元稹、欧阳詹、舒元舆、李德裕、牟融、刘言史、张碧、李涉、柳公权、李廓山、李绅、鲍溶、殷尧藩、施肩吾、项斯、雍陶、杜牧、许浑、薛逢、赵嘏、姚合、马戴、薛能、李群玉、李节、温庭筠、段成式、孙樵、刘蜕、刘驾、刘沧、李频、李郢、曹邺、许棠、邵谒、皮日休、陆龟蒙、司空图、聂夷中、曹唐、李山甫、李咸用、方干、曹邺、罗隐、罗虬、唐彦谦、郑谷、韩偓、吴融、杜荀鹤、韦庄、黄滔、崔道融、陈陶、寒山、无可、皎然、吴筠、吕岩等凡九十余人。又如，论及"两宋文学"时，先以四百余字篇幅"两宋文学绪论"起笔，后以"北宋文学家代表"继之，所列代表作家有王曾、王禹偁、杨亿、宋庠、宋祁、钱惟演、欧阳修、王安石、王安国、张方平、曾巩、曾肇、王珪、杜衍、吕公著、司马光、范仲淹、晏殊、郑獬、张耒、陈师道、陈与义、陈康伯、陈瓘、潘阆、潘大临、石延年、石介、柳开、韩维、鲜于侁、王严叟、刘安世、刘挚、文同、杜默、唐庚、苏舜钦、梅尧臣、苏洵、苏轼、苏辙、黄庭坚、秦观、蔡襄、米芾、崔鸥、刘敞、刘攽、晁说之、晁咏之、晁补之等凡五十余人；后附"北宋诗派之分"，列"西昆体""江西诗派"的宗派宗旨及该诗派代表人物，凡两派，以使初学者对宋代文学有总览大体梗概之益。又如"近世文学"论及明代文学时，列"明前期文学家代表上"，录宋濂、李东阳等近四十人；列"明前期文学家代表下"，录王守仁、郎瑛、汤显祖、王九思等凡四十余人，并附录僧道作诗者如宗泐等凡九人。

可以说，黄人《中国文学史》所录文学家代表涵盖各朝代各种文体的典型者，显然对传统"传记体"的谱录方式有较为深刻的借鉴。如此排列，以较为直观的形式使初学者一目则晓历朝历代与各个时期的典型作家，以形成概貌之印象。值得注意的是，黄人尤为重视对通俗文学作家作品的录入，如将汤显祖入传，且着重提及汤显祖的词曲成就（并选有汤显祖作品《临川县古永安寺复寺田记》《宜黄县戏神清源师庙记》若干）。这与黄人对戏曲小说等通俗文学的广泛关注有关[1]，更是文学史通识广罗

---

[1] 温庆新：《黄人与〈小说林〉之关系釐正》，《内江师范学院学报》2010年第5期，第1~5页。

并包的编纂要求所使然。从这个角度看,黄人《中国文学史》在吸收传统"传记体"的录入体例时,亦有所改良,以便适合文学史的框架体例。——如黄人所言重要文学家代表的生平履历之篇幅、内容大体平整,一般文学家代表的简介则多以两三句话概括,所含内容主要涉及字号、生平、职官、文学作品及成就等方面。纵观黄人《中国文学史》的相关论述,其对各时代文学家代表之生平的论述但凡百余字,已开现代文学史有关作家生平简介的先河。如介绍宋代文学家代表苏轼时云:

字子瞻,号东坡居士。举制科,累官翰林学士、兵部尚书,谥文忠。轼弱冠博通经史,为文浑涵光芒,雄视百世,器识宏伟,议论卓荦,挺挺大节,诸贤无出其右。著有《唐书辨疑》及文集三十卷行世。

又如,介绍黄庭坚时,例亦盖同。云:

字鲁直,号山谷。治平丙午赴乡试,庐陵李询试先生诗:至"渭水空藏月,傅岩深锁烟",击节叹曰:"此人不惟文理冠场,异日当以诗雄四海。"遂膺首荐。后举进士,教授北京国子监。苏轼见其诗文,叹其独立万物之表,荐之云:"瑰奇之文,绝妙当世;孝友之行,追配古人。"迁著作佐郎。《神宗实录》成,擢起居舍人。绍圣初,知鄂州,为章惇、蔡京等所恶,谪授涪州别驾,黔州安置,移戎州,寻坐谪宜州。江西诗派祖庭坚,世以其诗配,称"苏黄"云。其行书尤工。山谷尝云:"士大夫三日不读书,则理义不交于胸中,对镜觉面目可憎,向人则语言无味。"①

其设专节或专段介绍重点作家或一般作家时,一般作家则突出其主要经历,重点作家则力求对其生平有一个相对完整的叙述;尤其是对重点作家之人物性格、风流才学等方面的介绍,往往具有文学性、传奇性,颇为

---

① 以上参见黄人《中国文学史·分论·中世文学史·两宋文学·北宋文学家代表》,国学扶轮社,1911。

可读,从而有利于初学者领会其间之至要。这种规整式表述使相关小传篇幅短小、内容精湛、要点突出,易于研读。从文学家代表的简介切入,亦可见及黄人努力使文学史框架更好体现古代文史演变实情的苦心。——尤其是,在各朝代中划分时期,如分"唐初、盛文学家代表""唐中、晚文学家代表"等,使阅读者得以了解唐代文学演进过程中的若干重要阶段及其典型作家。因为相比文学作品的篇幅冗长及数量繁多,文学家传记以"人"(作家)为中心的论述,比以"物"(作品)为主的抄录更能激起初学者的阅读兴趣与愉悦感。这就符合黄人自言此书为授课教材的定位。可见,此书方便初学者适宜接受的编纂用心。

二 兼具目录学意义的作品考辨、遴选标准及资料汇编

黄人《中国文学史》第四编论及"明之新文学"之"曲本"时,云:"兹列明人所著可考者,存目于下,而采撷精英,略加评论,俾文学家一尝异味。"并附《明人传奇目》,首列剧名,次及作者,如"《琵琶》,高则诚""《荆钗》,柯丹邱"等,凡二百六十余种;又附《明人杂剧目》《明人散曲》,所录体式同《明人传奇目》,凡五十余种。① 此类曲目著录使得黄人《中国文学史》兼具目录学的功用。黄人力求作品考辨的准确,使得该文学史在便于通识教育的同时,又具有文献扎实、论断严谨的学术诉求。最明显的例子是第四篇"上世文学史·文学之全盛期·六经"附"纬"论,所言"纬书存佚情况"时,云:

> 纬书已多遗佚,国朝乾隆中,在《永乐大典》内得《易纬》六种。而明孙瑴曾编《古微书》,凡《书》十一种、《春秋》十六种、《易》八种、《礼》三种、《乐》三种、《诗》三种、《论语》四种、《孝经》九种、《河图》十种、《洛书》五种,尚粗存根概。今全书难觅,即就孙书采录一二,熊鱼异味,略晋一脔,以厌学者之口腹尔。

后附"七纬目"凡七十余种,又附"四库所存者六种"(含《易纬》

---

① 黄人:《中国文学史·分论·近世文学史·文学暧昧期·明之新文学·曲本》,国学扶轮社,1911。

《稽览图》《通卦验》《坤灵图》《是类谋》及《辨终备》）。可见，黄人据目录学的方法以考镜学术。而这种方式往往有助于进行文学的溯源，故而，其将纬书纳入文学史的关注对象。云：

> 纬之一书，虽循经分部，而体制条理，猝不可分辨。上而历律、音乐、天文、舆地、阴阳、五行，下而鬼神、精怪、飞潜、动植、居处、衣食、医药、厌胜，无不胪列。古书之诡诞杂糅，盖未有过于此书者也。非特不可辅经，且与经正相反，则不必曰纬，直谓之不经可矣。然世界当文明初启，必有一种思想、一种文字，亦天演之公例也，邱索坟典，既不获见其全，而尼山删经之遗，及史迁所谓言不雅驯者，当即在其中。欲觇上世国民风尚，及溯文学进化之阶级者，此书正不可少也。而论其性质成分，则举犹太《创世记》《默示录》，希利尼之神话，阿刺伯之《夜谈》及埃及石刻、印度古籍，而兼收并蓄，且以开方士术数家之溪（蹊）径，供晋唐小说家之畋猎，不可谓非奇书也。而其词藻之瑰丽，尤足壮文学之波澜，为文学之眉目，可与骚赋并驰。故就经训、历史一方面观，殊无甚价值。而就文学一方面言，则实为文学不可少之原素。彼轰雷名于欧美鄂谟、莎士比亚宏制，未足相傲也。①

黄人以"四部之学"的全体内容为文学史的采集对象，实与其采用杂文学史观兼及书目学意义的编辑方法有很大关系②。而将"纬书"纳入文学史中，则为中国文学演进寻求了源头性（即"以开方士术数家之蹊径，供晋唐小说家之畋猎"）。所言"其词藻之瑰丽，尤足壮文学之波澜，为文学之眉目，可与骚赋并驰"等语，则说明黄人遴选文学对象的准绳在很大程度上在于入选对象之藻饰及其"文学性"意味。这显然有意照顾初学者研习时的阅读兴趣，故而，其言"熊鱼异味，略晋一脔，以厌学者之口腹尔"，可见此方法的选择与便宜初学者理解的编纂意图有很大关系。从

---

① 参见黄人《中国文学史·分论·上世文学史·文学之全盛期·六经》，国学扶轮社，1911。
② 温庆新：《黄人〈中国文学史〉与〈京师大学堂章程〉、〈高等学堂章程〉之关系发微》，《中国现代文学研究丛刊》2011 年第 4 期，第 139~149 页。

这个角度看，黄人在编纂文学史时研究对象的遴选标准，亦与其所谓教育启智之意相一致。

从兼具目录学意义的视角切入，《分论》部分的诸多论述，颇有资料汇编之意。如《文学之起源·音韵·母音十六字》所列"元音"（字母）十六字、"仆音"三十四字，及"梵字仆音三十字"并注云："演为三十六字，诸家各有增损，今并列之"，而后附梵音字母及其演变之列表。同节论及"七音"时，云："初韵本二百六部，至宋刘渊始并为一百七部，则今韵之分合异同，亦甚混杂矣。兹录宋《礼部韵》之未并旧目于后"，又分"上平""下平""上声""去声""入声"诸目以罗列。而后论"曲韵"时，亦分"阴平""阳平""上声""入作去""入作平""入作上"等目，分别罗列北音及南音之音目，以便学者掌握历代韵律的演变情形；且据以吟作诗词，从而使此文学史兼具资料汇编的性质。同时，此节又据唐韦续《九品书》以录"唐以前书家"，分别列"周史籀大篆"等"上上品"凡二十家，列"汉萧何署及草隶"等"上中品"凡十三家，录"汉武帝行草八分"等"上下品"凡十三家，录"后汉张旭正草"等"中上品"凡十四家，录"后汉罗晖行"等"中中品"凡十家，录"后汉崔实行隶"等"中下品"凡十二家，录"晋陆机行草"等"下上品"凡八家，录"吴主孙皓行隶"等"下中品"十家，录"蜀相许靖行草"等"下下品"凡九家；之后，又按"自唐以下各书家按次登载姓名，至流传碑帖则另录于后"，分"贞观四家""五季书家""宋书家""金书家""元书家""明书家""国朝"及近代书家代表者何绍基、李文田、翁同龢凡三家。可以说，黄人《中国文学史》第二册几乎是古代音韵、文字、书法家及书帖等资料汇编集，既有某类专门人物的征录，亦含某种文体名篇汇录之用，从而将作家小传与作品选集有机融合于文学史之中。这与黄人吸纳《四库全书总目》的编纂手法相协调，进一步说明传统目录学对黄人编纂文学史的重要性[1]。尽管"文学史"是西方"舶来品"，但从黄人编纂《中国文学史》的具体实践看，其仅是对"文学史"进行框架借用，有关撰写对象

---

[1] 温庆新：《〈四库全书总目提要〉与黄人〈中国文学史〉之编纂概观——兼及20世纪初期的文学史编纂》，《中国学论丛（韩国）》2011年第32辑，第154~171页。

的遴选、研究方法的选择多偏向传统学术之一面①。

三 兼具选本学意义的"作品选"

黄人《中国文学史》第四篇《分论》除少量"总括"笔墨及文学家小传之外，余皆作品选读，以使初学者具备理论修养与作品品感相结合的学习心境。应该说，以文学史著述兼及作品选性质，使得该文学史在20世纪初期的中国文学史编纂潮流中，别具一格。黄人在大量挑选文学作品时，多为不厌其烦地录著作品原文。如在论述"中世文学史"时，第七册至第八册收汉魏制、诏、策、书、谕等文体作品选，第九册至第十二册为六朝及隋代文学作品选，第十三册至第十八册为唐代文学作品选，第十九册至第二十册为北宋文学作品选，第二十一册为南宋文学作品选，第二十二册为辽代文学作品选等。同时，其遴选"一代有一代之文学"时，几乎涵盖该时代所有文体（包括黄人所言的"新兴文体"），且重心分明。

试以黄人对唐代作品的挑选为例。其中，第十三册选录"唐骈文"、第十四册选录"唐散文"、第十五册至第十七册为唐诗。尤其是第十八册选录唐"闺秀"诗，含武后宫人《离别难》、开元宫人《袍中诗》、七岁女子《送兄》等凡三十首；又选录"释道诗"凡三十二首，选录"试律赋"十余首，选录"试律诗"凡三十余首，选录"诗馀"四十余首，选录"唐人小说"（含《虬髯客传》《柳毅传》《杜子春传》《聂隐娘》）凡四种，涵盖唐代所有文体（黄人以后四种文体为"唐之新兴文体"）。且以四大册的篇幅选录唐代诗歌选集，所选涵盖有唐一代的所有诗歌名家及各自的典范之作。尤其是，"闺秀"诗的入选，则表明黄人进行作品选集时带有浓烈的个人偏好。在今存黄人的诗作中，《和定庵无著词》多写寄意程雅侬等闺情相思，《南社丛刊》第八集刊黄人《霜花腴》后附有庞树柏的"附记"："安定君为程氏，小字雅（一作稚）侬，吴门人。色艳而命薄，痴于情，常以《石头记》晴雯，巴黎马克尼自况。丁未秋，以幽忧死，年才二十三年。"又如，《闻声对影稿》多为与闺中女子唱和诗，如《红豆和丽仙原韵》云"丽仙晴霞坚似石，天荒地老不消融"，等等。② 可

---

① 温庆新：《〈四库全书总目提要〉与20世纪初期的文学史编纂》，湖南师范大学硕士学位论文，2011，第48~61页。
② 黄人著，江庆柏、曹培根整理《黄人集》，上海文化出版社，2001，第93~101页。

见，因黄人自身对"闺秀"诗的偏好，尤其是对闺秀诗人清新、贞坚之心的肯定，促使其对文学史的此类作品予以择录。

尤须注意的是，黄人《中国文学史》的"作品选"并非简单进行作品选录，而含有讲授作文之法的意味。除上文所引对作诗用韵之法的讲授外，另有"上世文学史"之"诗之修辞法"云："虽全出于天然，而如风行水上、云在空中，瞬息万变，各呈奇巧，后世词章家呕心涸脑，自矜创获，终不能遁出其范围。是知琼琚玉佩之庄严，终逊秋波一转，剪绿刻楮之工巧，何如春风一嘘？一切格律、神韵、性灵之硜硜聚讼，皆盲人争象耳。略标一二，以息众喙。虽风雅之道初不在是，而见浅识小，亦未始非文学家之金科玉律也。"[1] 而后，分别从"一言""二言""三言""四言""五言""五言叠韵""六言""七言""八言""九言""十言""十六言""二十一言"、"复字"[含"动（物）""植（物）""天地文""器物""动作""品性"等]、"复词""二字相同"（含"一三二字相同""二四二字相同"等）、"三字相同叠句""四字相同叠句""四字相同双叠句""四字韵句""二字四叠句""二字六叠句""二字八叠句""二字十叠句"等方面分析吟诗作词的方法，从而将近代出版界所热衷出版的作文之法之类的书籍，集合于文学史之中。这使初学者在大量阅读文学作品的同时，亦可了解作文之法，从而兼及创作方法的教学之意。据此看来，黄人编纂时已考虑如何在文学史著述中尽可能地涵盖古代文史的相关知识面。——不仅有对文学基础知识的讲授，亦有严谨文献考辨；不仅涉及文学演进史迹，亦有涉猎文字、音韵等其他方面；不仅抄录具体代表作品，更是讲授作文之法，从而试图将近代出版界所热衷的"文汇"与"辞典"（该文学史之文学家小传即属于"文学家辞典"之流）、"作文之法"等融杂一体，以尽可能扩大初学者的知识面，使其知晓传统文史的主体梗概。

检视黄人《中国文学史》，其所选作品涵盖文、诗、曲、小说等文体，并非单纯为某文类的选本集，而是所有文类的选本集；其所选作品亦非断代，而是将某文类选集拆散置于文学史框架下所采取的分期断代之中，分别于各个朝代中予以显示，故具有通选之实。从这层意义讲，黄人借用文

---

[1] 黄人：《中国文学史·分论·上世文学史·文学之全盛期·六经·〈诗〉之文学》，国学扶轮社，1911。

学史的形式，将《中国文学史》编纂成兼具选本性质、人物传记性质的涵盖古代文史之实的杂糅体。其本质与近代日本人所著诸多"中国文学史"，乃至与同时国人林传甲所著《中国文学史》等亦有本质之别。并且，黄人《中国文学史》进行作品选择时的指导思想，是以便宜教学为先导、以教育启迪为中心。也就是说，黄人主要是从"文以载道"的语境，将作品选本与文学教育相结合的[1]，从而导致其在选本过程中对文学的本体性略有消折，而以教育教化的主题倾向为主导。如选录唐"闺秀"诗多为贞烈节义者，又如第四编《分论·近世文学史·文学暧昧期·明之新文学》论及明人章回小说时云："可为普通教育科本之资料"。故而，黄人《中国文学史》与传统的选本学又多有异样之处。虽然黄人《中国文学史》本身于近代流传不广，影响亦有限[2]。但从近代学术史的演进历程看，黄人对中西学术的交融，采取向传统学术靠拢之一面，使传统的选本学、目录学在西学入传过程中具有改良并获得新生的可能。黄人通过编纂中国文学史的实践，使其看到传统学术的近代改良具备可能性，而且改良得较为成功。据此分析黄人所编《中国文学史》，就不会产生学界所言该文学史缺乏新意之感。[3]

应指出的是，黄人《中国文学史》选录的"作品选"，对黄人之后从事的若干"文汇"选编经历，有很大影响。黄人参与主编的《国朝文汇》"例言"曾说："作者姓氏、里爵附载篇首，其有一时无可查考者姑付阙如，以俟续考"，（这种编纂方式受《四库全书总目》的影响亦十分明显。）这与该文学史首"按次登载"而列"文学家代表小传"，次选录"作品"的编纂指导，并无二致。况且，黄人于《〈国朝文汇〉序》中指出：

存录一千余家，为文一万余首，不名一家，不拘一格，虽网罗未

---

[1] 黄人在《中国文学史·总论·文学之目的》曾说文学"自广义观之，则实为代表文明之要具，达审美之目的，而并以求达诚明善之目的者也""是则不能求诚明善，而但以文学为文学者，亦终不能达其最大之目的也"；同编"文学史之效用"亦言："文学史之与兴衰治乱因缘，亦与各种历史略同"，可证。
[2] 温庆新：《对近百年来黄人〈中国文学史〉研究的反思》，《汉学研究通讯（台湾）》2010年第4期，第27~38页。
[3] 董乃斌：《论草创期的〈中国文学史〉》，《社会科学战线》1997年第5期，第67页。

广，疏漏正多，尚有俟海内方闻，俛为曾益。要之二百数十年中之政教风尚所以发达变化其学术思想者，循是或可得其大概。而为史氏征文考献者，效负弩之役。①

通过选录作品以窥探学术变迁之大势（其中的文体风格、思想倾向，阅读即可晓），亦即黄人《中国文学史》选录文学作品的编纂意图之一。据此反观该文学史，黄人意图通过以下两种路径，即以"人"（文学家代表小传）为中心的论述与以"物"（"作品选"）为主的作品选录作为文学史的主要思路，从而通过将作家、作品二者有机结合以论述历朝历代文学史的演进历程之方式，最终达到有效建构文学史的框架结构。这种建构在教育启智为指导的基础上，最终目的之一则是以学生为主，最终利于初学者研习文学史，并方便教学。据此看来，在20世纪初期所编纂的中国文学史中，黄人《中国文学史》不仅在内容篇幅、编纂用心等方面与其他文学史多有异样，尤其是以方便初学者研习文学史的编纂指导及其相关实践方式，更能见及黄人《中国文学史》的个性意图。若从中国文学史的演进历程予以观照，这种编纂思路对后世中国文学史的编纂所产生的启迪，则是显而易见的。虽说文学史的编纂以对作家的论述及作品的评介为主要思路，属题中之义，但在彼时国人所编纂的中国文学史中，黄人《中国文学史》开创了编纂文学史兼具文学家小传、传统目录学意义及"作品选"的先例。这对国人所编的、以授课教材名世的早期"中国文学史"来说，以便宜学生学习、进行教育启蒙为意图的编纂选择更具有借鉴意义。从这个层面看，尽管林传甲《中国文学史》的影响比黄人《中国文学史》更甚，但黄人《中国文学史》的编纂路径，无疑更贴近1920年以降"中国文学史"的编纂实情，对而后的中国文学史编纂而言更具分析比对的参考价值。

第二节　林传甲《中国文学史》的个性旨趣

近年来，学界对林传甲《中国文学史》的探讨渐趋深入，并集中探讨林传甲《中国文学史》与彼时学制的关系，暨如何据《京师大学堂章程》

---

① 黄人著，江庆柏、曹培根整理《黄人集》，上海文化出版社，2001，第292页。

等各《章程》的要求来编纂文学史①,并与黄人《中国文学史》等同时期的其他中国文学史著述进行比较②,亦有从彼时学术变迁的视角讨论林传甲的经历及其价值观与学术自律行为对其编纂《中国文学史》的影响③。这些研究在指明林传甲《中国文学史》面临的诸多时代难题时,已注意到林传甲撰写《中国文学史》时,缺乏可供参考的同类著述的尴尬;故而,有学者据林传甲所言"将仿日本笹川种郎《中国文学史》之意以成书焉",从而将二者进行比较以批评林传甲《中国文学史》的落后。不过,检视学界相关成果,多数研究皆未曾注意林传甲在彼时诸多限制条件下编纂文学史时的个性旨趣。著名学者郑振铎在《我的一个要求》中,曾批评林传甲《中国文学史》"名目虽是'中国文学史'内容却不知道是什么东西!有人说,他都是钞《四库全书总目》上的话,其实,他是最奇怪——连文学史是什么体裁,他也不曾懂得呢"④,尤具典型。然而,亦已有学者注意到林传甲编纂《中国文学史》时所采取的策略及其个性旨趣⑤,这种讨论采取还原视角,对理清林传甲编纂《中国文学史》时的种种限制及其合理存在、个性特征等内容,均不无益处。

林传甲《中国文学史》第五篇第一章"孔门教小子应对之法",云:

> 今日孩提之童,一误于保母以谬妄之名词为先入之主;再误于塾师但课读书,不教识字。循诵其文,不晓其义,学识之翳障,遂层层叠叠而不可破。苟识一物,即识一字,则名词无不知矣。正本清源,

---

① 此类讨论有陈国球《文学史书写形态与文化政治》(北京大学出版社,2004)、戴燕《文学史的权力》(北京大学出版社,2002)、陈平原《作为学科的文学史》(北京大学出版社,2011)等著述。

② 此类讨论有孙景尧《真赝同"时好"——首部中国文学史辨》(《沟通——访美讲学论中西比较文学》,广西人民出版社,1991)、高树海《中国文学史初创期的"南黄北林"论》(《淮阴师范学院学报》2001年第1期)、余来明《清民之际"文学"概念的转换与中国文学史书写——以林传甲、黄人两部〈中国文学史〉为例》(《井冈山大学学报》(社会科学版)2010年第5期)等文。

③ 详见温庆新《〈四库全书总目提要〉与20世纪初期的文学史编纂》(湖南师范大学硕士学位论文,2011)、《20世纪初期文学史编撰的几个问题漫议》(《中国学论丛(韩国)》2010年第28辑)等文。

④ 郑振铎:《郑振铎古典文学论文集》,上海古籍出版社,1984,第36~37页。

⑤ 陈国球:《文学史的名与实:林传甲〈中国文学史〉考论》,《江海学刊》2005年第4期,第170~175页。

宜端母教；欲端母教，宜兴女学，否则学界终无进步也。①

创办"女学"成为林传甲后来客居黑龙江推行教育改革时的重点之一，可见早在其编纂文学史时就已考虑到课堂"讲义"之外的教育改革，颇具慎思。又，如何对待民智启迪，林传甲亦有自己的要求及践行手段，而不完全受彼时风气的影响。第十四篇第四章"韩昌黎文体为唐以后所宗"云：

> 今日文人贪用新名词，不能师昌黎之自出新裁，惟以东瀛译语为口头禅，而东瀛专门之学则弗习焉，是亦奴隶之性质耳。侯官先生之译书也，一名之立，旬月踟蹰，一卷编成，海隅共仰，是则文之自出新裁者也。传甲学焉而未能，且不通万国文字，必不能合万国文字以成文字也。诸君凤肆欧文者，庶几有志斯道乎。②

该篇第十六章"元人文体为词曲说部所紊"，亦云：

> 近日无识文人，乃译新小说以诲淫盗，有王者起，必将戮其人而火其书乎？不究科学而究科学小说，果能裨益名智乎？是犹买椟而还珠耳。吾不敢以风气所趋，随声附和矣。③

所谓"不敢以风气所趋，随声附和"云云，表明林传甲对文学演进与社会风气、文学功用之间的关系，往往具有自己的思考。据此，还原林传甲编纂《中国文学史》时的主导思想、分析《中国文学史》的个性编纂旨趣，将有助于更客观地评价林传甲《中国文学史》的时代特色。

一 以"致用"诉求为联系"诸科关系文学者"与文学史的纽带

有关林传甲《中国文学史》的文学史观，学界已有探讨，但多以混

---

① 林传甲：《中国文学史》，武林谋新室，1910，第 53 页。
② 林传甲：《中国文学史》，武林谋新室，1910，第 172 页。
③ 林传甲：《中国文学史》，武林谋新室，1910，第 182 页。

杂、落后目之。林传甲《中国文学史》开卷即言："查《大学堂章程》中国文学专门科目，所列研究文学众义，大端毕备。即取以为讲义目次，又采诸科关系文学者为子目"，就是说林传甲是以彼时获得制度性认可的、以行政力量推行的学制改革所提出的文学观为编纂《中国文学史》的观念主体。——1902年8月15日颁布的《钦定京师大学堂章程》第二章"功课"第二节"大学分科门目表"曾说："文学科之目七：一曰经学，二曰史学，三曰理学，四曰诸子学，五曰掌故学，六曰词章学，七曰外国语言文字学。"[1] 故而，林传甲《中国文学史》所言以"诸科关系文学者为子目"[2]，即据此为指导，以传统"四部"之学为主线并穿插讲授历代经史子集的主流，严格依照《大学堂章程》而设。林传甲所作的个性改良，则是如何联系"诸科关系文学者"与文学史。尽管林传甲《中国文学史》未曾明言其文学观念及文学史观念，但从该文学史的具体书写情形看，林传甲所采取的是以"文学史"为涵盖传统"四部"之学的熔体，其所添加的成分则是以某种全新或自己的标准挑选"四部"之学，故而，林传甲的文学观念总体而言涵盖"四部"之学的全部。此举一方面给人以驳杂之感，另一方面则是其对文学史研究对象的编排已有了自己的选择。这种选择除受彼时各《章程》的影响之外，更是林传甲赋予文学史之教育功用作用的结果，故其言"中国文学为国民教育之根本"[3]，从而以"致用"为标准，并据以选取"四部"之利于教育教化、时势导向者，形成与20世纪初期所编纂的其他中国文学史所不同的特征。——第一篇至第十一篇多言及"诸科关系文学者"，占全书凡十六篇之七成篇幅，含文字、音韵、训诂、辞章、群经、诸子学、史学等方面，则其对《大学堂章程》的规定亦有所挑选。

具体而言，该文学史所言及的"诸科关系文学者"主要有以下两个方面。

一是，文字音韵训诂之学与文学史的杂糅。第一篇"古文籀文小篆八分草书隶书北朝书唐以后正书之变迁"，主要从"作文之法"入手，授课对象为优级师范公共科的补习生，其此篇的主要章目往往依"大学堂说文

---

[1] 璩鑫圭、唐良炎编《中国近代教育史料汇编·学制演变》，上海教育出版社，1991，第237页。
[2] 林传甲：《中国文学史》，武林谋新室，1910，第1页。
[3] 林传甲：《中国文学史·目次》，武林谋新室，1910，第24页。

专科详说之"。此篇具体讲授时虽多次注明依《章程》,如第六章"六书之名义区别"目下自注:"子目本经学门之说文学之第三条,下条本第三条",第八章"古文籀文之变迁"目下自注:"子目本古籀篆之变,析为三节",但第十一章"传说文之统系"目下自注:"子目本《章程》原文,在六书名义区别之前,今移之于此,因时代为先后而各家说文之学皆附此款",第十五章"北朝南朝文字之变迁"目下自注:"《章程》但言北朝不言南朝,盖谓北朝犹近古耶。"① 可见,林传甲在依《章程》各条目时不仅将其或拆分或综合,更是补充各《章程》未及者,其中的根本原因在于强调所变动的部分是否合适讲授"作文之法"与利于教学(说下文)。第二篇"古今音韵之变迁"、第三篇"古今名义训诂之变迁"与第一篇一道,分别从文字、音韵、训诂三方面"关系文学者"以考据的形式展开论述,欲使初学者掌握文明起源后可以知晓世运变迁,故而,第一篇第十六章"唐以后正书之变迁"指出:"考文字之变迁,亦兴亡之大鉴戒乎。"② 之所以将此三篇首列以言,除了兴亡戒鉴等影响因素之外,更有现实的紧迫性。比如,第二篇第二章"周秦诸子音韵"云:"今人厌薄旧学,于音韵之繁难者,尤不暇究心,难考古音变迁之大略,固治高等文学者所当务也"③;亦有林传甲希冀培养国需人才之理想的考量,故第二篇第十五章"三合音"云:

中国文字,应习者凡五种文字,中原志士仅知其一,不知其二焉。《大学堂章程》"中国文学门",未尝及此。今因论三合音类及之。他日大学成,增设满、蒙、回、藏文字,造成边帅之材,传甲固愿为建议之人焉。④

据此,前三篇从"小学"入手导以文明传承所赖之本而言,颇有针砭时弊、奋发图强之意。从这层意义讲,此类论述与文学史变迁所要求的"致用"意图,殊途同归。——第十三篇第一章"西晋统一蜀吴之文体"

---

① 林传甲:《中国文学史》,武林谋新室,1910,第1~11页。
② 林传甲:《中国文学史》,武林谋新室,1910,第13页。
③ 林传甲:《中国文学史》,武林谋新室,1910,第15页。
④ 林传甲:《中国文学史》,武林谋新室,1910,第23页。

认为江统之文"关系民族兴衰,可为万世炯鉴",第三章"五胡仿中国之文体之关系"认为"五胡"不识字以至于不能"自强",① 均以文学变迁须切实用、利于启迪民智、关系民族兴衰方为文学史演进的主流。故而,林传甲论述文学变迁所选取的视角,多以是否符合致用标准,作为判断历朝历代及各类文体演变的优劣得失。如第十四篇第一章"总论古文之体裁名义"以"典重"、切实为古文演变之主流,肯定"唐人学两汉者,犹力求典重",批评"宋人学韩、柳者,渐运以轻虚;明人学唐、宋八家者,则在流连跌宕之间而已;近人学八家不能成,充其量仅肩随于明之归震川。岂上古必不可学乎,抑学之未得其道乎。吾惟祝今日之实学,远胜古人,不欲使才智之士,与古人争胜于文薮",② 即是典例。而第四篇"古以治化为文今以词章为文关于世运之升降",则从"议论"方面予以论述(该篇目下自注"前三章多考据,本篇出以议论"③),寻求"治化为文"与"词章为文"有效联系的关节点。而第四篇第十八章"论治化词章并行不悖",主张二者皆"不可废",云:"窃谓治化出于礼,词章出于诗。孔子之教子也,以学诗、学礼并重焉。"因此,林传甲不论是言及"汉以后治化词章之分",抑或"唐人以词章为治化""五代之治化所在""明人之治化词章误于帖括",皆以"切实"、导"文明"为论述的根本。故而,其评汉代辞章"浑厚朴茂,不伤雕饰",评"五代士人最无耻者"冯道屡请国子监镂版刊刻书籍而"大启学界之文明";所言"君子不以冯道为人而废其法"云云,说明林传甲评判治化为文与辞章为文的标准,在于明辨彼时时务与于时有利(如其批评明代帖括之士"不明治化为当时之务,乃尊之为古",遂"自甘为退化之野蛮")。④ 这种以致用为主导以切时务之需的展开思路,正是文字、音韵、文字作为文明起源之重要表征被予以突出强调的本质缘由。

二是,经史之学与文学史的杂糅。第七篇至第十一篇主要论述经史之学"关系文学者",试图论述此类文体于历朝历代的演进标准亦是"致用"诉求的体现。——第六篇第十八章"论事文之篇法"云:"治事文尤为切

---

① 林传甲:《中国文学史》,武林谋新室,1910,第156~158页。
② 林传甲:《中国文学史》,武林谋新室,1910,第169页。
③ 林传甲:《中国文学史》,武林谋新室,1910,第39页。
④ 林传甲:《中国文学史》,武林谋新室,1910,第39~51页。

用",第七篇第一章"经籍为经国经世之治体"云:"群经皆治事之文也,当其时用为经国经世之法,既卓著其效,遂以为可常行而无弊也",该篇第十八章"皇朝经学之昌明"又言"师'六经'之意以征诸实用";① 第八篇第十八章"汉以来传记述周秦古事之体"又云:"修史之才,与读史之法,皆归于致用而已。"② 这种致用意图,使林传甲对历代经史之学"当其时用"者,尤为肯定。比如,第七篇第二章"周易言象数之体"云:"今日昧泽火之义,而西域之太阳年、星曜日,縻我正朔焉。天算不列于教科,术数秘传于陬澨,吾悲民智之日浊矣。"③ 第八篇第十三章"司马法创兵志之体"又云:

> 呜呼,中国兵备荒弛久矣。正史中兵志,徒铺张其数,而未得其精意之所在。司马法在今日,已成陈迹。军情万变,固非常情所能测,寻行数墨之士所得记也。古人文武未分途,是以官司马者,皆知兵大将,非如今日兵部尚书、侍郎,由他部升转,词臣科道,循序以进也,故其言可法于后世焉。今日军法,安得知兵能文者,援笔以记之乎。④

又,第九篇言及"周秦诸子文体"研究对象的入围标准时,言:

> 儒家孔孟已进于经,荀子亦见于第四篇"论治化之文",均不复列此篇。但举周秦诸子之自成一家者,皆不可附于经部儒家者也。⑤

而此类对象的编排,则如第九篇第一章"管子创法学通论之文体"章下自注所言:"欲以时代为次而难于考订,惟以诸子之最有用者列于前,其无大用者列于后。"⑥ 所谓"有用"与论述"文学文体"及"经学文体"演变时所执行的一样,均为利于民智启迪、关系民族兴衰,并以"当其时

---

① 林传甲:《中国文学史》,武林谋新室,1910,第77~91页。
② 林传甲:《中国文学史》,武林谋新室,1910,第103页。
③ 林传甲:《中国文学史》,武林谋新室,1910,第79页。
④ 林传甲:《中国文学史》,武林谋新室,1910,第100页。
⑤ 林传甲:《中国文学史》,武林谋新室,1910,第104页。
⑥ 林传甲:《中国文学史》,武林谋新室,1910,第104页。

用"程度的大小进行排列。故而，第九篇以管子创法学开谈，就是"读管子之文，知富国强兵而不流为迂拘，故举为周秦诸子冠焉"。① 由此可见，"致用"诉求不仅影响林传甲《中国文学史》撰写对象的选择，亦成为其建构具体篇章之框架的重要指导。

据以上文，林传甲除以时序先后编排章目，更是以于现实有用程度大小来安排具体章目。典型者，如第九篇开论管子法学思想，次以孙子兵家、吴子尚武精神、九章算术、墨子发明格致新理、老子创哲学家卫生学家等依次品列而及，这些方面对于柔弱凌欺、百废待兴的20世纪初期的中国而言，均具有直接的现实启迪意义。——据此而言，林传甲主张社会变革应先建立法制思想，其次是强兵，这无疑是其安抚民心、抵御外敌而后始及民生本根之思想的反映，这符合社会变革的一般论证。纵观林传甲《中国文学史》，其对"诸科关系文学者"的论述并非以"四部"之学于历朝历代的演变情形为论述主体，而是以"四部"之学于历朝历代演变时所形成的、对20世纪初期的中国具有直接且具有现实借鉴意义的演进为论述的主流。从这层意义讲，林传甲对"致用"诉求的选择，促使其认识到"中国文学为国民教育之根本"的重要性。与黄人《中国文学史》等20世纪初期编纂的其他中国文学史相比②，林传甲《中国文学史》对"致用"意图的定位及针对性均强于前者，从而促使林传甲《中国文学史》具有一条贯穿文学史编纂始终的主线。

"诸科关系文学者"与文学史交融带来的另一个性旨趣，则是"专题形式"的编纂策略。在林传甲《中国文学史》篇目的设置上，第一篇至第三篇分别为"古文籀文小篆八分草书隶书北朝书唐以后正书之变迁""古今音韵之变迁""古今名义训诂之变迁"，分别从文字、音韵、训诂三方面论述；第四篇至第六篇分别为"古以治化为文今以词章为文关于世运之升降""修辞立诚辞达而已二语为文章之本""古经言有物言有序言有章为作文之法"，则主要讲授"作文之法"，是彼时出版界热衷的"文典"置于"文学史"框架以授教育人的典型，亦是前面三篇之延续（说见下）。而第七篇"群经文体"、第九篇"周秦诸子文体"，分别论述经学、诸子学的变

---

① 林传甲：《中国文学史》，武林谋新室，1910，第104~105页。
② 温庆新：《黄人〈中国文学史〉与〈京师大学堂章程〉、〈高等学堂章程〉之关系发微》，《中国现代文学研究丛刊》2011年第4期，第139~149页。

迁,第八篇"周秦传记杂史文体"、第十篇"史汉三国四史文体"、第十一篇"诸史文体",则主要论述史学的变迁。这些专题作为"诸科关系文学者"的相关对象,以"致用"诉求为联系与"文学史"的纽带,将历代"四部"之学"当其时用"与否的演进情形,专篇专题,顺通一过。上述篇目之下的各章目,所言才以时序顺而衍变述之,①从而有效地将"专题形式"的编纂策略与文学史编纂所通用的以时序为主的断代论述结合起来。依后世治文学史者的文学观及文学史观而言,林传甲《中国文学史》与之相关者,主要是第十二篇至第十六篇论述历代"词章"之体演变等部分,分别是"汉魏文体""南北朝至隋文体""唐宋至今文体""骈散古合今分之渐""骈文又分汉魏六朝唐宋四体之别"。这些篇目若是严格依时序而论,则于"词章"中又分出骈散文专论,则颇不合理。——第十五篇第一章"唐虞之文骈散之祖"认为"骈散古合今分者,亦文字进化之一端欤",第三章"殷商氏骈散相合之文"又言"观骈散之分合,亦可见文质之升降也",②则林传甲以此为认识文字进化及"治化"之文的重要突破口,专题专论(该篇第一章下自注:"群经文体所言皆大体也,此下数章所言,惟辩论骈散而已")。可见,林传甲论述历代"词章"之体时,仍旧以"专题形式"组织。第十六篇第二章"汉之骈体至司马相如而大备"章下自注:"前篇汉魏文体以大体为重,故论相如最略。今论骈体,相如实西汉大宗,故首列之"③,则林传甲采取"专题形式"的编纂策略,为"文学史"的论述寻求最佳编纂思路,详略有当,重点突出,避免重复,符合其开卷即言"每篇析之为十数章,每篇三千余言"的设想。林传甲又说"每篇自具首尾,用纪事本末之体也。大章必列题目,用通鉴纲目之体也",借用史籍的编纂方法,使得每篇篇幅相对固定,论述内容言简意赅、相对完整,与"专题形式"的编纂策略相结合,形成该文学史独特的叙事手段。而对此的不足,林传甲亦深有感触,第十六篇第十二章"李杜二诗人之骈律"自注言:"各国文学史皆录诗人名作,讲义限于体裁,此篇惟

---

① 案:林著文学史开卷即言"每篇析之为十数章,每篇三千余言",第六篇第三章"初学章法宜分别纲领条目"又说:"篇章之分,古今不同。古之章,今之篇也。今以短者为章,长者为篇",此即林传甲对"篇""章"之区分标准。(参见林传甲《中国文学史》,武林谋新室,1910,第67页。)
② 林传甲:《中国文学史》,武林谋新室,1910,第184~186页。
③ 林传甲:《中国文学史》,武林谋新室,1910,第197页。

举其著者述之，以见诗文分合之渐。"① 故而，相关篇章的论述，往往简述一过。这也是后世学者鄙薄林传甲《中国文学史》粗陈梗概的重要原因。不过，据以上述，仍可见及林传甲编纂《中国文学史》的良苦用心。

二 "甄择往训，附以鄙意"与"文典"式以身传教的授课方式

林传甲《中国文学史》的存在形态为讲义稿，因篇幅及体例所限，又因此书为林传甲受聘京师大学堂文学教习时在短时间内草创而就，故其不可能将浩瀚如烟的中国文学之全部演进详尽地体现出来，故而，其采取的编纂思路是"甄择往训，附以鄙意，以资讲习"，并以"每篇析之为十数章，每篇三千余言"为体裁②，从而使得这种思路在"纪事本末之体"与"通鉴纲目之体"的结合下，得以粗略梳理历朝历代文学演进的大概。之所以形成此编纂思路，与林传甲主张删繁就简的教育主张有很大关系。据研究，林传甲在其后的黑龙江教育改革中，就曾对"名目纷繁"的各类教材进行修订，主张将"并历史、地理、格致于国文之内，稍微简便"，不仅利于教学亦便于初学者③。此类思想已于编纂《中国文学史》时，初见端倪。而"甄择往训"所采取的做法，则是大量抄录历代书目提要及相关专家的成果，致使后世治文学史者多有鄙薄，郑振铎的意见就颇有代表性。关于林传甲如何依《四库全书总目》以编纂文学史，不论是直接钞录，抑或观点引述、材料借用等情形，我们已有专文讨论④。这里需要指明的是，林传甲已指出其编纂《中国文学史》时对传统学术的吸收借鉴，本无可厚非；尤其是，林传甲将经过甄别筛选的"往训"融于"纪事本末之体"与"通鉴纲目之体"的叙述框架中，本身就是一种创新。作为讲义教材而"以资讲习"，林传甲首先须保证初学者能迅速知晓历代文学的演变梗概，故为有效把握"四部"之学的演进主体，甄别各家学说的典型者，无疑是较为妥帖之举。不过，"甄择往训"并非林传甲的最终目的，

---

① 林传甲：《中国文学史》，武林谋新室，1910，第204页。
② 林传甲：《中国文学史》，武林谋新室，1910，第1页。
③ 李江晓、王月华：《略论林传甲的教育思想及实践》，《齐齐哈尔师范学院学报》（哲学社会科学版）1996年第3期，第83页。
④ 温庆新：《〈四库全书总目提要〉与20世纪初期的文学史编纂》，湖南师范大学硕士学位论文，2011，第4~46页。

主要为导向"附以鄙意"之一面；二者的结合，使得林传甲《中国文学史》既不会流于空疏，亦不至于毫无创建。何况林传甲所甄别的"往训"多为彼时迫切需要解决者，对"往训"进行知识结构的筛选与致用诉求的整合，已含有林传甲独特的看法。从这层意义讲，林传甲并非不懂得文学史体裁，而是其赋予文学史的目的诉求，已超越对体裁的要求。因而，为使学生知晓富国强兵与民族兴亡的紧迫感，林传甲除了论述"诸科关系文学者"时对历朝历代之典型或反例予以强调，更是于其中"附以鄙意"而以身传教。这两方面的综合，形成了林传甲《中国文学史》个性编纂旨趣的另一道靓丽风景线。

纵观林传甲《中国文学史》，所谓"附以鄙意"云云，大多是在"甄择往训"以论述历代各种"文体"演变情形之后，适作优劣与得失的评判。如第三篇第十二章"朱子究心名义训诂之据"论述朱子论语要义之后，引薛艮斋抵牾朱子语，并引陈澧辩解诸说"以杜治汉学诟朱子者之口"，章末又自注：

> 传甲最服膺朱子者，福州州学经史阁一记也。记云：常君濬孙又为之饬厨馔茸斋舍，以宁其居，然后谨其出入之防，严其课试之法，朝夕其间，训诱不倦，于是学者竞劝。此数语包括学校一切教授、管理之法。①

对彼时"汉宋之争"，林传甲的情感倾向已十分明显。又，第十一篇第七章"周书文体欲复古而未能"言：

> 吾独讥令狐于周室一代典章，及仿周礼六官府兵之制之类，不能区为志乘，使后人有所稽考，则令狐之失，不能讳也。②

据此，将"鄙意"与"往训"区分开来，其"一家之言"亦不言而喻。而林传甲的"鄙意"倾向，不仅体现在对纯粹学术问题的论争上，更

---

① 林传甲：《中国文学史》，武林谋新室，1910，第34页。
② 林传甲：《中国文学史》，武林谋新室，1910，第134页。

是以"当其时用"与否作为附论"往训"对彼时时局的启迪意义。前文所述，足以证明此点。

同时，将"往训"与彼时西学相比较，以言说"四部"演进的得失，则是林传甲"鄙意"又一大体现。如第一篇第三章"论书契开物成务之益"云：

> 辽、金、元三朝太祖皆创国书以致勃兴，英、法、德、俄因拉丁以为国书，且以识字人数逐年比较，以征民智之开塞、科学之盛衰。吾愿黄帝神明之胄，宜于文学、科学加勉矣。①

此文不仅注意东西方教育的比较，且这种比较视野进行的前提是"开民智"的致用意图。又，第一篇第四章"论五帝三王之世古文之变迁"论述古文"由渐而增"等情况之后，云："《英和字典》每年皆有新增之字，即孳乳浸多也。西域字母之说即本诸此"；② 又，第五篇第七章"虚字承转实字达意法"云："《马氏文通》所谓承接连字，日本《汉文典》所谓接续副词也"；第五篇第十二章"虚字用于形容词法"云："虚字用于形容词之尾者，《马氏文通》归之状字一类；日本《汉文典》则归之于副词一类"③；等等。以上实例表明林传甲《中国文学史》注重将历代"四部"之学的发展情形与西方进行类比。④ 这种类比所欲获得的效果，仍是"当其时用"。

在弄清林传甲"附以鄙意"的目的及手段之后，有关林传甲此举的叙述方式，亦需作些说明。林传甲以第一人称的叙事视角直接介入对研究对象的评说之中，常用"传甲窃谓"（如第九篇第五章、第七篇第十八章等）、"吾读"（第七篇第十章）、"吾观"（第七篇第十四章等）、"吾悲"（如第八篇第六章）、"吾独惜"（如第十篇第十章）等字眼；或直接叙述某类文体的演变情形，如第七篇第十章"三百篇兼备后世古体近体"联用

---

① 林传甲：《中国文学史》，武林谋新室，1910，第3页。
② 林传甲：《中国文学史》，武林谋新室，1910，第4页。
③ 林传甲：《中国文学史》，武林谋新室，1910，第60页。
④ 温庆新：《〈四库全书总目提要〉与20世纪初期的文学史编纂》，湖南师范大学硕士学位论文，2011，第29~40页。

三个"吾读"及三个"又读",以论述"诗三百"诸多主题类型;或以评判者的身份切入,评判某类文体演进过程中的优劣得失,这据上文所引即可明晓。

与上述叙述方式相结合的是林传甲以身传教授课方式的介入。这种授课方式主要体现在第五篇"修辞立诚辞达而已二语为文章之本"、第六篇"古经言有物言有序言有章为作文之法"之中。林传甲《中国文学史》开卷即言"传甲更欲编辑中国初等小学文典、中国高等小学文典、中国中等大文典、中国高等大文典,皆教科必需之课本"[①],以此作为研习文学史的重要补充。第五篇下自注:"日本文学士武岛又次郎所著《修辞学》,较《文典》更有进者。今略用《文典》意,但以修词达意之字法、句法著于此篇。又以章法、篇法著于下篇,其详则别见《文典》。"该篇第十四章"修辞分别雅俗异同法"讲解至"同字异用"情形时说:"俟文典详其用焉",第六篇下自注:"此承上篇章法篇法制大要,亦明教育之公理、文典之条例也。"可知,相关篇章实是"文典"体例及编纂用途于文学史编纂中的缩略。这些篇章不仅依"文典"条例而编,行文更是多次援引若干"文典"著作以比较研究。相关例证,除上引第五篇第七章、第十二章外,另有第五篇第六章"虚字联络实字达意法",云:

> 日本《汉文典》之后置词,言置于名词、代名词之后也。

第七章"虚字承转实字达意法",云:

> 《马氏文通》所谓承接连字,日本《汉文典》所谓接续副词也。

第七篇第十三章"仪礼为家礼之古体",云:

> 然朱子《仪礼经传通解》"士冠礼"第一节后题曰右筮日,第二节后题曰右戒宾,此虽与宋元人评古文法略同,然读书之条理必如是,不可废也。日本《汉文典》所谓解剖观察法如是。

---

① 林传甲:《中国文学史·目次》,武林谋新室,1910,第24页。

又，第五篇第六章"虚字联络实字达意法"，云：

日本人《续汉文典》分别主题语、说明语。如"人之初"，"人"为主题语，"之初"则说明语也。说明即达意也。

第六篇第三章"总论篇章之次序"，云：

日本人《续汉文典》言章法有虚实、有反正、有宾主、有抑扬、有擒纵、有起伏、有开合、有详略、有双扇、有缓急、有层叠，其余则宋元以后所立名目，有未尽大雅者。[1]

应该说，20世纪初期治文学史者编纂中国文学史的同时，皆意图编纂相关"文典"，以补充其所编纂的文学史之补足。如黄人编辑过《普通百科新大词典》等，来裕恂编辑过《汉文典》，林传甲亦有这方面的考虑。而"文典"对文学史的最大补充，则是"作文之法"的讲授。上文所举诸例，说明林传甲意图使初学者掌握历代字法、句法、章法、篇法及文辞种类、位序等使用情形。

为使初学者能迅速、熟练掌握相关使用，林传甲遂以自身学习的经验以身传教，意图调动初学者的兴趣。第五篇第一章"孔门教小子应对之法"章下自注："此篇多本家慈刘安人之家庭教育法，故首章托始幼稚园教名词法，谨质之留心教育者。"并于篇末注云："近日沪上新编国文教科书，名词皆有图"。此章认为"教育之法，未有不先之以言语者"，孩提儿童"不识不知"，唯有"引其手"指物而教，故以名词为先。[2] 据研究，林传甲一生谨遵母训，自强不息，其母刘盛的家庭启蒙对林传甲的影响甚大。林传甲曾跟随受训经史子集、数学、地理等科目。案：刘盛，字邦媛，四川巴陵人，家学深厚，教子有方；热爱教育事业，晚年曾任奉天女子师范学校监督，民国三年又于黑龙江创办省立女子教养院。[3] 故而，林

---

[1] 以上参见林传甲《中国文学史》，武林谋新室，1910，第52~66页。
[2] 林传甲：《中国文学史》，武林谋新室，1910，第53~54页。
[3] 李文炳、王洪生、范佩卿：《教育家林传甲传略》，《齐齐哈尔师范学院学报》1989年第1期，第93~95页。

传甲《中国文学史》称"多本家慈刘安人之家庭教育法",则引导这些篇章撰写的主要指导是蒙学、小学启蒙教育方法及其践行效果。其所先采取"托始幼稚园名词法"的直观教学方式,以图文相配以"引其手",初衷不外乎为引导初学者的兴趣。这种直观教学法为林传甲后来于黑龙江广泛推行,云"小学教授应用直观教授"。这就促使林传甲注意体察授课对象的性情,第五篇第二章"六年教以数与方名之法"章末注云:"今西人蒙师多以妇人充之,中国乃以为老儒娱老之事,故不能体察孩提性情,诸多窒碍。"① 林传甲并以自身的受教经验予以形象说明教学方法与体察孩提性情的重要性,如第五篇第五章"反言以达意之法"章末注云:"传甲十五时悟此理,大为龙溪蔡毅若先生所称赏,愿遍商之能算、能文之士。"② 又,第六篇第十三章"初学扩充篇幅第一捷法"云:"传甲十岁时,已能作短章。家慈勖传甲作长篇,以续《孟子》好辨章命题,言三代后一治一乱之事。传甲是时已诵《读史论略》《史鉴节要》,粗知治乱陈迹,敷衍成篇。由战国至明季,约千余言,皆因其自然之材料",③ 等等。而鉴于文献所囿,以身传教方式的授课实践已无法追踪。

不过,这种以身传教的介入是将文学史当作"文典",并以此进行教育启蒙的情形下进行的,仍以"当其时用"为主导。由此可见,林传甲希望通过撰写《中国文学史》来促成涵盖传统"四部"之学及蒙学教育途径的百科全书式的著述,其所赋予文学史的目的诉求已超越文学史的体裁范式。从文学史的演进史迹看,林传甲不仅与同时期中外所编纂的中国文学史著述多有迥异,而且,其所形成的编纂思路并未为后世治文学史者所接纳、继续或发扬。因而,尽管林传甲《中国文学史》提出以"致用"诉作为联系"诸科关系文学者"与文学史的纽带,以"甄择往训,附以鄙意"与"文典"式以身传教作为授课方式,这些表现成为其异于20世纪初期所编纂的其他中国文学史的个性编纂旨趣,却摆脱不了昙花一现的命运。

---

① 林传甲:《中国文学史》,武林谋新室,1910,第54页。
② 林传甲:《中国文学史》,武林谋新室,1910,第56页。
③ 林传甲:《中国文学史》,武林谋新室,1910,第74页。

第三节　来裕恂《中国文学史稿》的个性旨趣

来裕恂所著《中国文学史稿》系其受聘浙江海宁中学堂而编的授课讲义稿。作为现存为数不多的与近代学制变迁、教育改革有关的文学史著述，来裕恂《中国文学史稿》有助于深入探讨近代学制变迁及教育改革、编纂者的个人努力与时代背景之影响、近代学术变迁之大势、文学史的现代转型等问题。同时，来裕恂《中国文学史稿》编纂的直接根由系钦定、奏定《中学堂章程》颁布下的产物，与依钦定、奏定《高等学堂章程》而纂的林传甲《中国文学史》一道，分别作为彼时中学堂、高等学堂编纂文学史讲义稿的主要代表，这对讨论20世纪中国文学史编纂的早期衍变具有独特的意义。

一　《中国文学史稿》的编纂方式：从抄录汉魏诗赋及诗论文本说起

在分析来裕恂《中国文学史稿》的纂写方式之前，我们有必要先分析来裕恂编纂文学史时的心态。据载，来裕恂"年十八，肄业于杭州西湖诂经精舍，得晚清经学大师曲园俞樾先生青睐，赞誉他'颇通许、郑之学'"[1]，可知其曾受严格的经史训练，治学必趋严谨。这种态度在来裕恂《中国文学史稿》中多有体现。如第一篇第一章"总论"开篇云：

> 上古之文学，自伏羲至黄帝而一变，自五帝至三王而一变，自三王至晚周而一变，故文明之发达，亦缘之以为界焉。黄帝之书，著录于《汉书·艺文志》者二十余种，班氏既一一明揭其依托，[以余观]今所传《素问》《内经》等，亦其一也。[2]

又，该篇第十二章《旧说破而新说兴》云：

---

[1] 来新夏：《〈汉文典注释〉说明》，载高维国、张格注释《汉文典注释》，南开大学出版社，1993，第1页。

[2] 来裕恂：《中国文学史稿》，岳麓书社，2008，第1页。

春秋以前，鬼神数术之外无他学。春秋以后，鬼神数术之外，尚有他种学说。然是时人事，已极进化，故鬼神数术之学，不足以牢笼一切。至春秋末，渐不信鬼神数术，征诸《左传》，已有可以考见者。如子产曰："天道远，人道迩。非所及也，何以知之。"（昭十八年）韩简子曰："薛征于人，宋征于鬼，宋罪大矣。"（定元年）自此以来，障蔽渐开。至老子出，遂一洗古人之面目而一空之。厥后九流百家，无不源之，后之人惟知有孔子而已，若老子则儒家斥之为异端也。①

所谓"以余观"表明来裕恂用字遣词斟酌之细严，强调个人一己之见而不至误人，与此书作为一部教课讲义的身份颇为吻合。而"已有可以考见"云云，表明其所言必有据，考证精严。由此可见，来裕恂治学之严谨、态度之诚恳、论断之慎重，并深深贯彻于来裕恂《中国文学史稿》编纂的始末。这是讨论来裕恂《中国文学史稿》纂写方式的前提条件。因为它使来裕恂编纂《中国文学史稿》时，更具个性化的旨趣选择。

既然来裕恂曾作《述学》（1892）自言："读经不成，舍而读史。读史不成，舍而读子。子更多门，集无涯涘。"② 知其早年曾深究于"四部"之学。又，来裕恂曾撰有《春秋通义》《易经通论》《萧山县志稿》《中国通史》③ 等著述，知其对传统经史之学颇有一己之见，则"颇通许、郑之学"之评，当属恰当。而俞樾又时与诸生称道来裕恂之才，认为其"诗又其所好"，并"乐此不疲"④；来鸿瑨序《匏园诗集》时，亦称：

余以衰朽残年，咏吟暮岁。念扬州之小杜，问经疾史恙以何如；看吴下之阿蒙，试墨灸笔针而奚可？茫茫尘世，谁其嗣音；落落人寰，孰为知己？余固愿客星以终老，子亦混入海于半生。铁板铜琶，是坡老悲歌之会；拔剑斫地，负王郎磊落之才。杜扶风小冠得名，庶

---

① 来裕恂：《中国文学史稿》，岳麓书社，2008，第28页。（按，[以余观] 三字是来裕恂《中国文学史稿》誊清后经来氏修改而补的，下引若带有 [ ] 者，皆如此。）
② 来裕恂：《匏园诗集》，天津古籍出版社，1996，第68页。
③ 案：来裕恂所著《中国通史》已佚。《匏园诗集》（卷二十二）有诗《著〈中国通史〉成，系诗于后》，知此书完成于1910年，又《匏园诗集》存有诸如《读史》（卷四）、《读〈邓禹传〉》（卷十四）等读史之忆，知来裕恂颇重史学，治史亦甚用力。
④ 来裕恂：《匏园诗集·叙》，天津古籍出版社，1996，第1页。

振家声于坠绪;陆士衡清芬可诵,敢指乐府之迷津。①

据其所言,则对来裕恂的诗作及抱负,甚是敬仰。徐听泉《读〈匏园诗集〉》一诗,亦称来裕恂有诗才,云:

  文史足用东方生,政治不数老主簿。绪余又足资多识,兴观群怨师尼父。《国风》既肆及《雅》《颂》,《离骚》已毕征乐府。苏、李而下事应、刘,颜、谢而外好徐、庾。贞观之间取骆、王,开元以来高李、杜。温、李、韦、元有述作,"郊寒岛瘦"无门户。北宋欧、苏固所尊,南渡"四家"亦拾取。元、明两代录二三,康、乾遗老足述祖。取精既多用物宏,清词丽句漫相与。诗仙、诗圣并诗豪,都向匏园笔底聚。零缣片什早风行,纸贵洛阳名久巨。乃知苦吟声必传,今当付梓宜为叙。②

则来裕恂作诗兼并诸家之长,颇通诗学源流。其所著《匏园诗话》《匏园诗集》等诗学著述,甚见功力。要之,来裕恂对经、史、子、集"四部"之学当颇有深造,则其在《中国文学史稿》中援引"四部"之言,顺理成章。因而,来裕恂编纂《中国文学史稿》时承继传统治学的方式,亦切常理。因为它符合上述来裕恂的学识构造及思维模式的一般反应。"文学史"本属舶来品,外来的文学及文学史观念虽会影响来裕恂文学思想及其观念的形成;但从行为心理学的角度看,来裕恂先前所受的经史训练及此类思维方式渐趋定型等情形,使得其在借用外来的、新的书写模式之前,必会先从其最擅长,亦认为最合理的思想资源中寻找与之相关的、最便捷有力的行动方式及其行为习惯,以调和中、西两种不同思想观念所带来的心理冲突与焦虑情形。这种调和的根本,系来裕恂思维模式的传统因素已趋向固定。据此看来,来裕恂思想中的传统因素,才是有效安抚其心灵深处因中西相冲而致之惊栗状态的灵丹妙药。在这种意识的干扰与作用之下,来裕恂纂写《中国文学史稿》时首先寻求传统编写方式的努

---

① 来裕恂:《匏园诗集·叙》,天津古籍出版社,1996,第2页。
② 来裕恂:《匏园诗集》,天津古籍出版社,1996,第1页。

力，则是上述认知方式与知识涵养的必然反映。

在来裕恂《中国文学史稿》中，因抄录的编纂方式集于对汉魏文学发展的讨论，深见来裕恂对诗赋这种文类样式的若干独特见解，带有其鲜明的个性特征。试以此为例申述如下。

众所周知，钞录是古籍编纂的主要方式之一。它被来裕恂承继与广泛运用，从而成为来裕恂《中国文学史稿》重要的纂写方式。这种编纂方式主要有两种表现形态：一是钞录研究对象之文本，二是钞录相关研究著述及其观点。前一种形态在来裕恂《中国文学史稿》中的表现并不多，主要有第三篇第八章"汉代之韵文"，认为汉代诗歌主要有古诗及乐府二家："乐府歌谣之作，洵汉魏之所当行，六朝之所是尚也"，并录《古诗十九首》之文，以为"汉后诗学之源"；接着录"苏李之诗"，以为"后世诗家无不宗之"，以"［俾学者］得窥体制"，并评道："自此作后，骚人竞为五言诗，可谓汉代文学之新现象，且开七言之渐。"而后，又钞录卓文君《白头吟》、蔡邕《饮马长城窟》、蔡琰《悲愤诗》《孔雀东南飞》等作品，"录之以示"。① 又，第四篇第三章"汉魏文章之变迁"录有三曹诗歌、"建安七子"之文赋，第四章"晋代之文学"录"竹林七贤"之诗文、陶渊明之诗等。② 而对魏晋以降之文学的讨论，罕有录文者；虽第五篇第七章"唐代之佛学"曾录《平边策》等，所讨论对象已非文学样式。据上文所列，来裕恂《中国文学史稿》钞录之文主要集中于魏晋时期，以诗赋为主。由此确知来裕恂《中国文学史稿》讨论文学样式的重点主要集中于诗、赋等雅文学，并兼及小说戏、曲等俗文体③。

为何会出现上述情形呢？有研究者认为来裕恂《中国文学史稿》"章节的字数多寡、内容详略很不平衡，明显前重后轻。如书中谈到古诗《孔雀东南飞》、曹丕《典论·论文》、陆机《文赋》以及陶渊明《饮酒》《归园田居》时，不厌其烦地全文引述；可写到南北朝及以后文学时，即使一首很短的诗也略而不录，以致后来作者在清稿本上进行修订时标有大量'注入'字样。因此，该书虽是一部首尾完整的著述，但最后成书却显出

---

① 来裕恂：《中国文学史稿》，岳麓书社，2008，第66~77页。
② 来裕恂：《中国文学史稿》，岳麓书社，2008，第83~113页。
③ 如《中国文学史稿》在《小说戏曲之发达》与《国朝之小说戏曲》等篇章中，对小说戏曲略有涉及。

了仓促"。① 案：来裕恂编纂《中国文学史稿》时虽或带有仓促之由，但纵观其誊清稿的全部章节，各章节的论述尚属完整，大体符合来裕恂《中国文学史稿》作为教材讲义稿的身份定位。——梗概叙述（详见下文）。又，比对全书论述较为详细的第一篇《中国文学之起源》、第二篇《诸子时代之文学》、第三篇《汉代之文学》等相关章节，这三篇的论述篇幅亦与后之篇章相仿，较长者亦不过千余字而已；且前三篇所论之处，亦少有录文以直示者。详者尚且如此，何况略写者呢？来裕恂《中国文学史稿》的论述模式及习惯，大略是钩玄提要，符合韩愈《进学解》所谓古之人"记事者必提其要，纂言者必钩其玄"的论述体例及习惯。故而，以"内容详略不平衡，明显前重脚轻"之论相鄙，尚不足以言明来裕恂《中国文学史稿》大举钞录魏晋诗赋文本之由。又，检阅来裕恂所著《汉文典》的论述习惯、论述方法及篇章安排、篇幅长短等情形，大略同于《中国文学史稿》除论述汉魏诗歌之外的其他篇章论述的相关情形。此亦可资佐证。由于来裕恂《中国文学史稿》所讨论的对象，并非西方文艺理论视域下的"纯文学"，而是涵盖文学、文章、学术、经学、佛道之学等，杂为一体，以学术变迁为其讨论的主体。来裕恂曾作诗《暑日，予著〈文学史〉，内子尝伴予至夜分，或达旦》，即云"文章学术究宜精"。② 以文章、学术并举为其所著《中国文学史稿》讨论的重点，并非仅关诗词。故而，主导来裕恂此举之由当与"纯文学"的观念及"文学史"的框架无关，或有他情。

分析来裕恂《中国文学史稿》可知，钞录《古诗十九首》系其以之为五言诗的鼻祖，且以之为开汉代文学新现象的起点，故而"今录之以示汉后诗学之源"③。而录汉武帝与群臣联句于柏梁台，系其以为七言诗遂起之端，"别开文园之生面"；卓文君《白头吟》、蔡邕《饮马长城窟》、蔡琰《悲愤诗》等诗作，则是文园生面的表现，当录以为示。《孔雀东南飞》则为"古代一大叙事诗，中国所珍为第一长篇也"，工于"人性情声色"。录

---

① 王振良：《新刊来裕恂〈中国文学史稿〉整理前言》，《中国文化》2008 年第 2 期，第 157 页。
② 来裕恂：《匏园诗集》，天津古籍出版社，1996，第 321 页。
③ 来裕恂：《中国文学史稿》，岳麓书社，2008，第 66 页。

曹操诗系其"气概"非凡,录曹植诗系其有"一代之文宗"① 之气;而孔融《荐祢衡表》、王粲《登楼赋》、阮瑀《为曹公作书与孙权》、刘桢《赠五官中郎将》(四首)等作品,盖为魏晋时期之表、赋、书、诗等各文类的佼佼者。据此而言,来裕恂所录诗文有两大特点:一是所抄或为某类文体之开创者,二是所录多为开文坛演进新气象或彼时文坛的代表者。可见,来裕恂对汉魏晋诗文颇为重视,其间的美誉之情跃然可感。而这种情感投射尚难见于其他章节之中,即如概述后世公认的诗词鼎盛时期的唐宋诗词,尚亦平实以言之。——比如,第五篇第五章"唐代之韵文"以平实语气概述有唐一代韵文变迁之势后,批唐中宗诗坛之"侍臣皆词人为多,诗赋之献酬愈盛",批评李乔、杜审言等人"皆以文华见幸,其性情气质,颇开轻浮之迳"②。无独有偶,第六篇第六章"宋代之诗词"亦批秦观之词过于艳丽,以至"去乐府则远矣",认为宋词工于婉丽流畅而与乐府截分门径;而宋诗直至文天祥(信国公)方以"浩然之正气,发为诗音者,当推信国公,是等诗歌,于风会大有影响也"。③ 同时,该书第五、六篇所论的重点并非集中于诗词,而是经学(道学)、佛学、性理学及古文之学,尚不能与论魏晋文学的比例及气势相望背。据此可知,来裕恂并未过多赏誉唐宋诗词,反而以词多艳丽而伤风化相讥之,但对含浩然之气的那些诗歌却甚为赏推。比对来裕恂对魏晋文辞与唐宋诗词的两种不同态度可知,正气浩然的诗词方是来裕恂所推崇者,系因此类诗词有益于风化;而对虚无夸饰的诗风,则甚是鄙薄,批评唐宋诗词者即系概源于此。如第四篇第四章"晋代之文学"言晋武帝"纵侈宴乐,上下轻奢,以成风习",而士大夫崇尚"老庄虚无之学,轻蔑礼法",致晋代诗风流于虚无,使得"世俗为之一变",终致"东晋之文韵衰矣"。④ 来裕恂鄙薄的原因,则系此类诗歌有伤风化。然而,唐宋诗词中亦有不少益于风化者,来裕恂是亦不曾抄录以示。故而,是否益于风化这个标准尚不是来裕恂大举抄录汉魏诗文的唯一缘由。

深层次导引来裕恂此举之由,当是来裕恂个人对魏晋诗歌本身的偏爱

---

① 来裕恂:《中国文学史稿》,岳麓书社,2008,第84页。
② 来裕恂:《中国文学史稿》,岳麓书社,2008,第134页。
③ 来裕恂:《中国文学史稿》,岳麓书社,2008,第164~165页。
④ 来裕恂:《中国文学史稿》,岳麓书社,2008,第97~101页。

之心。这类情感在来裕恂《中国文学史稿》评价汉魏诗歌的相关言语中，已稍有流露，而在《匏园诗集》中表现得尤为直接。在《匏园诗集·咏唐代诗家二十首》（卷七）中①，来裕恂评陈子昂曰：

　　唐初承陈、隋之弊，多遵徐、庾，虽如卢骆之王子安者，务欲凌弊三谢，而溺于久习，终不能拔。独陈伯玉痛惩其弊，专师汉魏而友景纯渊明，遏贞观之横流，决开元之正派，诗道始变雅正。故王适称为海内儒（文）宗。

评贺知章曰：

　　伯玉之后，惟贺季真独擅风雅，其诗境颇难几及。
　　狂客四明著，风流千古评。清谈词隽永，高尚节坚贞。隐趣鉴湖领，吟情剡水盟。逸才诗境见，闲趣足平生。

评李白曰：

　　太白诗才，无所不可。能得其大，格极高而善变。洵乎三代以来风骚而后惟公而已。

评王维曰：

　　摩诘名盛于天宝间，有别墅在辋川，尝与裴迪游其中，赋诗为乐。世称其"诗中有画，画中有诗"，则体物言情，是其所长。惟词虽清雅，而嫌萎弱。盖依仿渊明，得其淡而未臻于简也。

评韦应物曰：

　　性高洁，历苏州刺史，多惠政。日与文士宴集，世号"韦苏州"。

---

① 来裕恂：《匏园诗集》，天津古籍出版社，1996，第 122~125 页。

其诗盖祖袭灵运，一寄秾纤于简淡之中。渊明以来，一人而已。

又，评李商隐曰"难教风雅存""不免流于靡曼"，评柳宗元曰："其诗斟酌陶、谢之中。"此类评语皆将唐代诗家的体格及承继上推汉魏诗家，其间不难见及来裕恂推重汉魏诗歌之情，故所论以汉魏诗学为准。同时，来裕恂评诗、作诗强调宗风骚雅正之流。如《学诗》（卷二十一，1909）认为作诗应"气局闳而肆，词句雅以渊"，且应"上摘汉魏艳"，而"勿矜辞富丽，趣以声容传。格调犹在次，神韵音节宣"。① 在来裕恂看来，汉魏诗歌距诗骚雅正传统较近，承继得较完整，且于文坛中多有开创处，为后世诗坛所宗者亦甚多。又，来鸿瑨曾称来裕恂"敢指乐府之迷津"，究其原因乃在于来裕恂以为诸如《古诗十九首》等民歌"直承《国风》之遗意，开后代之诗源"而含有"风之馀，诗之母"等韵绪。② 就此而言，来裕恂尚风骚雅正之诗而倾重汉魏，认为汉魏诗歌足开后世文坛之流，凡此种种皆是来裕恂诗学思想的独特反应。

对此，来裕恂所著《汉文典》之《文章典·文体·辞令·文词类·诗》对诗歌源流及诗之正统者有详备之论，云："诗者，弦歌讽谕之声也。始于唐虞，至周分为六诗"，虽诗之体屡变而"不易者诗之旨"。并以汉代为例而言：

苏武、李陵之所作，行曲凄惋，实宗《国风》与楚人之辞。二子既殁，继者绝少。下逮建安、黄初，曹子建父子起而振之，刘公幹、王仲宣力而辅翼。正始之间，嵇、阮作而诗道大盛，然皆师李陵而驰骋于风雅者也。自是以后，正音衰微。③

又如，鄙六朝诗过于琐碎、伤于刻镂，之后评唐诗家曰：

唐初承陈隋之弊，多尊徐、庾，遂致颓靡不振。张子寿、苏廷硕、张道济相继而兴，各以《风》《雅》为师。而卢升之、王子安务

---

① 来裕恂：《匏园诗集》，天津古籍出版社，1996，第392页。
② 来裕恂：《中国文学史稿》，岳麓书社，2008，第70页。
③ 来裕恂著，高维国、张格注释《汉文典注释》，南开大学出版社，1993，第342页。

欲凌避三谢。刘希夷、王昌龄、沈云卿亦欲蹴驾江、薛,惟溺于久习,终不能改。独陈伯玉痛惩其弊,专师汉魏而友景纯渊明,可谓挺然不群之士。复古之功,于是焉在。开元、天宝中,杜子美继出,上薄《风》《雅》,下贬沈、宋,席夺苏、李,气吞曹、刘,掩颜、谢之孤高,杂徐、庾之流丽,真所谓集大成者。并时而作,有李太白远宗《风》《骚》及建安七子,其格极高而善变。王摩诘依仿渊明,虽运词清雅,而萎弱少风骨。韦应物祖袭灵运,一寄秾鲜(纤)于简淡之中。渊明以来,盖一人而已。……至李长吉、温飞卿、李商隐、段成式专夸靡曼,而诗之变极矣。[1]

后列评岑参、高达夫、刘长卿、孟浩然、大历十才子等中唐诗家及杜牧、李长吉、温飞卿、李商隐等晚唐诗家,所嘉者皆重"风""骚"及宗于汉魏诗歌者,所非者多为流于娇艳而不利风教者。而后,来裕恂分评宋、元、明、清诸代诗家及其作品亦如此,而对上述诸代诗家的推崇者并不多见。据此,来裕恂评诗的标准,不外乎崇风骚雅正者为主,以汉魏诗作及诗家为正面举例的典范(本节暂不论来裕恂论诗是否得当,仅就此探讨来裕恂论诗之标准及个人偏好)。又如,《汉文典》重乐府系其"起于汉,风、雅、颂之变也",之后经历唐新乐府之变,"至唐末五代,复变为诗馀,于是宋人之词,元人之曲,纷纷而起"。[2] 厥后论词体亦云:"词者,诗之余也,古乐府之流别,后世曲之所由起也。"[3] 可见,来裕恂所论韵文文类,均以是否承继风雅诗统为准。此类论述与上引《中国文学史稿》《匏园诗集》等相关文献相一致,均表明来裕恂对汉魏诗歌的偏重之心。——从"苏武、李凌之所作,行曲凄婉,实宗《国风》与楚人之辞。二子既殁,继者绝少"等语可知,汉魏诗歌之于风雅诗统的典范意义系其被来裕恂推重的主因。

抄录的另一表现形态为抄录相关研究著述及其观点。对此,来裕恂《中国文学史稿》的表现亦集中于第三、四篇中,主要有引录曹丕《典论》、陆机《文赋》、刘勰《文心雕龙》等文论巨典;并云:"当时知文之

---

[1] 来裕恂著,高维国、张格注释《汉文典注释》,南开大学出版社,1993,第342~343页。
[2] 来裕恂著,高维国、张格注释《汉文典注释》,南开大学出版社,1993,第346~347页。
[3] 来裕恂著,高维国、张格注释《汉文典注释》,南开大学出版社,1993,第349页。

言，无过于陆机之《文赋》与挚虞之《文章流别论》。机妙解情理，心识文体，故作《文赋》。"① 关注重点集于"文"及"文体"两方面。欲探讨来裕恂此举之由，不妨亦佐以《汉文典》的相关言语。《汉文典·文章典·文论》云：

> 三古之文尚已。嬴秦、炎汉，无格律之拘，建安、黄初体裁渐备，论文之说出，《典论》其首也。著为宏篇，卓然名家者，有晋挚虞之《文章流别》；勒成一书，传于后世者，有梁刘勰之《文心雕龙》。挚虞举文章之派别，溯厥师承；刘勰究文体之源流，评其工拙。为例虽殊，用意则一。唐贤复古，不遑著作；宋明文家，好为议论。②

据此，来裕恂以《文赋》等为文论之祖，明示论文之径，以裨于后学。可见，来裕恂《中国文学史稿》援引此类著述的缘由，系"文（论）"之于文章学的重要性。又如，《汉文典·文章典·文体》云：

> 文章莫先于辨体，体立而经以周密之意，贯以充和之气，饰以雅健之辞，实以渊博之学，济以宏通之识，然后其文彬彬，各得其所。中国文家，辨体者众矣。然挚虞《流别》久已散佚，今所传者，惟颂、诗、七、赋、箴、铭、诔、文、哀辞、图谶、碑铭十一类，为不完全之书。厥后刘勰《文心雕龙》四十九篇，虽于文章利病，穷极微妙，惜论体裁之别，仅二十五篇，类既不分，体又不备。③

来裕恂既以文章学为重，则作文莫先于辨体等思绪必随之而衍。而挚虞《文章流别论》等虽有散佚之憾及类分不显等不足，但其辨体之力、开典范之风，足以详而援引，以明其精髓矣。此即是来裕恂《中国文学史稿》援引上述著述的另一主要原因——辨明文体以成风化。据此看来，以"文（论）"及"文体"为主的思想体系及评价准则，重视文章学的溯源表述是来裕恂《中国文学史稿》抄录《文章流别论》等著述的主要原因，

---

① 来裕恂：《中国文学史稿》，岳麓书社，2008，第106页。
② 来裕恂著，高维国、张格注释《汉文典注释》，南开大学出版社，1993，第374页。
③ 来裕恂著，高维国、张格注释《汉文典注释》，南开大学出版社，1993，第292页。

从而成为来裕恂《中国文学史稿》编纂的主线之一。检视来裕恂《中国文学史稿》抄录汉魏诗歌承继风雅诗统的典范意义等思想及其个人的偏好之举，可知，溯源意识的强化是来裕恂既抄录诗歌文本及抄录《文章流别论》等文论著述的主导思想。而抄录汉魏诗歌本属文章学的研究范畴，来裕恂个人偏好之举，恰好说明文章学的学识储备作为来裕恂编纂《中国文学史稿》的主导思想的重要性。要之，来裕恂《中国文学史稿》之所以抄录汉魏诗歌及文章论著，是以下三方面综合作用的结果：论诗重风雅诗统、个人对汉魏诗歌的偏好、重视文章学理论的溯源意识。

纵观来裕恂《中国文学史稿》可知，其所讨论重点在于学术、文章的流变，有关诗词的讨论主要集中于《匏园诗话》及《汉文典》等其他著述中。故而，来裕恂《中国文学史稿》各篇的"韵文""诗学"讨论仅为一笔带过。可见，来裕恂《中国文学史稿》抄录汉魏诗歌及诗论文本等情形，系其个人对承继风雅诗统的此类诗歌之典范意义的强调，并不具备普遍意义。因而，陈平原认为包括来裕恂《中国文学史稿》在内的早期文学史著述皆有"文学史"而兼"诗文选本"之共性的论断，并不适合来裕恂《中国文学史稿》[①]。王振良所谓"内容详略不平衡，明显前重后轻"之论，亦非肯綮之言。而承继传统编纂学的抄录方式，是来裕恂进行文学批评时的个性选择，是其个性旨趣与文学史编纂相融合的典型。由此可见，编纂旨趣的个性化选择之于来裕恂编纂《中国文学史稿》，具有独特的意义。

二 成书过程与编纂思想：《中国文学史稿》与《汉文典》的比较研究

在来裕恂所著的诸多著述中，《汉文典》与《中国文学史稿》是两部较为重要的作品，集中反映了来裕恂对中国文学及文章发展的认识。将这两部著述进行排比研究，不仅有助于深入理解来裕恂的某些文学批评观，亦可借此进一步讨论《中国文学史稿》的成书方式、旨趣选择的独特存在。

---

① 陈平原：《折戟沉沙铁未销——关于来裕恂撰〈中国文学史稿〉》，《天津社会科学》2008年第2期，第112页。

据《匏园诗集》(卷十六)《暑日在家无事,著〈汉文典〉以自遣》(1904)云:"羲文颉画审朝朝,屈艳班香慰寂寥。戈影可能挥鲁日,笔锋直欲搅韩潮。"该诗又说:"渡津无筏道其穷,不有辞书孰发矇?五夜机声参入漏,中宵剑气化为虹。帘垂月照室虚白,窗敞风嘘烛晕红。底事夜深犹剔烬?文思字义为沟通。"① 可知,《汉文典》编纂始于1904年夏。所谓"渡津无筏道其穷,不有辞书孰发矇"即是其编纂目的——以辞书为筏渡津发矇,裨益后学。另据来裕恂所作《赴沪为〈汉文典〉出版》(卷十八,1906)一诗,则《汉文典》于此年当已纂成②。又,据《二月二十三日,朱稼云书来,云拙著〈汉文典〉已呈支提学使恒荣转达教育部审定,以诗报之》(卷十九,1907)一诗,云:"古今文字悉包函,艺苑骚坛笔墨酣。漫说众星能拱北,聊为后学作指南。"③ 知《汉文典》所撰之意与当时的政治背景及教育学制联系较为紧密;故而,来裕恂欲报教育部审查,以此作为推广书籍、裨益后学的助力。据此,《汉文典》约开笔于1904年夏,脱稿并刊刻于1906年前后。现存《汉文典》刊印的初版本为光绪三十二年(分上、下册),亦可佐证。而《中国文学史稿》的编纂时间则稍微靠后,上引《暑日,予著〈文学史〉,内子尝伴予至夜分,或达旦》一诗,作于1905年,知来裕恂《中国文学史稿》约于1905年夏天开笔。来裕恂于光绪三十一年(1905)春受聘于海宁中学堂,故而《中国文学史稿》为来裕恂受聘之后方才开笔。而现存来裕恂《中国文学史稿》的刊本,存有来裕恂所作《绪言》,文末题署"宣统元年萧山来裕恂叙于海宁中学堂",知来裕恂《中国文学史稿》脱稿于1909年或稍早④。可见,《汉文典》的开笔及刻印均要早于《中国文学史稿》。这就合理说明上文从《汉文典》理解《中国文学史稿》编纂情形的可行性。——《汉文典》编纂之先,使得《中国文学史稿》在探讨文学史的相关问题时,存有直录《汉文典》所写的可能,从而成为来裕恂编纂《中国文学史稿》的重要学术准备。

下面就将《中国文学史稿》明显抄录《汉文典》之处,见表5-1示(相同处以着重号强调)。

---

① 来裕恂:《匏园诗集》,天津古籍出版社,1996,第302页。
② 来裕恂:《匏园诗集》,天津古籍出版社,1996,第338页。
③ 来裕恂:《匏园诗集》,天津古籍出版社,1996,第353页。
④ 案:现存刊本为誊清稿,则来裕恂《中国文学史稿》草稿或完成于稍早。

表 5-1　《中国文学史稿》与《汉文典》之比较

《中国文学史稿》	《汉文典》
第三篇第七章 "汉代之文学·两汉之文辞" 文章之学，惟汉为盛。西京文最雅健重厚而有力。要惟董之纯、贾之茂、迁之洁、匡刘之湛深，为能先有其实，而后托之于言，乃足擅绝今古。故贾谊、董仲舒并为大儒，而奏疏策对，后人祖之。司马迁史才，上接麟笔，非徒兼综三长，实已凌驾百氏。……自光武以来，班固企跡子长，《汉书》[实]大文也；桓谭踵武贾谊，《新论》[实]大文也。张衡希踪相如，而貌合神离，蔡邕醉心扬雄，而名存实殁。孔融志大而言夸，崔骃词薄而力弱，固有不如西汉之浑厚者矣。	第四卷第四篇第六章 "文章典·文论·变迁·文章恢张时代（汉）" 汉以马上得天下，不事诗书，又承秦火之后，图书散亡，六经皆博士所忆记，往往得之于口诵。孝惠除挟书之令，孝文采周末之学，孝景举文学，孝武招贤良，董仲舒之经术，贾谊、晁错之奏议，司马迁之史，司马相如、东方朔、枚皋之赋，或抒下情，或宣上德，雍容揄扬，彬彬乎有三代之风，是以《西京》文章，最称雅健，然惟董之纯粹、贾之朴茂，迁之贞洁为杰出。……哀帝时，刘歆、王莽以文章饰治道。光武以来，班固企跡子长，张衡希踪相如，桓谭踵武贾谊，蔡邕醉心扬雄，东汉之文章不如西汉之浑厚
第四篇第四章 "汉以后之文学·晋代之文学" ……当时知文之言，无过于陆机之《文赋》与挚虞之《文章流别论》。机妙解情理，心识文体，故作《文赋》，以述先士之盛藻，因论作文之利害所由。其辞曰：……挚虞，字仲洽，少师皇甫谧，博学有文。所著《文章流别集》，惜已散佚。今所传者，惟颂、诗、七、赋、箴、铭、谏文、哀、辞、图谶、碑铭十一类，为不完全之书	第三卷 "汉文典·文章典·文体" 文章莫先于辨体，体立而经以周密之意，贯以充和之气，饰以雅健之辞，实以渊博之学，济以宏通之识，然后其文彬彬，各得其所。中国文家，辨体者众矣。然挚虞《流别》久已散佚，今所传者惟颂、诗、七、赋、箴、铭、谏文、哀、辞、图谶、碑铭十一类，为不完全之书。厥后刘勰《文心雕龙》四十九篇，虽于文章利病，穷极微妙，惜论体裁之别，仅二十五篇，类既不分，体又不备
第六篇第六章 "宋朝之文学·宋代之诗词" 诗之外又有词[者]，宋代谓之诗余，乃古乐府之流别。始于唐李白之《清平调》《忆秦娥》《菩萨蛮》诸词，自是以后，代有作者，然皆乐府体[也]，且亦不专立词体，至宋赵崇祚辑《花间集》，凡五百阕。及柳永增至二百余调，一时文人，复相拟作，富至六十余种。追东坡、少游出，词极盛矣。东坡以歌行纵横之笔，盘屈为词，跌宕排奡，一变唐五代之旧格。秦少游之词，传播人间，虽远方女子，亦脍炙之，然去乐府则远矣。厥后乐府与词截分门迳矣，惟乐府以简洁扬厉为工，而词则以婉丽流畅为美	第三卷第三篇第三章 "文章典·文体·辞令·文词类·乐府·词" 词者，诗之馀也，古乐府之流别，后世曲之所由起也。盖自乐府散亡，声律乖阙，唐李白始作《清平调》《忆秦娥》《菩萨蛮》诸词。厥后赵崇祚辑《花间集》，凡五百阕。宋柳永增至二百余调，一时文人复相拟作，富至六十余种，可谓极盛。至东坡、少游出，词极盛矣。东坡以歌行纵横之笔，盘屈为词，跌宕排奡，一变唐五代之旧格。秦少游之词，传播人间，虽远方女子，亦脍炙之，然去乐府则远矣。厥后金元变而为曲，则去乐府益远矣。夫乐府与词，同被管弦，惟乐府以简洁扬厉为工，词以婉丽流畅为美，此其不同耳

续表

《中国文学史稿》	《汉文典》
第八篇第三章 "明代之文学·明代之古文学" 明代开国，刘青田、宋金华称人文之正。万天台得力潜溪，时有小韩之目。而方孝孺亦以文雄。然惟潜溪之文，机轴由己，虽少剪裁之功，而一以敷腴朗畅为主，深博典赡，蔚然开国气象。其后杨东里以简淡和易为主，虽乏充拓，而源出欧阳氏，至今贵之，曰台阁体。李西崖源出虞道园，秾于杨而法不如，简于宋而学不足，要其吐纳和雅，犹不失正始之音。故永宣以还，作者皆冲融演□，万事钩棘，惟气体渐衰耳。自李梦阳、何景明倡言复古，文自西京而下一切吐弃操觚谈艺之士，翕然宗之，文始一变。追嘉靖时，王慎中、唐顺之辈，文宗欧、曾，李攀龙文主秦、汉。王、李之持论，[大]与梦阳相唱和。就中惟唐荆川熟于史事，黄陶菴深于古学，不仅以文章见长。厥后归有光出，酝酿六经，尤为纯粹，瓣香南丰而直逼昌黎。震川于诸作者最晚出，而最为正宗，尝以司马、欧阳自命，力排李、何、王、李，而徐渭、汤显祖、袁宏道、钟惺之属，亦各争鸣一时，于是宗李、何、王、李者稍衰。……至于袁宏道之宗眉山，则徒自负耳。启、祯时，钱谦益、艾南英准矩矱于北宋，张溥、陈子龙撷芳华于东汉，差为后劲耳	第四卷第四篇第十二章 "文章典·文论·变迁·文章兴复时代（明）" 明代开国时，盛称宋濂、方孝孺之文，永、宣以还，作者虽兴，气体不逮。宏、正之间，李、何、七子倡言复古，文自西京而下一切吐弃，操觚谈艺之士，翕然宗之。嘉靖时，王慎中、唐顺之辈，文宗欧、曾，李攀龙、王世贞辈，文主秦、汉，而文又一变。惟祖述李梦阳、何景明，不能卓然自立，成一家言，为不足贵耳。归有光出，力排李、何、王、李，于是宗李、何、王、李者稍衰。至启、祯时，钱谦益、艾南英准矩矱于北宋，张溥、陈子龙撷芳华于东汉，则又一变也。要之，明代文章之所以不振者，大半制艺误之。自宋濂、方孝孺来，颇存规矩，至嘉隆而晦盲极矣。归震川不汨于流俗，洵可继退之、永叔之芳轨，惟震川一派，稍襭薄耳，然不得谓非文章之正宗也

上文所列四条例据，既有韵文讨论者又含古文学的论述，然皆概属于文章学的讨论范围。据此，或可推知来裕恂《中国文学史稿》有关文章学的讨论，当是直接抄录《汉文典》的相关章节。不过，比对第一条，来裕恂《中国文学史稿》"自光武以来"至"不如西汉之浑厚者矣"诸语，似系《汉文典》相关论述的扩充及细化。第四条，亦可见及来裕恂《中国文学史稿》的申述或有细化《汉文典》所论之意。可见，《中国文学史稿》与《汉文典》相同部分的论述或有互补之意。——《中国文学史稿》以讨论学术演变为主，而对文章学之论本偏于薄弱，《汉文典》重文章学的情形，则有弥补《中国文学史稿》对文章学略谈之憾。

当然，来裕恂《中国文学史稿》钞录《汉文典》的情形，除上述直接证据之外，亦存有因相通的思想意识以隐形转录、吸纳《汉文典》相关思想的其他证据。此类证据主要表现在《中国文学史稿》论及元代文学之诸篇章、论清代古文衍变等两大显例。《汉文典·文章典·文论·变迁·文章衰微时代（金元）》，云：

> 自宋祚衰薄以来，学士之文章，泯没废弃，良可悲也。金初无文字，后用中原之文字，文章不暇及也。元起于斡难、克鲁伦二水间，往往收用欧罗巴人、犹太人、西藏人，故学术有自欧洲输入者。中原文学，惟吴澄以经术称；若元好问，以诗鸣者也；郝经学为古文，文集多知文之言，然亦非能传古文者；差强人意，虞集、揭傒斯、黄潜、柳贯四家耳。惟小说戏曲，于元代为最发达。《水浒》《三国》《西厢》《琵琶》称四大奇书，要皆当世不得志之士所为作也。故古文之学，至金元时代，微矣。[1]

此段论述即为《中国文学史稿》第七篇《宋以后之文学》所论的思想发端及主体内容。——自"元起于"至"欧洲输入者"，为《中国文学史稿》该篇第七章"欧洲学术之输入"所论主体；自"中原文学"至"四家耳"为第三章"元代之儒学"，第四章"元代之诗学"，第五章"元代之古文学"所论主体；自"惟小说戏曲"至"所为作也"，为第六章"小说戏曲之发达"所论主体。尤其是，《中国文学史稿》第五章"元代之古文学"所论即虞集、揭傒斯、黄潜、柳贯四家之梗概，第六章"小说戏曲之发达"所谓"元代之特色"与《汉文典》所谓"元代为最发达"的思想表达是如此相似，则可知《中国文学史稿》与《汉文典》的紧密情形，斟见无遗。

又如，《汉文典·文章典·文论·变迁·文章昌明时代（清）》云：

> 清初之著名文章家，类皆明代遗民，而侯方域、魏禧、汪琬三家，实能脱离明代文章之弊，其后作者代兴。清康熙末，方望溪上承震川，远绍韩、欧，以古文专家之学，主张后进，世遂有古文学之

---

[1] 来裕恂著，高维国、张格注释《汉文典注释》，南开大学出版社，1993，第412页。

称。同里刘大櫆者，望溪尝称之，自是天下知古文之学在方、刘。乾隆末，薑坞、梅崖出，斯文不坠。薑坞传姬传，姬传复从才甫游，然自以所得为文，不尽用海峰法也。盖方以理胜，刘以才胜，姚则兼其所长，游其门者，文章之士以数十计。海峰之徒钱伯坰鲁思时以师说称颂于友恽子居、张皋文。皋文研精经传，其学从源而及流，子居泛滥百家之言，其学由博而反约，故二子之文，亦得与惜抱并雄一时。自是以后，继述者虽众，而狭隘褊浅，不能光大之，古文之学日渐衰息。后得曾涤笙以雄直之气，宏通之识合汉学、宋学，发为文章，不立宗派，惜抱遗绪赖以不坠。自兹以往，能文者虽众，而欲求集大成者，终不获觏，何其难也。①

将此文比于《中国文学史稿》第九篇第六章"国朝之古文学"，即：

国初之文章家，有侯方域、魏禧、汪琬三家。康熙末，桐城方望溪氏以古文专家之学，主张后进。海峰承之，遗风递衍。姚惜抱禀其师传，覃心冥追，继方、刘为古文学，天下相与尊尚其文，号桐城派。当海峰之世，有钱伯坰〔鲁思〕者从受其业，以师说称颂于阳湖恽子居、武进张皋文。子居、皋文遂禀其声韵考订之学，而学古文，于是阳湖为古文之学者特盛。陆祈孙《七家文钞序》言之，此阳湖为古文者，自述其渊源，非与桐城有角立门户之见也。宗派之说，起于乡曲竞名者之私，播于流俗人之口耳。道光末造，士多语周秦汉魏，薄清淡简朴之文，为不足为。梅郎中、曾文正之伦，相与修道立教，惜抱遗绪，赖以不坠。逮粤寇肇乱，祸延海宇，于是古文之学，稍稍衰〔矣〕。②

二者所述的思想，乃至有关清代文学变迁的语言表达，亦甚为一致。这两处例证亦表明《中国文学史稿》与《汉文典》之思想相通处，仍集于文章学上。由此可见，不论是《中国文学史稿》抄录《汉文典》的直接证

---

① 来裕恂著，高维国、张格注释《汉文典注释》，南开大学出版社，1993，第416页。
② 来裕恂：《中国文学史稿》，岳麓书社，2008，第193页。

据，抑或隐形而录，皆表明《中国文学史稿》的成书方式之一，即是抄录《汉文典》的相关部分。从历代学术体系衍变的情形看，学者所撰著述不乏征引他者，彼时亦无注明之意识。此类治学方法，亦显现于来裕恂身上。——上文所论的抄录方式，即是明证。则来裕恂撰作而互抄自家著述等情形，亦事属常理。这表明来裕恂编写《汉文典》与《中国文学史稿》或有同步进行之实。两部著述开撰前后仅隔一年，故而，此类可能性亦不无存在之理。《中国文学史稿》所写凡近十万字，自开笔至脱稿的时间跨度长达四年之久，而篇目章节、字数为《中国文学史稿》一倍之多的《汉文典》，从编写至脱稿的时间不过两年而已。这个情形表明《中国文学史稿》作为教材讲义稿并非于短时间撰成，或系随课堂授讲之需，随讲随编，以至于前后时间跨度如此之长。随讲随编的授课方式，在晚清学堂教育中甚为普遍。想来，来裕恂《中国文学史稿》亦未能例外。

不过，上述情形足以表明来裕恂《汉文典》所反映的文章学思想，对《中国文学史稿》的编纂产生过重要的影响。据此，以《汉文典》为视角探讨《中国文学史稿》部分论断定下之由及其体例组织的缘起，或可深刻洞见《中国文学史稿》编纂的主要情形。这种探讨的前提在于二者具有相通的目的意图——教科之书及教育启智。《汉文典·本书大旨》认为"中国方言"既无辞典又无俗文典，而只得专求于文章之中，并说："陵节躐等，教育所忌，是编循序渐进，由已知以通所未知，故先言文字，次言文章"，究其缘由系"（本书）绍介初学，旨在达意，故所引以为例者，皆寻常习见之书，取其不费脑力，若僻书杂典，概不屡入。标记之法，所以便初学，使易于领会也"。[①] 可见，《汉文典》编纂的直接意图是便于初学者直接参考、便于使用。又，《汉文典序》鄙薄日本所著诸"汉文典"著述"文规未备，不合教科"。凡此种种，表明来裕恂编纂《汉文典》之初，即以通俗教科之书述示。而《中国文学史稿》作为海宁中学堂的授课讲义稿，其教科书性质自不待言。既然两者皆以教科之书定位，则教育启智的目的亦当一致。来裕恂《汉文典序》自言此书的编纂目的在于："详举中国四千年来之文字，疆而正之，缕而晰之，示国民以程途，使通国无不识

[①] 来裕恂著，高维国、张格注释《汉文典注释》，南开大学出版社，1993，第 2~7 页。

字之人，无不读书之人。由此以保存国粹，倘亦古人之所不予弃也。"① 而《中国文学史·绪言》亦称："欲焕我国华，保我国粹，是在文学。盖文学者，国民特性之所在，而一国之政教风俗，胥视之为盛衰消□者□。"② 二者均为"示国民"与"存国粹"。据此，不论是《汉文典》抑或《中国文学史稿》，二者所编及所论均不至于太过艰深奥涩，则"陵节躐等，教育所忌"的弊端亦当为《中国文学史稿》所规避。故而，《中国文学史稿》所论、所引皆不甚冗长，试图便利初学者，使初学者易于领会。此论即见《中国文学史稿》成书并非仓促，而系来裕恂撰写目的及习惯决定了《中国文学史稿》的成书体例即如现存誊清本所见一斑。

据此，我们将进一步剖析主导来裕恂编纂《中国文学史稿》的某些关键因素。即《汉文典》所反映的文字学与文章学思想如何成为《中国文学史稿》编纂的两大指导思想。现以第一篇《中国文学之起源》、第二篇《诸子时代》为例，申述如下。

一是，论文学的起源：文字学之于文学衍变的重要性。在《汉文典·文字典序》中，来裕恂对先述"文字典"的缘由，作了如下说明，云："先儒有恒言：读书必先识字"，而中国文字"一字数音，一音数义，方言是隔，故训艰通"，故而，"国民识字之难，不尽在语言文字之离也"；然而，"欲研究，不外解字。解字之要，惟形、声、义。字之不识，乌能缀文？此识字所以为作文之阶梯也，爰作《文字典》"。③ 因认识到文字对作文的重要性，来裕恂就强调进行文字教育是颇为重要、迫切的。故而，《文章典·文体·翻译》又说："刿夫中国无辞典、无文典，文字之教育不昌，故言文不能一致。"④ 因为文字的功用颇多且极为重要，具有表思想与记语言等多重用途。——前者即如"一事一物呈于吾人之前，目感其色，耳感其声，鼻感其气，口感其味，肌肤感其触接，吾人之智识即生之，思想亦因之而发。思想曷由见？见之于文字"；后者即如"察语言之初，惟在事物之感触。由喜怒哀乐之情，发叫号悲叹之声以通其意，是乃语言之所由成。……盖世界语言，其初多由人类与外物之声音，各达其情意。情

---

① 来裕恂著，高维国、张格注释《汉文典注释》，南开大学出版社，1993，第2页。
② 来裕恂：《中国文学史稿》，岳麓书社，2008，第3页。
③ 来裕恂著，高维国、张格注释《汉文典注释》，南开大学出版社，1993，第9页。
④ 来裕恂著，高维国、张格注释《汉文典注释》，南开大学出版社，1993，第440页。

意不可以存久也，于是文字生，而记载之用溥"。① 因而，探明文字及其衍变情形，颇为重要；其最终意图将为文章学的言说服务。可见，《汉文典》编纂的思路，是先讲文字，次及文章，循序渐进，以便初学者易于领会。这种做法是符合作为教育启智之用的教科书的相关规范。

来裕恂此举并非个案，而带有浓烈的时势背景。梁启超《小说丛话》（1903）曾说："文学之进化有一大关键，即由古语之文学变为俗语之文学也。各国文学史之开展，靡不循此轨道。"② 梁启超之语——注意以文字为先导的文学及文学史进化观，深刻剖视出彼时国内外编纂文学史者的共性选择。来裕恂亦曾受梁启超思想的影响③，表明《中国文学史稿》以文字变迁为文学起源的讨论，具有深刻的时代背景。近代学者大多着力强调文字变革对文章变迁的重要性。如刘师培《文说·析字篇》所说："自古词章，导源小学。盖文章之体，奇偶相参，则俪色揣称，研句练词，使非析字之精，奚得立言之旨？"④ 而在20世纪初期所编纂的中国文学史著述中，诸如黄人《中国文学史》、林传甲《中国文学史》均存在强调文字变迁对于文学起源、文学发展的重要性⑤。因此，从来裕恂所处时代之大势看，结合彼时治文学史者的普遍选择，即见来裕恂此举实属时势之必然。

在《中国文学史稿》中，强调文字对于文学发端及流变的重要性之情形者，主要体现于前两篇中。第一篇第二章"文字之缘起及构成"以为"太古鸿濛之事，案之各国史乘，概多荒唐不稽之说"，而"降至书契时代，人智渐开，而显其思想之文字，存其意匠之事物，亦从单纯移于复杂。始著粗浅之诗歌，继发文学之微光"，⑥ 即是《文字典》所谓文字表思想与记语言功用的翻版。因《中国文学史稿》讨论的重点主要是文章学术

---

① 来裕恂著，高维国、张格注释《汉文典注释》，南开大学出版社，1993，第15~16页。
② 梁启超：《小说丛话》，《新小说》第七号，1903。
③ 据陈平原《折戟沉沙铁未销——关于来裕恂撰〈中国文学史稿〉》一文考证，来裕恂《中国文学史稿》《绪言》所谓"以泰西之政治，随学术为变迁，而中国之学术，随政治为旋转"等思想即吸收自梁启超于1902年在《新民丛报》所连载之《论中国学术思想变迁之大势》一文。（《天津社会科学》2008年第2期，第113页。）
④ 刘师培：《文说》，载《刘申叔遗书》，江苏古籍出版社影印南氏校印本，1997，第701页。
⑤ 温庆新：《20世纪初期文学史编撰的几个问题漫议》，《中国学论丛（韩国）》2010年第28辑，第137~172页。
⑥ 来裕恂：《中国文学史稿》，岳麓书社，2008，第3页。

的衍变，故而，来裕恂认为文字不仅对于文学发展极其重要，亦深刻影响着上古学术的衍变。这从第一篇第三章《黄帝之学术》所论黄帝时代的四种学术，即文字、医学、蚕学、历律，以文字为第一，即见一斑。而第二篇第十三章《秦改定新文字》云：

> 李斯变史籀大篆而为小篆，程邈又作隶书，而为楷书之祖，诚文字界一大变革哉。当始皇时，李斯作《仓颉篇》、赵高作《爰历篇》、胡母敬作《博学篇》，皆取史氏大篆，稍省其字形，改其字体而为之。由是中国最简之字体立，颇有功于文学界者也。①

上引就对文字如何有功于文学的情形，言说甚详。——简化文字便于书写与表达。上述实情，即为《中国文学史稿》开篇先谈文字起源及其变迁的根本原因所在。可见，《汉文典》先讲文字次及文章的思路，亦深见于《中国文学史稿》之中。不过，《中国文学史稿》具体述及文字的篇幅并不多，仅涉"六书"之概。云：

> 《周礼》保氏教国子先以"六书"，而"六书"中之象形、指事二种，实作于黄帝史官仓颉。盖象形、指事，可谓之文，而不可谓之事。文乃依类象形而成，字必形声相益而得，故"六书"中之谐声、会意、转注、假借四种，乃作于黄帝以后。迨至唐虞夏商［之］间，始可称之为字。然欲观中国之学术，必自黄帝始。②

究其缘由，则如《文字典·字统·字之根本》所言"文化不开由文字不昌，文字不昌由小学不明，小学不明由'六书'不解。不知文字之本，悉在'六书'。'六书'不分，字何由识？"③故而，来裕恂认为"六书"是文字本根，进而为小学，进而为文化、文学的根本。这种论述即是以重点涵盖一切之论述模式的典型。除此之外，《中国文学史稿》则甚少谈及文字衍变的具体详形。可以说，检视《中国文学史稿》论述文字的相关论

---

① 来裕恂：《中国文学史稿》，岳麓书社，2008，第52页。
② 来裕恂：《中国文学史稿》，岳麓书社，2008，第4页。
③ 来裕恂著，高维国、张格注释《汉文典注释》，南开大学出版社，1993，第28页。

断，仅见其概述文字之于文学的重要性，并无细致详谈。但这种重要性若不展开，势必无法令人明其缘由与此中精义。而《文字典》从"字由""字统"及"字品"三方面详论文字的缘起、流变、形态、功用，颇为精细。据此并结合上文所述，可知《中国文学史稿》所略者即《汉文典》所详者，《汉文典》所不详或未谈者即《中国文学史稿》论述的重点所在。故而，《中国文学史稿》与《汉文典》本有互补之意，《汉文典》或为《中国文学史稿》教学的辅助教材，亦未可知。

二是，典章学术与"诸子之遗风"："文"及文章学之于《中国文学史稿》的主导视野。由于《汉文典》讨论文字的最终目的为导向"文"，故《文章典·文论·界说·文与字》又云：黄帝作书契而字有六义，尧舜禹汤之世，所谓文者即史臣记言；文王之时始尚文，周孔代兴，文字大昌；迨李斯、程邈，文与字判；东汉许慎《说文》出，源流灿然；自此以后，魏晋至唐宋而"无有识字者"，从而导致"研究字学者溺于训诂，研究文学者囿于词章，而文与字俱坏"，而这种情形的危害即是"始则患在文与字分，后乃患在文与字合。文与字分者，歧而二之也；文与字合者，混而一之也。歧而为二，弊不过能文章者不通训诂，通训诂者不能文章；至混而为一，几不知何者为文，何者为字。此国文所以不能发达也"。[①] 所言上古之"文"，泛指书契所记述的一切文字及其背后隐含的文治意义。故而，来裕恂说："中国文义之荒久矣，文辞连举，文字骈言，文学并称，文道莫辨。原此一家之学，我疆我理，经画秩然。"[②]《文章典·文论·界说·文与学》接着说道："文"衍变至孔子时，孔子分教育四科，"标文学于四教也。先之以文行，立教之旨，文质合一"；至战国诸子起，"各本一家之学，发为文章，著书立说，士大夫多效之，而文与学离"。[③] 此处所言的"文"，已渐与"学"（学制）、"道"（一切之"道"）相分离，其背后所含的文治背景及教化意义，亦渐趋于淡化。汉魏以降，"文"与"字"相分离致使学者不知"文"与"字"合体的重要性；而不明上古"文字一体"的过程，未必能探究"文"的实质，故而，所谓知言"字"之宗旨即服务于言"文"。而"文"又是"学"与"道"的承载者。——前者

---

① 来裕恂著，高维国、张格注释《汉文典注释》，南开大学出版社，1993，第382页。
② 来裕恂著，高维国、张格注释《汉文典注释》，南开大学出版社，1993，第380页。
③ 来裕恂著，高维国、张格注释《汉文典注释》，南开大学出版社，1993，第382页。

即《文与学》所谓上古之时"文学隶于官守",以典章为学术的寄托者;后者即上古之文与道合一者。① 由此看来,来裕恂以为讨论上古之"文",必当以"文字"为基点,以典章学术为主。《汉文典》此类思想即为《中国文学史稿》第一篇所论的又一重心。该篇共列"总论""文字之起源及构成""黄帝之学术""五帝三代之文学及沿革""尧舜之学术""禹之学术""殷之学术""周代学术""周代之学制""诸子以前学术之本原""旧说破而新说兴"等十二章目,讨论文字者共两章,讨论学术及学制衍变者凡七章。——从典章制度、文治教化到名物训诂、经史之学,皆涵而涉猎之。所论即以"文"基点,而横述纵说上古文道合一时代所言及"文"的一切学术。据此,《中国文学史稿》此处所论"文"及"文学"者,并不具备理性的文体意识,更多的是带有探讨上古时期文治、典章衍变的学术史意味。

在来裕恂看来,当"文"衍至战国诸子时代时,其与"学"渐相离,遂渐衍为"文章",而为士大夫所仿效。故而,讨论战国诸子时代之"文"时,必以"文章"为主。因而,《中国文学史稿》在讨论战国以前之"文"后,列第二篇为《诸子时代》,以讨论诸子时代之"道"(如第三章"孔子之道"、第四章"墨子之道")、学术(如第七章"诸家之派别"、第十章"孔子之六经"、第十一章"儒家之势力")、文章(如第九章"诸子之文章")、文学(如第八章"先秦文学之评议")等内容。该篇虽有明以"文章"者,其含义亦非完全属于西方文艺理论视域下的纯文学观,而是偏重散文之义,兼含有一定程度的文体意识。比如,《中国文学史稿》第四篇第五章"晋以后始有文笔之分"云:

> 古人文笔,皆宗诸子,综采繁缛,杼轴清英。无非深则得诸子之学术,浅则得诸子之文辞也。盖诸子之学,为经典之枝条,词林之根柢也。一孔之士,不治诸子之学,而欲知古人之文笔,不其难哉?②

---

① 来裕恂著,高维国、张格注释《汉文典注释》,南开大学出版社,1993,第382~383页。
② 来裕恂:《中国文学史稿》,岳麓书社,2008,第114页。

来裕恂以诸子之学为文体之分的前导，或带有一定文体意识。但这种意识的产生前提，在于后世文章须"深得诸子之学术"，方可具备成为"经典"的可能，以便最终使诸种文类得以夯扎各自的根柢。对此，《文章典·文体·议论》有更为明确的表达，云：

> 议论之文，所以治世，经邦治道，莫重于斯，有诸子之遗风。古之立言垂不朽者，其端于是焉在。①

换而言之，来裕恂以为文章学的诸多文类形式，尤其是议论文类，实肇始于诸子之学，故含有"诸子之遗风"。而《文章典·文体·辞令·诏令类》所言："诏令类者，上告下之辞也。原于《周书》之命。"《辞令·誓告类·誓》所言："誓者，征信之言也。又申命师众，亦有誓。始于《尚书》征苗之誓。后汉蔡邕作《艰誓》，则誓之变体矣。"② 可知，来裕恂以为辞令文类亦须溯源于先秦经典之作。此即见《中国文学史稿》论述重溯源的做法。据此，从某种意义上讲，《中国文学史稿》讨论诸子时代之文字、学术、学制、文教等情形，实有开攒论战国以降文章发展情形的先导。

之后，《中国文学史稿》自第三篇《汉代之文学》始，每篇所论皆含有学术学制及文章文学两大方面。而以论学术学制之变迁为主，辅以文章学（包括韵文与散文）。每篇所言文章学或论以"韵文"，或述以"古文学"，或兼及二者，并不尽同。但《中国文学史稿》对文章学的论述多本于《汉文典》，并非以"中国文学史"当所独具的学术体系为准。故而，文章学思想虽为主导来裕恂编纂的指导思想之一，却并非唯一；论以学术变迁之意，方是《中国文学史稿》论述的重中之重。但据上述，亦可见及文章学思想之于《中国文学史稿》的独特存在。

要之，来裕恂编纂《中国文学史稿》存在直接抄录《汉文典》的证据，亦吸纳有《汉文典》的相关思想，由此可知《中国文学史稿》成书的重要方式之一即是举钞、吸纳《汉文典》相关论断。而二者具有相通教科

---

① 来裕恂著，高维国、张格注释《汉文典注释》，南开大学出版社，1993，第310页。
② 来裕恂著，高维国、张格注释《汉文典注释》，南开大学出版社，1993，第324、328页。

之书与教育启智的意图，故而，《汉文典》所强调文字学及文章学对论述典章学术衍变的重要性，亦深深影响《中国文学史稿》的编纂，从而成为《中国文学史稿》编纂的两大主导思想。将两者进行排比研究，或能有效深入探讨来裕恂思想变化的情形及其编纂《中国文学史稿》的前后因缘。

据此看来，20世纪初期所编纂的中国文学史著述，虽依彼时所颁布的各类"学堂章程"而编，以为教材之用，但此时的中国文学史编纂者又依据自身之学养、目的意图及对中国文学衍变的独特见解，以为各自编纂中国文学史的旨趣选择。上文所列诸事实即是这种个性旨趣的表现。可见，有些学者认为此时编纂的中国文学史存在逻辑缺乏严密、材料大量堆砌、论断过于浅薄而毫无生机等问题，此类评断并不完全符合20世纪初期中国文学史编纂的实情。此初期的文学史编纂者们所体现的若干个性旨趣，使他们对中国文学的衍变史迹、文学史研究对象的选择、文学史观、书写视角及评价体系等问题，均有所考虑。同时，此时的中国文学史在传统与现代的抉择中，最终导向传统学术的现代改良之一面，以适应彼时形势的需要。这种深层次的目的意图亦促使编著者们对中国文学史的编纂，必然含有自己独特的个性思考。由此可知，20世纪初期的中国文学史编纂必然在一定程度上带有编纂者浓烈的个性旨趣。需要指出的是，上述诸多考虑是在编纂者们个性旨趣的作用下，在编纂文学史的不自觉过程中，对文学史这门学科所进行的现象层面的探索，是首次接触这门学科的一种下意识反应，并未上升到学理层面的理论探索。因而，对这种个性旨趣的揭示，不仅有助于深入了解20世纪初期的中国文学史编纂所面临的诸多难题，亦有助于客观认识20世纪初期的中国，外来的"中国文学史"如何与传统学术进行接轨，如何成为编纂者践行其目的意图的工具，此时的中国文学史编纂又在哪些方面对西方的文学史理论进行取舍，并以此深入把握近代中国学术的"现代"转型问题，从而有助于还原20世纪初期中国文学史编纂的诸多实情。

结　语

从近代中西学术交通的时势看，黄人《中国文学史》的编纂有着比较显著的"外来经验"。黄人有意识地"开眼看世界"，通过各种途径学习西方的社会科学知识与自然科学知识，将这些西学知识融入编纂《〈动物新论〉生物界》《普通百科新大词典》等相关著述中。尤其是，对自由、平等思想的认可，促使黄人有了初步交通中西学术思想的想法。其一方面娴熟地运用各种西学知识，另一方面又希冀于此对传统学术进行改良，试图将中西学术融会贯通，使传统学术适应彼时社会变迁之需，以实现"恢复人伦道德"与教育启迪等目的。在这种情形下，其借用近代科学思潮以编纂《中国文学史》，带来了深远的影响。

应该说，不仅是黄人《中国文学史》具备中西学术交通的"外来经验"，林传甲《中国文学史》、来裕恂《中国文学史稿》等20世纪初期编纂的其他中国文学史著述，大多具有这方面的特征。比如，林传甲多方征引笹川种郎《中国文学史》、远藤隆吉《中国哲学史》《天算源流考》《化学源流考》等西学之典。又借用外来的文章学、修辞学等理论以诠释传统作文之法，将中、西作文之法融合，已有一定程度的比较思维。林传甲自言："传甲此编，近法笹川古田中根之例。然其源亦出欧美"，即可佐证。林传甲的比较趣味一方面是其试图追求学术的通俗性，以令学子不仅能熟练掌握中国文学发展的各种要义，亦可了解彼时学界的最新动态。所设第一篇"古文籀文小篆八分草书隶书北朝书唐以后正书之变迁"、第二篇"古今音韵之变迁"、第三篇"古今名义训诂之变迁"等篇目，即清楚说明这一点。另一方面，林传甲在关注"西学东渐"的同时，亦注意"东学西渐"的相关情形。第二篇第八章"集韵"在论述集韵之繁博后曾说："英人习中国语言文字亦有汉音韵府，卷幅浩繁"，即是明证。林传甲《中国文学史》关注"外来经验"的举动，不仅与林传甲主张"天朝至尊"的心态有关，亦与其以教育致用启政治致用而达民族中兴的意图有关。

又如，来裕恂试图通过西学诠释传统"文学""学术"的衍变情形以寻求通俗化授课。来裕恂希冀既能精准反映其有关中国文学衍变的认识，又能切合时势以保持其文学史的前沿性与客观性，故而，亦具有一定程度的"外来经验"。如《中国文学史稿》第九篇第一章"总论"云："道光以来，西学东渐，于是欧亚文化，混合［而］为一。迄今学校兴，学科分，求学之士，凡得之于学堂者，皆有科学之性质，于是文章益形进步矣。"认为东西洋文明的流入促使科学思想成为近今中国社会的主流思想，并认为这种入传有利于近今文学的发展。又如第一篇第六章"禹之学术"云："五行之学，黄帝以来传之，惟至尧舜时，则心理之学盛，而物质之学衰，故禹继兴，遂修五行。"认为中国文学自古即有心理之学（偏向精神）与物质之学的区分。这种中西学术交通的思想，其实带有偏向认可传统学术居多的一面。故而，"绪言"称："若是乎今日世界之改观者，［皆］科学为之也。惜［乎］我国［之］科学，仅［于］先秦时一现［其］光影，自是而经学，而理学，而老学，而佛学，而词章学，而考据学，无新理想、新学说灌输于人民之脑中，故不能日新其德。今者东西洋文明［流］入中国，［而］科学日见发展，国学日觉衰落。欲焕我国华，保我国粹，是在文学。盖文学者，国民特性之所在，而一国之政教风俗，胥视之为盛衰消□者□。"据此，来裕恂主张教育启智所欲达到的最终目的是"日新其德"，所采取的方法是据新理想、新学说予以灌输；编纂中国文学史的直接意图与预期效果则是见"国民特性之所在"及"政教风俗"的得失。因此，与黄人、林传甲一样，"恢复人伦道德"与教育启迪等思想，成为来裕恂《中国文学史稿》进行中西学术交通的前提条件与最终目的。

然而，中西学术交通中的"外来经验"虽然成为20世纪初期编纂中国文学史的一道亮丽风景线，却非此时编纂中国文学史的最显著时代意义。承继传统思想与学术规范并以此主导中国文学史的编纂，才是蕴含其间的最富启示的思想特色。由于近代学制变革所制定的各《章程》，与

《四库全书总目》保持着极大关联性。各《章程》因重视"经史"传统于俾补人伦道德、践行"教育致用"的重要性，而强调各学堂的课程开设应承继传统学术。故而，此时的中国文学史编纂在近代学制变革的影响下，对传统学术的承继与改良，往往通过对《四库全书总目》的吸纳与扬弃体现出来。比如，黄人《中国文学史》既有对《四库全书总目》批评理念的吸收，如从宏观角度把握历史、文化及学术变迁之大势，寻求变迁过程中的文治教化、人伦道德等传统以"经世致用"。乃至于黄人对"辨章学术，考镜源流"等批评观亦多有承继。黄人《中国文学史》第四篇《分论》凡四章，分别为文学之起源、上世文学史、中世文学史、近世文学史；除第一章外，其他各章均先论述上世、中世、近世各时期的文学发展梗概即是考辨各时期学术源流的表现。黄人对《四库全书总目》具体的批评方法亦有所吸收。如《四库全书总目》运用最广泛的批评方法诸如"知人论世"、重视分源别派的学脉辨识等，这些法则亦是黄人《中国文学史》所擅长。因此，黄人《中国文学史》对《四库全书总目》的吸收不仅因二者具有相通的精神内涵与相似的目的性，又体现于从宏观与微观两个层次对《四库全书总目》的吸纳。林传甲《中国文学史》则大量抄录《四库全书总目》原文，又承继《四库全书总目》的批判理念与方法。如从宏观层面把握学术的流变过程，知人论世的共时性考察，注意"长短较然"之推扬比较批评，重视辨别典籍之价值，重视分源别派的学脉辨识，等等。当然，与黄人《中国文学史》一样，由于近代时势的特殊，林传甲《中国文学史》对《四库全书总目》的吸纳亦以批判式承继为主。来裕恂《中国文学史稿》不仅据《汉书·艺文志》梳理上古时期文学衍变情形，又从目录学视域梳理古代小说（主要是通俗文学）的源流，对具体文学的评判多次援引《四库全书总目》为据，受传统目录学的影响亦甚矣。应该看到，20世纪初期的中国文学史编纂面临的最大难题，在于无任何可供借鉴的同类著述。如何有效地切入对中国文学发展的书写，同时寻求可供参考的评价体系与方法，则借助于传统目录学以"辨章学术，考镜源流"，以便深刻把握中国文学发展之大势，成为彼时编纂文学史者的最佳选择。而作为传统学术批评之集大成者的《四库全书总目》所体现出来的学术思想、成就乃至《四库全书总目》的影响力，表明《四库全书总目》足以胜任书写文学史的要求。在这种内驱力的推动下，彼时文学史编纂者借助《四库全书总目》以建立文学史编纂的范式，或以"文体"为论述对象及书写重点，或据以时代分期而依诗文为论述对象，其所欲确立的范式尽管不尽相同，却均反映着彼时文学史编纂者借助《四库全书总目》寻求文学史编纂模型的努力过程。因此，《四库全书总目》对20世纪初期中国文学史批评范式的形成，具有不可估量的重要意义。

评价20世纪初期中国文学史编纂的中西之择时，应从彼时动荡不已的时势所需切入。彼时时局及其提出的新的时代需求，最终决定此时的中国文学史编纂不可能完全恪守传统，亦非舍本求末地简单照搬"西学"。实用意图最终决定什么样的思想及方式可以顺应时势需求，它们就将最终被推上历史舞台。清末民初错综复杂的经济、政治、文化、社会、民族及阶级矛盾等利益冲突的事实，这些因素的杂糅促使该时期的任何学说都不可能离开政治意图而以"纯学术"的状态存在。近代学制的变革对新式学堂教育的刺激，从而影响近代学术变迁之大势。近代学制变革的重心之一即以满足人心、实现社会稳定为本，故设"人伦道德""经学大义"，强调"圣贤义理之学，植其根本"，寻求"博采西学之切于时务者，实力讲求"。故而，《京师大学堂章程》"全学纲领"第二节即规定："中国圣经垂训，以伦常道德为先；外国学堂于知育体育之外，尤重德育，中外立教本有相同之理。今无论京外大小学堂，于修身伦理一门视他学科更宜注意，为培植人材之始基。"这促使"说文学""音韵学""周秦传记杂史周秦诸子""群经文体""各种纪事本末"等课程被列为"中国文学门"的必修课。或据此旨意而撰，或一定程度地参考此中设置的20世纪初期所编纂的中国文学史著述、相关篇章的设置及内容书写，必然要"以伦常道德为先"。

同时，彼时有志之士在中西学术交通中普遍存在一种寻求儒经复归的精神诉求。如张之洞《劝学篇序》言"内篇务本，以政人心；外篇务通，以开风气"，又说"讲西学必先通中学""必以中学固其根底"，方可"不忘其祖"。章太炎《答铁铮》提出变革应有"依自不依他""自贵其心"等传统，以为皆可"用于艰难危机之时"。彼时有志之士心中的呼声，使他们在个人素养、知识结构及目的诉求等多重作用下，对中西学术的交通之势采取以传统学术为主导，从而与近代学制变革的精神相契合。黄人、林传甲等人皆有多次科考不第的辛酸经历，使得他们在研习传统学术之后，对传统学术之于社会变革、维系人心与道德等方面的作用有着深刻体会，最终更倾向于依附传统。黄人编纂文学史时主张复归原生态儒家教义，以推行教育、"开民智"为己任，强调不可迷信"现在时代"的"外来经验"。——"现在之所谓迷信者，在过去时代固为诚信矣，至未来时代，今岁为诚信者，安见不仍为迷信乎？"此类思想就是"依自不依他"的典型。林传甲自言编纂目的是为"诏之后进，颁之学官"，其间灌注了强烈的责任感；所言"备海内言教育者讨论"，则是治学严谨之自律行为的体现。据此，近代学制变革下的各《章程》设置既含有"致用"意图，亦是实现因废除科举而致学子无所适从等情形向维持社会稳定过渡的一种安抚性措施，故而，他们强调、寻求对中国固有之学进行改良以适应时代需要。彼时学士寻求儒经复归的精神诉求之大势，使得他们的追求与各《章程》的意图相合拍。在这种背景下，黄人、林传甲等人参考《章程》旨意而撰中国文学史，尽管对各《章程》践行的程度略有差别，但均表达了对中国固有之学的认同感，并由此萌生"保存国粹"的举动。在这种情况下，将"说文学""音韵学""周秦传记杂史周秦诸子""群经文体""各种纪事本末"等传统学术编入文学史中，则成为20世纪初期中国文学史编纂的共性诉求。它们所体现出来的治学路径与当时学术氛围保持极大的一致，是践行"依自不依他"文化传统的表现。尤其是，对"小学"治学的突出，强调以音韵为基础，以治"小学"、重视方言研究及"小学"应与"今之各国文字等"相通以顺应时代的自我改造等，这些几乎左右着20世纪初期中国文学史的编纂。

检视近代中西学术的消融，其原因不外乎争夺统御某种政治意图的主导权。由于人伦道德是古代文治传统的立足点及归宿之一，因而，这种调和或争夺往往始于对彼时人伦道德规范之一面。而20世纪初期的中国文学史编纂所追求的学术致用的直接目的即是教育致用，以"开民智"、奋发图强。因此，"开民智"、维系人伦道德等目的意图成为此时中国文学史编纂的绝对主导。在20世纪初期的中国文学史编纂中，不管是吸纳《四库全书总目》的批评理念与批评方法，还是吸收"西学"知识，都只不过是践行上述意图的两种不同手段而已。不过，在中西学术交通的过程中，《四库全书总目》对20世纪初期中国文学史编纂的影响，更多地体现于内在层次的思想精髓的延续；而"外来经验"对彼时中国文学史编纂的影响，则偏向于外在层面的思想形式。尽管这两者均属于精神层次的影响，但二者所起的作用及影响范围却有本质之别，尤以《四库全书总目》之内在层次的影响更为深刻。这种操作思想实是20世纪初期中国文学史编纂的共性，亦是晚清学者的普遍行为。这说明20世纪初期中国文学史的编纂思想及实际操作，实不出晚清时代之大势，是"经世致用"等时代思想的具体体现。同时，它代表着彼时有志之士尝试编纂中国文学史所作的艰辛努力，是艰难地在"中学"与"西学"的两难境地中夹缝求生的典型反映。由此可见，20世纪初期中国文学史编纂过程中的中西学术之消融，是在教育致用与政治致用之实用意图的作用下进行的。这种中西学术的消融是以"中"为主、以"西"辅"中"的，使交融的最终结果多以传统学术的近代改良之面貌出现。由此，20世纪初期的中国文学史试图透过想象与建构的方式，将"中国"的国家形象以历代文学作品的书写史迹为切入口，采用"作为进步的历史"与"作为历史的记忆"等方式，以"中国"形象的国家化建构替代对历代文学作品的政教化评判，以便时人从中感知出一种具有强烈集体认同感的文化记忆，最终获得包含历史真实与塑造真实两重面孔的"中国"自立自强的历史图景。此举是通过有特殊针对性地选择，来建构彼时社会变革与政治变革所需的历史凭藉。故而，将民族富强、国家兴盛及教育启智的时代呼吁与文明进化视域下的"中国"想象相结合，成为20世纪初期的中国文学史建构"中国"形象的"范式性例证"。

既然20世纪初期的中国文学史编纂面临的最大难题在于无大量可供借鉴的同类文学史著述，编纂者虽可借助于传统目录之学来把握中国文学发展之大势，那么，如何有效地切入对中国文学发展的书写，同时寻求可供参考的评价体系与方法，则随编纂者的个性旨趣而各显神通，精彩缤纷。如黄人《中国文学史》以利于教学为先导、以教育启迪为中心，通过对文学史基本史实的详细讲解等方式，促使初学者掌握研习文学史的方法。这使得黄人《中国文学史》兼具"传记体"色彩的"文学家代表"、兼具目录学意义的作品考辨及资料汇编、兼具选本学意义的"作品选"等若干个性编纂旨趣。黄人《中国文学史》试图将近代出版界所热衷的"文汇""辞典""作文之法"等杂融于一体，以尽可能扩大初学者的知识面，使初学者知晓传统文史的主体。尽管该文学史的早期传播范围不广、影响有限，但这种编纂实践对国人所编以授课教材名世的、以便宜学生研习及进行教育启蒙为指导思想的早期"中国文学史"来说，则比同时期所编纂的其他中国文学史更具借鉴意义。又如，林传甲《中国文学史》据利于启迪民智、关系民族兴衰以"当其时用"的"致用"诉求作为编纂的主导思想，采用"专题形式"的编纂策略，将文字音韵训诂之学、经史之学及"文典"等"诸科关系文学者"，与文学史之间有效融合起来。同时，林传甲梳理历代各种"文体"演变情形时，通过"甄择往训，附以鄙意"的编纂思路，结合"纪事本末之体"与"通鉴纲目之体"，据以身传教的授课方式评判某类文体于演进过程中的优劣得失。这些选择亦呈现了相当浓厚的个性旨趣。而作为中学堂授课讲义稿的来裕恂《中国文学史稿》，其编纂亦带有显著的个人旨趣：钞录汉魏诗歌及诗论文本系来裕恂个人对承继风雅诗统的汉魏诗歌之典范意义的强调，是重视文章学理论之溯源意识综合作用的结果（但此举并不具备普遍意义）；成书的主要方式系抄录、吸纳其另一著述《汉文典》的有关论断，并以文字学、文章学为其编纂文学史的两大指导思想；同时，为有效地开民智、保国粹，来裕恂寻求以西学诠"文学""学术"衍变的通俗化授课方式。这些特点使得《中国文学史稿》与黄人、林传甲相比，同中有异。因此，探讨20世纪初期的中国文学史编纂时，既要注意他们之间的共性，又不能忽视这些著述编纂时的个性旨趣，而应综合考察。

需要指出的是，本书稿试图还原20世纪初期中国文学史编纂的历史语境与政教语境，以便从20世纪初期的时势变迁与文教需求等角度探讨20世纪初期中国文学史产生、存在的历史必然性与偶然性，而非从"现代"学术视域去探讨20世纪初期中国文学史编纂在中国文学史编纂史上的开创性与不足性。因此，本书稿虽然在具体论述过程中已略微涉及20世纪初期中国文学史编纂对后世中国文学史编纂的影响，却非予以专门、详尽的探讨。正如学界所言，20世纪初期中国文学史编纂在"现代"意义的中国文学史编纂史上，并无多少开创，也无大多借鉴意义。甚至，1910年以降治文学史者在"文学"观念、"文学史"观及文学史的编纂体例、编纂方式、理论探索及时代需求的风云突变，导致1900年至1910年的中国文学史编纂必然不会进入1910年以降治文学史者的认可范围之内，也决定了1900年至1910年的中国文学史编纂必然存在诸多幼稚之处。然而，20世纪初期的中国文学史编纂试图通过"中国文学史"的编纂探索来呼应当时学术变迁之大势，探寻如何在"中西交通"的环境中合理安置中国传统文化与"外来经验"的交融问题，进而从学术研究的角度积极呼应当时学制变革与社会变革所需的理论建设支撑与经验总结。此类"存在即合理"的历史探索在当时进行社会人伦道德规训、安抚时人困顿心灵、教育制度革新等方面，仍起过积极的作用。因此，将20世纪初期的中国文学史编纂置于彼时时势背景下进行横向考察，结合学界从中国文学史编纂史等角度进行纵向批评的意见，将有助于多角度反思20世纪初期中国文学史编纂的得与失，以便作出更为公允的历史评判与经验总结。

主要参考文献

一 著述部分（以音序排列）

〔英〕G.R.埃尔顿：《历史学的实践》，刘耀辉译，北京大学出版社，2008。

〔德〕H.R.姚斯、〔美〕R.C.霍拉勃：《接受美学与接收理论》，周宁、金元浦译，辽宁人民出版社，1987。

阿英：《晚清文艺报刊述略》，古典文学出版社，1958。

阿英：《晚清戏曲小说目》，中华书局，1959。

〔德〕阿莱达·阿斯曼：《记忆中的历史——从个人经历到公共演示》，袁斯乔译，南京大学出版社，2017。

班固：《汉书》，中华书局，1962。

〔英〕彼得·伯克：《什么是文化史》，蔡玉辉译，北京大学出版社，2009。

曹培根、翟振业：《常熟文学史》，广陵书社，2010。

曾毅：《中国文学史》，上海泰东书局，1915。

陈飞等：《中国文学专史书目提要》，大象出版社，2004。

陈伯海、董乃斌主编《中国文学史宏观研究丛书》，中国社会科学出版社，1995。

陈广宏：《中国文学史之成立》，上海古籍出版社，2016。

陈国球：《文学史书写形态与文化政治》，北京大学出版社，2004。

陈国球等编《书写文学的过去——文学史的思考》，麦田出版股份有限公司，1997。

陈平原、陈国球主编《文学史》（第一辑），北京大学出版社，1993。

陈平原：《文学史的形成与建构》，广西教育出版社，1999。

陈平原编《早期北大文学史讲义三种》，北京大学出版社，2005。

陈平原主编《中国文学研究现代化进程二编》，北京大学出版社，2002。

陈平原著《中国现代学术之建立——以章太炎、胡适之为中心》，北京大学出版社，1998。

陈玉堂：《中国文学史书目提要》，黄山书社，1986。

程光炜：《文学史的兴起：程光炜自选集》，河南大学出版社，2009。

崔文华、李昆：《文学史构成论》，东方出版社，1991。

党圣元主编《文学史理论》，中国社会科学出版社，2011。

董乃斌、陈伯海、刘扬忠主编《中国文学史学史》，河北人民出版社，2003。

窦警凡：《历朝文学史》，1906。

葛红兵、梁艳萍：《文学史学》，北岳文艺出版社，2000。

葛红兵：《文学史形态学》，上海大学出版社，2001。

顾长声：《从马礼逊到司徒雷登》，上海书店出版社，2005。

韩信夫等：《中华民国大事记（一）》，中国文史出版社，1997。

胡适著，欧阳哲生编《胡适文集》，北京大学出版社，1998。

黄人、沈粹芬等辑《清文汇》，北京出版社，1995。

黄人：《中国文学史》，国学扶轮社，1911。

黄人编《普通百科新大词典》，国学扶轮社，1911。

黄文吉：《中国文学史书目提要》，台北万卷楼图书有限公司，1996。

黄修己：《中国新文学史编撰史》，北京大学出版社，1995。

吉平平：《中国文学史著版本概览》，辽宁大学出版社，1992。

季剑青：《北平的大学教育与文学生产：1928-1937》，北京大学出版社，2011。

江藩：《国朝汉学师承记》，中华书局，1983。

江庆柏、曹培根编《黄人集》，上海文化出版社，2001。

姜义华：《章炳麟评传》，南京大学出版社，2002。

〔瑞士〕卡尔·古斯塔夫·荣格：《未发现的自我·寻求灵魂的现代人》，国际文化出版公司，2001。

康德：《逻辑学讲义》，商务印书馆，2010。

康有为：《康有为自编年谱》，江苏人民出版社，1998。

来裕恂：《匏园诗集》，天津古籍出版社，1996。

来裕恂：《萧山县志》，天津古籍出版社，1991。

来裕恂：《易学通论》，广东人民出版社，2010。

来裕恂：《中国文学史稿》，岳麓书社，2008。

来裕恂著，高维国等注释《汉文典注释》，南开大学出版社，1993。

栗永清：《知识生产与学科规训：晚清以来的中国文学学科史探微》，中国社会科学出版社，2012。

梁景和：《中国近代史基本线索的论辩》，百花洲文艺出版社，2004。

梁启超：《论中国学术思想变迁之大势》，上海古籍出版社，2001。

梁启超：《中国近三百年学术史》，天津古籍出版社，2003。

梁启超著，崔志海编《梁启超自述》，河南人民出版社，2004。

梁容若：《中国文学史研究》，三民书局，1967。

林传甲：《林传甲日记》，中华书局，2014。

林传甲：《筹笔轩读书日记》，商务印书馆，1915。

林传甲：《大中华安徽省地理志》，安徽教育厅，1919。

林传甲：《大中华福建省地理志》，京师中国地学会，1919。

林传甲：《大中华河南省地理志》，武学书馆，1920。

林传甲：《大中华吉林省地理志》，吉林教育厅出版，1921。

林传甲：《大中华江苏省地理志》，商务印书馆，1918。

林传甲：《大中华京兆地理志》，武学书馆，1919。

林传甲：《大中华山东省地理志》，武学书馆，1920。

林传甲：《公文法程实用主义》，共和印刷局，1917。

林传甲：《黑龙江教育日记》，私立奎垣学校，1914。

林传甲：《黑龙江乡土志》，私立奎垣学校，出版年月不详。

林传甲：《龙江旧闻录》，私立奎垣学校，1914。

林传甲：《龙江诗选篇目》，私立奎垣学校，1914。

林传甲：《中国历代名将事略》，武学书馆，1920。

林传甲:《中国文学史》,《早期北大文学史讲义三种》,北京大学出版社,2005。

林传甲:《中国文学史》,武林谋新室,1910。

林传甲总纂《大中华京师地理志》,中国地学会,1919。

刘精瑛:《20世纪上半叶中国文学史中的古代戏曲研究》,文化艺术出版社,2013。

刘良明等:《近代小说理论批评流派研究》,武汉大学出版社,2003。

刘师培:《中国中古文学史讲义》,上海古籍出版社,2003。

刘永文编《晚清小说书目》,上海古籍出版社,2009。

《鲁迅全集》,人民文学出版社,2005。

罗岗:《危机时刻的文化想象——文学·文学史·文学教育》,江西教育出版社,2005。

罗云锋:《现代中国文学史书写的历史建构》,法律出版社,2009。

《马克思恩格斯全集》,人民出版社,1960。

〔英〕麦肯齐:《泰西新史揽要》,李提摩太等译,上海书店出版社,2002。

逄增玉:《文学现象与文学史风景》,商务印书馆,2011。

〔日〕青木正儿:《中国文学思想史》,孟庆文译,春风文艺出版社,1985。

璩鑫圭、唐良炎编《中国近代教育史料汇编·学制演变》,上海教育出版社,1991。

瞿同祖:《中国封建社会》,上海人民出版社,2005。

邵晋涵:《四库全书提要分纂稿》,光绪十六年徐氏铸学斋重刊本。

邵懿辰:《邵位西遗文》,同治四年浙江书局刊本。

申畅:《中国目录学家辞典》,河南人民出版社,1988。

〔荷兰〕斯宾诺莎:《知性改进论》,贺麟译,商务印书馆,2005。

汤志钧:《近代经学与政治》,中华书局,1989。

汤志钧:《章太炎年谱长编》,中华书局,1979。

唐才常:《唐才常集》,中华书局,1982。

陶东风:《文学史哲学》,河南人民出版社,1994。

王林:《西学与变法〈万国公报〉研究》,齐鲁书社,2004。

王永健：《"苏州奇人"黄摩西评传》，苏州大学出版社，2000。

王钟陵：《文学史新方法论》，苏州大学出版社，1993。

〔奥〕西格蒙德·弗洛伊德：《论宗教》，王献华、张敦福译，国际文化出版公司，2001。

谢泳：《中国现代文学史研究法》，广西师范大学出版社，2010。

杨庆祥：《"重写"的限度 "重写文学史"的想象和实践》，北京大学出版社，2011。

杨天石、王学庄编《南社史长编》，中国人民大学出版社，1995。

姚名达：《中国目录学史》，上海古籍出版社，2002。

余嘉锡：《四库全书总目辨证》，中华书局，1980。

袁进：《中国文学观念的近代变革》，上海社会科学院出版社，1996。

张之纯：《中国文学史》，上海商务印书馆，1915。

章太炎：《章太炎全集》，上海人民出版社，1982。

章学诚著，叶瑛校注《文史通义校注》，中华书局，1985。

朱维铮：《求索真文明——晚清学术史论》，上海古籍出版社，1996。

朱维铮编《周予同经学史论著选集》（增订本），上海人民出版社，1996。

二 期刊类（以发表时序排列）

颜廷亮：《晚清小说理论发展新阶段的一个标志——晚清革命派关于小说与社会生活关系的论述》，《西北民族大学学报》（哲学社会科学版）1981年第1期。

何振球：《论黄人的文学史观》，《苏州大学学报》1983年第4期。

房毅、李铁汉：《林传甲与近代黑龙江教育》，《北方文物》1989年第4期。

黄霖：《中国文学史学史上的里程碑——略论黄人的〈中国文学史〉》，《复旦学报》（社会科学版）1990年第6期。

孙景尧：《首部〈中国文学史〉中的比较研究》，《复旦学报》（社会科学版）1990年第6期。

王永健：《黄人论〈临川四梦〉》，《艺术百家》1995年第4期。

周振鹤：《黄人所著之〈普通百科新大词典〉》，《书城》1995年第

6期。

戴燕：《文学·文学史·中国文学史——论本世纪初"中国文学史"学的发轫》，《文学遗产》1996年第6期。

刘欣芳、王秀兰：《黑龙江近代教育奠基人林传甲一家对黑龙江教育的贡献》，《教育探索》1997年第5期。

董乃斌：《论草创期的〈中国文学史〉》，《社会科学战线》1997年第5期。

戴燕：《中国文学史的早期写作》，《中国典籍与文化》1998年第2期。

戴燕：《文科教学与"中国文学史"》，《文学遗产》2000年第2期。

高树海：《中国文学史初创期的"南黄北林"论》，《淮阴师范学院学报》2001年第1期。

宋文涛：《20世纪的中国文学史研究》，《江海学刊》2001年第4期。

周兴陆：《窦警凡〈历朝文学史〉——国人自著的第一部中国文学史》，《中华读书报》2002年1月16日。

冯汝常：《中国文学史内容和体例建构百年回眸》，《福建师范大学学报》（哲学社会科学版）2003年第1期。

苗怀明：《国内第一部中国文学史著作究竟何属》，《古典文学知识》2003年第3期。

郭浩帆：《〈小说林〉杂志与小说林社》，《出版史料》2003年第4期。

周兴陆：《窦、林、黄三部早期中国文学史比较》，《社会科学辑刊》2003年第5期。

谢飘云、张松才：《近百年来"小说界革命"研究述评》，《华南师范大学学报》（社会科学版）2004年第2期。

黄霖：《谈谈1900年前后的三部"中国文学史"著作》，《古典文学知识》2005年第1期。

严家炎：《中国文学史百年研究的回顾与反思》，《韶关学院学报》（社科版）2005年第1期。

龚敏：《黄人〈中国文学史·明人章回小说〉考论》，《巢湖学院学报》2005年第4期。

王永健：《先驱者的启示——纪念黄人〈中国文学史〉撰著百周年》，

《闽江学院学报》2005 年第 4 期。

陈国球：《文学史的名与实：林传甲〈中国文学史〉考论》，《江海学刊》2005 年第 4 期。

陈平原：《早期北大文学史讲义三种》，《博览群书》2005 年第 10 期。

徐斯年：《黄摩西的〈中国文学史〉》，《鲁迅研究月刊》2005 年第 12 期。

闵定庆：《张德瀛著〈文学史〉：一部值得关注的早期中国文学史》，《中山大学学报》（社会科学版）2006 年第 4 期。

曹培根：《黄人及其〈中国文学史〉》，《常熟理工学院学报》2007 年第 1 期。

陈平原：《晚清辞书视野中的"文学"——以黄人的编纂活动为中心》，《北京大学学报》（哲学社会科学版）2007 年第 2 期。

陈平原：《史识、体例与趣味：文学史编写断想》，《南京师大学报》（社会科学版）2007 年第 3 期。

王水照：《国人自撰中国文学史第一部之争及其学术史启示》，《中国文化》2008 年第 1 期。

陈广宏：《黄人的文学观念与 19 世纪英国文学批评资源》，《文学评论》2008 年第 6 期。

陈广宏：《中国文学古今演变：本土与西方维度》，《河北学刊》2009 年第 2 期。

章琦：《黄人字号寓意考》，《明清小说研究》2009 年第 4 期。

刘晓丽：《何来文学史料——兼论对文学史写作的一种批评》，《文艺理论研究》2010 年第 1 期。

温庆新：《对近百年来黄人〈中国文学史〉研究的反思》，《汉学研究通讯（台湾）》2010 年第 4 期。

温庆新：《有关黄人研究的若干意见》，《江苏电视广播大学学报》2010 年第 4 期。

温庆新：《黄人与〈小说林〉之关系釐正》，《内江师范学院学报》2010 年第 5 期。

温庆新：《有关黄人〈中国文学史〉的编纂体例与分期问题——兼论以章节体编纂文学史之利弊》，《中国学论丛（韩国）》2010 年第 27 辑。

温庆新:《20世纪初期文学史编撰的几个问题漫议》,《中国学论丛(韩国)》2010年第28辑。

余来明:《清民之际"文学"概念的转换与中国文学史书写——以林传甲、黄人两部〈中国文学史〉为例》,《井冈山大学学报》(社会科学版)2010年第5期。

袁进:《论"小说界革命"与晚清小说的兴盛》,《社会科学》2010年第11期。

曹培根:《中国文学史的一部重要著作——黄人的〈中国文学史〉》,《东吴学术》2011年第3期。

温庆新:《近代科学思潮与黄人〈中国文学史〉之编纂》,《中国语文学论集(韩国)》2011年第67号。

温庆新:《黄人〈中国文学史〉与〈京师大学堂章程〉、〈高等学堂章程〉之关系发微》,《中国现代文学研究丛刊》2011年第4期。

温庆新:《〈四库全书总目提要〉与黄人〈中国文学史〉之编纂概观——兼及20世纪初期的文学史编纂》,《中国学论丛(韩国)》2011年第32辑。

温庆新:《黄人〈小说小话〉与其诗论之关系——兼及晚清"小说界革命"与"诗界革命"之关系》,《国文天地(台湾)》2012年第5期。

方丽萍:《博综、高瞻与情怀——20世纪上半叶〈中国古代文学史〉的启示》,《中国大学教学》2013年第8期。

李无未:《〈汉文典〉:清末中日文言语法谱系》,《浙江大学学报》(人文社会科学版)2014年第6期。

方铭:《西学东渐与坚持中国文学本位立场——兼论如何编写中国古代文学史》,《山西大学学报》(哲学社会科学版)2014年第6期。

姜荣刚:《晚清高等学堂国文教学改革及其当代启示》,《许昌学院学报》2016年第3期。

宋声泉:《林传甲字号、家世、卒年考略》,《兰台世界》2016年第13期。

程园:《中西汇通张力中的近代学科建制与文章学传统——以黄人著〈中国文学史〉为中心的考察》,《斯文》2017年第2期。

何光顺:《文学的疆域——20世纪中国文学的学科自觉》,《南京社会科学》2017 年第 3 期。

温庆新：《传统目录学与来裕恂〈中国文学史稿〉之编纂》，《中国文学研究》2017 年第 3 期。

李晓丽：《黄人小说理论批评价值论》，《苏州大学学报》（哲学社会科学版）2017 年第 6 期。

李晓丽：《论黄人小说批评之比较法及其意义》，《扬州大学学报》（人文社会科学版）2018 年第 4 期。

火源：《学文与文学：林传甲大学堂教学观念论》，《陕西理工大学学报》（社会科学版）2018 年第 2 期。

杨继伟：《20 世纪初北京地区的社会变迁——从林传甲〈大中华京兆地理志〉来看》，《新疆社科论坛》2018 年第 1 期。

任荣：《20 世纪初"中国文学史"讲义中的戏曲书写与戏曲学之发生》，《淮北师范大学学报》（哲学社会科学版）2018 年第 1 期。

郭琳：《林传甲〈中国文学史〉与胡适〈白话文学史〉之比较研究》，东北师范大学硕士学位论文，2008。

刘精瑛：《中国文学史中的古代戏曲研究（1904-1949）》，中国艺术研究院博士学位论文，2009。

栾伟平：《小说林社研究》，北京大学博士学位论文，2009。

胡博实：《林传甲与黑龙江近代教育发展》，哈尔滨师范大学硕士学位论文，2010。

张爱荣：《来裕恂〈汉文典·文章典〉之文章学理论研究》，内蒙古师范大学硕士学位论文，2015。

左洁雯：《日本"中国文学史"的书写研究》，广东外语外贸大学硕士学位论文，2017。

后 记

老实说，当打算把博士学位论文《20世纪初期的中国文学史编纂——以黄人〈中国文学史〉为中心》的一部分抽出来作为博士后出站报告的主体部分，那时的我对于修修补补的打算甚至相当抗拒，内心也几乎是崩溃的。因为自2008年开始思考这个话题以来，那时的我以及现在的我，是有一系列宏大的设想，也有热血沸腾、干劲十足的雄心壮志。虽然不敢说此类设想具有多大的学术价值，但有关20世纪初期中国文学史编纂的很多话题，至今仍有继续讨论的必要与空间。遗憾的是，这些年来，从桂子山下山后回到岳麓山下谋食，再到悠游瘦西湖畔，生存环境不断变化，学术兴趣亦数度转移。尤其是，近两年回归小说史研究，同时转向古典目录学领域，更使得当初有关20世纪初期中国文学史编纂的若干思考，被迫高高束起。乃至当《近代"苏州奇人"黄人及其〈中国文学史〉研究》有幸获得中国博士后科学基金第61批面上资助、《20世纪初期的中国文学史编纂研究》获得中国博士后科学基金第11批特别资助之后，想重新拾起与修补时，是如此的有心无力，那样的不知所措。更可恨的是，现在拿出来的这部书稿，竟然是吃当日"老本"的直接体现！这些年来，所谓学问真是了无精进！至今，重新翻看当初所写的诸多与此相关的读书札记，突然深切明白：作为一枚无足轻重的高校"小青椒"，在这样一个纷繁复杂的学术生态中，对于"著书都为稻粱谋"的现实是多么的无奈，又多么急切的心向往之！虽然现在有种悔少作的苦痛，书稿缺乏前后照应、粗疏之处亦随处可见，字里行间也只剩一种初生牛犊的思想张扬性，但现今也只能这样了。想来，有关20世纪初期中国文学史编纂的相关议题，唯有待他日的我，再行弥补了！

  当然，现在之所以能如此愤懑地在键盘上噼里啪啦地敲着上述若干字符，完全有赖于业师柳宏先生的不嫌与不弃。在扬州大学文化传承与创新研究院的这个集体里，真切地、充分地感受到了之前从未体验到，却仍孜孜以求的家的感觉！一种发自内心的归属感，令我如此的感念命运。这几年来，柳宏师从为人处世与学术问道的多方言传身教，着实令我成熟不少。然而，博士后出站报告写得烂到家的现实，又令我深深地焦虑起来。不仅愧对柳宏师的信任，而且愧对文化传承与创新研究院这样一个如此可爱、自由、自在、温馨、和谐的集体，愧对与傅荣贤师时常面对面聊天所偷偷获得的精神愉悦！也愧对时常以码字为借口而疏于陪伴的唐姑娘与小温同学！当然，我是记得小温同学你为了发泄不满而时常撕你老爹的书！所以，斯书的小名，大概是为了表达我内心是十分不满的！但，貌似又有点无可奈何！

  同时，还要特别感谢博导王齐洲师的包容与鼓励，感谢您手把手地教我为学之道与为文之道，让我学会了独立思考；更感谢您"不拼命，不放弃"的六字箴言，让我学会自我调适。

  就此打住吧！啰唆了一堆原本不能出现于学术著述的自我描摹！把内心复杂多变却又有诸多要表达的情感，用苍白无力的文字堆砌起来，想来也没有太多意思。归属感满满的集体、温馨多多的家庭、如此钟爱的扬州城，还能有什么不满足的呢！沈兼士曾说："轮困胆气惟宜酒，寂寞心情好著书。"甚是，甚是！谨此自勉！

2019 年 5 月草于瘦西湖畔

图书在版编目(CIP)数据

20世纪初期中国文学史编纂研究.1900-1910/温庆新著.--北京：社会科学文献出版社，2020.3
（文脉流变与文化创新）
ISBN 978-7-5201-5951-7

Ⅰ.①2… Ⅱ.①温… Ⅲ.①中国文学-文学史-历史编纂学-研究-20世纪 Ⅳ.①I209.6

中国版本图书馆CIP数据核字（2020）第015166号

文脉流变与文化创新
20世纪初期中国文学史编纂研究（1900~1910）

著　者／温庆新

出 版 人／谢寿光
组稿编辑／王　绯
责任编辑／孙燕生

出　　版／社会科学文献出版社·政法传媒分社（010）59367156
　　　　　　地址：北京市北三环中路甲29号院华龙大厦　邮编：100029
　　　　　　网址：www.ssap.com.cn
发　　行／市场营销中心（010）59367081　59367083
印　　装／三河市龙林印务有限公司
规　　格／开　本：787mm×1092mm　1/16
　　　　　　印　张：14.5　字　数：237千字
版　　次／2020年3月第1版　2020年3月第1次印刷
书　　号／ISBN 978-7-5201-5951-7
定　　价／78.00元

本书如有印装质量问题，请与读者服务中心（010-59367028）联系

▲ 版权所有 翻印必究